邓九刚 ◎ 著

白马驿茶查干

远方出版社

图书在版编目（CIP）数据

白马翁恭查干 / 邓九刚著 . -- 呼和浩特：远方出版社，2018.9
ISBN 978-7-5555-1155-7

Ⅰ . ①白… Ⅱ . ①邓… Ⅲ . ①中篇小说 – 小说集 – 中国 – 当代②短篇小说 – 小说集 – 中国 – 当代 Ⅳ . ① I247.7

中国版本图书馆 CIP 数据核字（2018）第 197852 号

白马翁恭查干
BAIMA WENGGONGCHAGAN

作　　者	邓九刚
责任编辑	杨　敏　王　叶　刘卫伟
责任校对	王　叶　蔺　洁
装帧设计	韩　芳
出版发行	远方出版社
社　　址	呼和浩特市乌兰察布东路 666 号　邮编 010010
电　　话	（0471）2236470 总编室　2236460 发行部
经　　销	新华书店
印　　刷	内蒙古爱信达教育印务有限责任公司
开　　本	170mm×240mm　1/16
字　　数	223 千
印　　张	15
版　　次	2018 年 9 月第 1 版
印　　次	2018 年 9 月第 1 次印刷
标准书号	ISBN 978-7-5555-1155-7
定　　价	45.00 元

如发现印装质量问题，请与出版社联系调换

一切都那么纯净而**真实**

闻到草原的味道

那些**森林**和**草原**的传说

走向**荒野**就是走向自我

谁能把生灵带回草原

文学是记忆和梦想的天空

这一次狐狸没有让孩子**失望**

真是一匹漂亮的银马驹

黑牤牛愤怒地踏着蹄子

翁恭查干 不是一般的马

我惊异于黄羊

驼王的眼神里**充满**了温情

顽强的生命力

灵鸟多么想念太阳

写在前面

偶然翻阅资料,看到自己早年的小说,遇到一篇《美狐尤莉》,很觉新奇,不自觉读起来,居然读到热泪盈眶!于是索性放下手头的事情,把过去写过的动物小说全都翻了出来。小说都是中短篇,有的甚至是小小说,只有三两千字,像《鸟誓》,一篇篇读下来仍然让我怦然心动。

就说《鸟誓》的主角百灵鸟吧,是那样的普通,是蒙古草原上最常见的鸟儿。虽然是一个小小的生命,但是它也顽强地彰显了自己的尊严,它宁肯咬断自己的舌头也不肯为强暴者唱赞歌,让人肃然起敬!

《美狐尤莉》是一个关于奇异的动物之间发生的爱情故事。一只洁白的雌性北极狐狸尤莉,与一只来自内蒙古草原的名叫迪卡的公狗相爱了。为了爱情,尤莉翻山越岭,历经艰辛,穿越寒冷的西伯利亚和茫茫的蒙古草原,来到阴山脚下。令人惋惜的是,在生下一窝小狗狐之后,尤莉死去了。

《驼王》中的主角是一峰无名的工驼,十几年间工驼在无数次长途跋涉中带领驼队行进。有一天它老得走不动了，一座沙山成了它生命最后的障碍。无奈之下，主人只好遗弃了它。于是一场生离死别的悲剧在驼与人与狗之间展开，驼的哀鸣，狗的嘶叫，人的哭声，撼动着戈壁沙原，场面催人泪下……

  我就想，这些动物、这些精灵，它们的思想情感在某些方面与我们人类并没有什么区别，有时候甚至更加细腻和纯洁，让人感动。于是，我就有了进一步的想法——将这些故事精心修改润色之后结集出版，把我的感动传递给更多的人。

  感谢远方出版社圆了我的这个梦。

  剩下的时光就是盼着我的感动能够到达你的心灵，让你我能共同体会到这份美好的感觉。

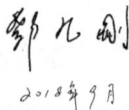
2018年9月

序

把生灵带回草原

远 心

"在人身边消失的,人以后都要到天上去寻求。"这是"乡村哲学家"刘亮程说的。我们身边消失了什么?乡村、河流、森林、草原以及与之相关的动物们,马、牛、驴、牤牛、百灵鸟、狐狸、黄羊、老虎、狼……无论是家畜还是野生动物,都离我们越来越远。

但是,动物和人类一样,是地球上与万物共生的生灵啊!谁能把生灵带回草原?冥冥之中,可真的有一个上天,有一个天上?等待着孤独的人类跋涉千山万水,飞翔、做梦、祈祷,到天上去寻求?

蒙古高原,这片有森林、高山、草原、沙漠、河流的高原,近百年来,动物们正经历着一场生死劫。如果说乡村是中华民族乡愁的主要寄托,那么森林和草原,难道不是我们更遥远、更宽广、更野性、更深邃的记忆和故乡?谁能把生灵带回草原?循着邓九刚先生二三十年前创作的这批动物中短篇小说,我们仿佛找到了回乡的路径,又仿佛被置于生死绞杀的刑场,在动物、自然、人类平等列席的审判台上,灵魂经历疼痛的煎熬。

文学是记忆和梦想的天空。这些年我所见到的邓九刚先生,淡泊、超然、温和,如那一缕垂下来的白髯。我读了先生三卷本的《大盛魁》,知道呼和浩特城拉骆驼的驼夫的悲辛历史。邓九刚作为土生土长的呼和浩特人,为青城立了传。我却依然不知,在超然的作家背后,竟然还藏着一个蒙古民歌里的邓九刚,一个蒙古草原深处的邓九刚,一个和长生天对话,体悟着动物的灵魂,奔跑、战栗、疼痛、追究生死极境的邓九刚。

那不是一个常人愿意去尝试的,创作动物小说的邓九刚,已经不是生活中的样子,而是一个精神飞翔、超越、深思、执着的勇士。他像鲁迅自喻的那个手持长矛的战士,进入森林和草原,进入人类和动物共生的现场,一步步挖掘人和动物之间的爱恨情仇,直面死亡在动物和人类面前展现的真实。他像一个摄像师,也像一个解剖师,把这一切冷静而激越地表达在文字里。

我们永远回不到童年,我们也回不到被现代文明逐渐改变蚕食的逐水草而居的牧场,回不到以狩猎为生与野生动物追逐绞杀的森林。我们回不去了,这是人类文明发展必然的命运。然而,正因为回不去了,精神"返乡"、寻找"诗意栖居"的草原,才成为无可摆脱的宿命。我们注定要不断地回去,因为只有回去,才能安置来源于天地的肉身,才能与基因里携带的族群记忆、生命密码、精神梦境相契合。

我读过沈石溪的动物小说,读过杰克·伦敦的西部荒原,读过《狼图腾》,当读到邓九刚的这批动物小说的时候,震撼依然如巨钟敲响,发出来自宇宙深处的轰鸣。这种轰鸣甚至使我找不到表达的路径。我在经验中早已耳闻的那些森林和草原的传说,在邓九刚笔下一一成为现实,落地,落进森林深处、草原深处、沙漠深处……

在这里,动物们目光炯炯地看着你,高贵、悲伤、哀怨、祈求、决绝,动物的生死弥漫于苍茫草原,我的灵魂随之死生,随之经历炼狱般的疼痛。被水泥城市包裹的柔软全都打开，我感觉到草原上的风、雪、草、夜、星空和歌唱，一切都那么纯净而真实，仿佛梦境里的前生。在大青山南麓，我追随着动物们奔跑的身影，一次次回到阴山之北无边无际的草原。草原的疼痛和我的肉体融为一起，我呼吸着草原的气息。

你只需要倒空自己，跟着邓九刚青春华美而又苍凉悠远的文字走进去，就会看到：北极白狐狸和布哈拉狗在阿尔泰山脉相遇、相恋，跨越中蒙俄三国；风暴降温的夜晚，一只灵鸟亲眼看着一车人一个一个冻死，在就要成为新娘的蒙古族姑娘录的《黑缎子坎肩》的歌声里，新郎永远睡去；神一样的翁恭查干，没有一根杂毛的银马驹、圣洁的白马，在老牧人的珍惜和长调赞美声中成长为自己的模样，在与自然的对抗中成为有伟大灵性和巨大毅力的神马，在被人类无耻之徒利用之后，站立在悬崖，毅然决然地跳下去……你还会看到：那只摆脱猎杀为族群复仇的成精的黄羊，那只被关在笼子里扑腾挣扎咬舌自尽的百灵鸟，那头大青山脚下找老虎报仇成功的黑牡牛，那只救子心切的麻雀，那峰陪伴拉骆驼的人从少年到中年的长眉老驼……

谁能把生灵带回草原？也许，这些作家笔下的动物将带我们回去。走向荒野就是走向自我。人类从高山、森林、草原、河流中来，生命是自然的赐予，只有循着自然的呼唤，才能寻找到自身的来处，才能汲取野性、自由的力量。大自然颐养生命的同时，也无时无刻不在威胁生命，生命的渺小，死亡的寂静，唤醒暗藏在平静生活之下强大的生之本能。

谁能把生灵带回草原？也许那一首首蒙古长调能带我们回去。辽阔的草原，永远的故乡，时间和空间在这里无限延展。作家复活了那些已经成为往事的高原岁月，复活了长调产生和传唱的原型背景。感受小说中的自然，我们更进一步懂得了那神秘的蒙古长调背后：粗粝的风霜、生命的孤独、爱情的凄美、漫漫尘沙和荒原……

谁能把生灵带回草原？也许，只有敞开心扉，闻到草原的味道，抚摸那些发光的自然之声，走过无意识深处的记忆之门，人类才能和动物、植物，和生灵万物一起，回归自然。

"把生灵带回草原"，站在阴山顶上，我仿佛听到冥冥之中自然之神的呼唤。回声穿越崇山峻岭，如海如潮。每一块青石都被回声触动，松树林、白桦林、牦牛和羊群凝神仰望。我不由得匍匐在地，倾听来自青青草原根部的轰鸣……

目录

美狐尤莉　001

白马翁恭查干　083

黑牡牛　127

鸟誓　143

驼王　147

黄羊鸣　156

灵鸟与红帆　174

跋　221

美狐尤莉

1 狐媚

北极白狐狸第一次出现的时候,钢嘎是通过照相机的取景框看到的。那时候钢嘎正在为迪卡洗澡,水花飞溅,阳光照耀,狗在欢叫,人在嬉笑……这是鄂毕河上游的一条支流,是一条在地图上找不到的无名浅河,水深只到孩子膝盖。

迪卡刚刚跳上岸,就听钢嘎喊道:"等等!不要动。"

迪卡真的就不动了,站在那里等着,黑白花纹的皮毛湿淋淋的在向下淌水。

钢嘎赤着脚跑到放衣服的地方,取出照相机。当照相机对准迪卡,焦距和光圈都调整好以后,只听钢嘎一声命令:"开始!"迪卡就抖开了身子。

这只狗扭着屁股,摇着脑袋,摆动着尾巴,把沾附在皮毛间的河水抛洒出来。顿时水花飞溅,水珠在强烈的阳光照射下反射出无数彩色的光斑。迪卡制造出一个美景,钢嘎迅速按下快门。

之后,钢嘎又让迪卡摆出了许多姿势:一会儿四肢伏地趴下,一会儿只用两条后腿立起,前爪做作揖状……钢嘎给迪卡照了许多张照片,玩儿吧。

有必要解释一下——迪卡是一只狗。钢嘎是迪卡的小主人,他是一个来自中国的蒙古族男孩儿,今年只有九岁。

玩儿着玩儿着,在迪卡的眼前出现了一只蝴蝶。那蝴蝶铜棕色的两翼上点缀了许多金色的花纹,显得古奥而奇异。蝴蝶呼扇着两只翅膀飞来飞去,落在了迪卡的身上。于是迪卡就开始追逐那只蝴蝶,那蝴蝶上下翻飞,迪卡腾跃扑咬。看上去蝴蝶飞得很慢也很低,可是迪卡每次都扑空。到后来狗就发起脾气来了,呜汪呜汪地叫着拿爪子刨起土来。

迪卡的滑稽样子惹得钢嘎忍不住捂着肚子笑起来。迪卡扑蝴蝶的动作都被钢嘎留在镜头里了。钢嘎准备回去以后把照片洗出来,编成一个故事,取名叫《笨狗扑蝶》。全是闹着玩儿吧,在钢嘎家里的相册里这样的照片太多了。钢嘎是一个摄影爱好者,虽说才只有九岁,可他的不少摄影作品已经登上了报纸和画册。钢嘎的爸爸叫包斯钦,包斯钦有一位摄影家朋友,他看过钢嘎的作品后对包斯钦说,这孩子是块搞摄影的料,好好培养将来能成气候。于是包斯钦就认真了,投资一万多元给儿子买了专业的照相机。再说钢嘎为自己的爱狗照相,取景时镜头内竟然出现了一个狐狸的脑袋。后来钢嘎才知道,那不是一只普通的狐狸,而是一只珍贵的北极白狐。那时候机警的北极白狐只是露了一下头就不见了,就像是一个影子似的消失了,动作快得像一道白色的闪电。

这里是阿尔泰山北麓,山坡下挨着一片桦树林的边缘。从山坡向西北延伸出去不到三百米的地方有一个不大的湖泊。在湖泊的四周是一片片嫩绿的冰草、麦芒草和灰色的马莲,还有大量的暗色调的柠条丛,从钢嘎的脚底一直延伸到山脚,一片一片长得非常茂盛,都是在夏天阳光的照抚下生长起来的新草。

钢嘎的身后是三顶色彩鲜艳的帐篷,红的、黄的、绿的,依"品"字形摆着。一个脸色黝黑的汉子蹲在帐篷边上择菜。钢嘎就在离帐篷不远的地方玩儿。当那只白色的狐狸出现的时候天色正接近黄昏,艳红的太阳悬挂在桦树林的梢头,就像一个熟透的柿子,此刻正是它的光线变化最为剧烈的时候,携带着巨大热量的七彩光芒就像万花筒般地变幻着,在瞬间重组了几十次甚至几百次。钢嘎抬头望着夕阳，以为是眼前出现了幻觉，他眨眨眼，瞪大了眼睛再看的时候，那只白色的狐狸就不见了。狐狸是不见了，但是狐狸的样子印在了他的相机里：三角形的脑袋上那一对棕红色的眼睛闪闪发光，眼睛一会儿张开一会儿拉成一条缝，太阳光照亮它身体的瞬间狐狸变得几乎像是透明的一样，尖尖的耳朵朝他这边竖着，仿佛灵巧地转动着……

从狐狸消失一直到天色黑下来，钢嘎始终没有动一下。他一直盯着白狐狸出现的地方看，他相信那只美丽的白狐一定还会出现。同时预感告诉他，一个童话故事就要展开了，而他自己就是这个童话故事里的小主人公。他觉得那只白狐狸就像是人间的美少女。

钢嘎想，等他返回呼和浩特立刻就把照片洗出来，他要在这只漂亮的北极白狐的照片上写下这样一个标题：白狐美少女。

2 阿尔泰山深处的古墓

为了一座两千年前的古墓的开掘，俄罗斯、中国、蒙古，还有来自瑞典的科学家从不同的方向聚集在阿尔泰山脚下的这个地方。这里属于俄罗斯阿尔泰边疆区，古墓的位置距离中国边境只有几百米的距离，天气晴朗时站在山坡上都能看得见国界线的铁丝网在阳光下闪闪发光。说到钢嘎，他当然不是考古队正式的成员，他是中方考古学家包斯钦的儿子。要说钢嘎有什么特殊的地方，那就是他是一个单亲家庭的孩子。父母离婚之后母亲远渡重洋到了美国，如今是手持绿卡的美国公民。母亲与钢嘎几乎没有来往。

关于钢嘎的成长曾经几起几落，本身就是一个曲折的故事。父亲要出国参加联合考古活动，却又不能不为儿子的事发愁。钢嘎是个没有母亲的孩子，离开父亲就没人照顾。这次的挖掘现场在阿尔泰山，至少要一个半月甚至更长的时间。包斯钦想，主要是这孩子再经受不得委屈。他再三与领导商量，要求把正在放暑假的儿子带去。所长说："你直接和俄罗斯方面商量吧。这次挖掘工作是由俄罗斯新西伯利亚考古所所长乌兰诺娃主持的，这件事你必须得征得她的同意。"

包斯钦知道这是一次令人激动的联合考古挖掘。名单预先就通过传真发到了每个人的手里。中国方面除了内蒙古考古所的包斯钦和图门，还有北京的李辉；俄国方面，有乌兰诺娃和她的三名年轻学生，乌兰诺娃兼任新西伯利亚大学考古系教授；蒙古国科学院也派出两位考古学家参与工作；还有来自瑞典的一位考古化学家考恩斯。人家一看来自中国的考古学家身边还带个孩子肯定会有想法，不管怎么说，国际联合考古行动是一件非常严肃的事情。包斯钦决定放弃了。包斯钦给乌兰诺娃打电话，向对方道歉，说自己因为一些特殊的原因不能前往阿尔泰山。

乌兰诺娃表示十分遗憾，一再提到过去他们曾经有过的非常愉快的合作，最后问道："究竟是什么原因我能问问吗？方便吗？"

"其实也没有什么。"包斯钦说出了儿子的事情，"我的孩子没人照看，学校正在放假。"

只过了半小时，乌兰诺娃就又来电话了。这一次一通话她立刻就说："你可以给儿子办一个旅游签证，带着他一起来吧。我很喜欢孩子，告诉他阿尔泰山是个非常好玩儿的地方。"

乌兰诺娃的一句话使钢嘎的西伯利亚之梦实现了。那个遥远的地方从很早开始就是钢嘎向往的地方。爸爸曾经不止一次地去过那里，西伯利亚风光被爸爸描述成仙境一般。

考古队还专门聘请了一位来自俄联邦图瓦共和国的汉子，专门做向导和厨师，就是在本文开篇时与钢嘎一起蹲在帐篷边择菜的汉子。这位图瓦汉子名叫达瓦达，中等偏高的身材，满脸大胡子，看上去四十五六的样子，但他的实际年龄才刚刚三十出头。他是一位神枪手，在这里曾经是有名的猎手，倒在他枪口下的猎物多得难以计数。这些年猎物少了，再加上动物保护主义盛行，达瓦达兼做了护林员，并且是一个被允许带枪的护林员。对古墓一带的地形达瓦达了如指掌。

最后需要特别介绍的就是钢嘎带来的一只名叫迪卡的狗。迪卡是经过严格的检查检疫之后获得过境证明的。它是一只因故提前退役的警犬,是一条雄性纯种的拉布拉多犬,中等身量,黑花皮毛,尖耳朵。其实迪卡的毛病并不很大,只是一只眼睛受了伤,并不妨事,但是因为警犬上岗极为严格,它才被迫提前退役。

尽管如此,迪卡仍然不是考古队正式的成员。在考古队的名单上还有另外两条狗,都是因工作需要经过严格审查之后获准参加的。那是两条经过特别训练的西伯利亚狗,它们的具体任务是为考古队做保卫工作。阿尔泰山北麓的地形非常复杂,丛林茂密,常有野生动物出现。考古现场也常常会有盗墓者出没。

古墓所在地是中蒙俄三国交界的地方,这里行政上属俄罗斯阿尔泰边疆区管辖,古墓所在地距离阿尔泰边疆区的首府巴尔诺尔不到三百公里。

3 与美少女狐狸的第二次遭遇

把一只北极白狐留在了自己的照相机里,这意外的收获别提让钢嘎多么高兴了。他都没敢想再次看到那只奇美的白狐狸,但是白狐狸却又一次出现在钢嘎的面前。

整整一个上午和下午他都坐在一个草墩子上耐心地等待着。又是太阳快要落山的时候,白狐狸飘忽不定的身影就在柠条丛后面闪现了。它非常聪明,似乎已经判断出小孩子对它是没有恶意的,也构不成威胁。好像是事先有约定似的,和头一次一样在同样的时间、同样的位置,那只白色的北极狐狸又让钢嘎看到了它。钢嘎早就准备好了长焦镜头,这次他迅速地连续几次按下了照相机的快门。他看得非常仔细,狐狸的神色比前一次出现时要柔和一些,耳朵不再那么挺。它先是只露出一个小小的脑袋,把身体和尾巴藏在一棵桦树干的后面,观察了一小会儿就跳了出来,在一个小土墩上坐下,两只耳朵不停地转动着,朝着钢嘎这边张望。被好奇心拿住了的钢嘎也痴痴地望着狐狸。白狐狸给钢嘎留下的最为鲜明的印象是洁净、漂亮。

钢嘎第二次看到北极白狐的时候，已经觉得这只狐狸和自己很熟悉了。他觉得白狐狸应该有个名字，想了想，脑袋里就蹦出了"尤莉"两个字。他也没有想清楚这两个字的准确含义，甚至都没考虑这两个字属于哪种语言。他只是觉得构成这两个字的音节非常好听，叫起来有一种亲切的感觉，同时还特别上口。这和他给迪卡取名字时的感觉是一样的。

与头一次不一样的是，这回钢嘎还清楚地听到了狐狸发出的一声尖细的叫声，那叫声非常真切也非常湿润。白狐狸的两条前腿直直地挺着坐在土墩上，眯缝着眼睛望着钢嘎，浑身都透着机灵劲儿。钢嘎心里估计了一下，他和狐狸之间的距离大概在五十米之内，他的照相机的镜头能够比较准确地反映出景物与相机之间的距离。狐狸出现的那片草地上还残留着去年的积雪，它的后面是一片桦树林，像童话中的宫殿似的矗立在那里，白桦林的后面是陡然耸立的山峰，山上是以高大的樟子松和落叶松为主构成的原始森林。森林以它特有的郁郁苍苍的深绿色调和庄严的模样为钢嘎的摄影作品勾勒着背景。

很奇怪这时候迪卡也出现在照相机的取景框里，迪卡就站在白狐狸的身后，距离也就是两三步。最初钢嘎以为迪卡是在追赶那只狐狸，与狐狸相比，迪卡的个头显得非常高大，样子也很凶猛，钢嘎很担心迪卡会伤害那只狐狸。后来钢嘎才知道，事实上早在他头一次看到白狐狸之前，迪卡就已经与它有接触了。换句话说，站在白狐狸的立场，是当狐狸与钢嘎的狗交往了一段时间，关系达到一定深度以后它才让迪卡的小主人看见自己。

钢嘎见过红狐狸、黑狐狸、灰狐狸（当然只是在城里的动物园或是电视和画报上），就是没有见过白狐狸。那洁白的毛给人的感觉就好像是透明的，被太阳一照每一根毛仿佛都在闪光。钢嘎想到三个字：狐狸精。他觉得眼前这只狐狸简直就不能简单地说成是动物，它干脆就是一个精灵！

钢嘎在动物园里看到过的狐狸皮毛大都很脏，最主要的是一个个精神萎靡不振，心事重重，不招人喜欢。

而眼前这只漂亮的北极白狐是那么的灵动，它的耳朵转动起来灵活极了。

太阳强烈的光线穿透狐狸的耳郭,那耳朵就变成了粉红的颜色,就像半透明的塑料做成似的,边缘上蓬蓬松松地长着一些细软的绒毛,也精巧极了!

钢嘎向狐狸伸出一只手,轻轻喊道:"尤莉……你过来。"

钢嘎注意到了在他喊话的时候那只狐狸的身体轻轻哆嗦了一下,同时那只硕大的就像是一个大扫把似的大尾巴紧紧地向身下抿了一下,可是它并没有逃掉,依然坐在草塔头上。当然这还是后来钢嘎回忆起狐狸出现的情境时想起来的。那时候他被狐狸的美惊呆了,他想在这个世界上再也找不到比狐狸更美的动物了。那时候钢嘎就像傻子似的愣怔了好一会儿,一句话也说不出来。后来在不知不觉中钢嘎的两条腿就开始移动,向着那只狐狸靠近。

狐狸逃走了。起初是不慌不忙地扭转了身体,慢慢地走起来。后来当它发现孩子在追赶自己时,就颠着步子跑起来。狐狸进入桦树林之前,在树林的边缘回头朝钢嘎看了看,然后就消失了。钢嘎觉得狐狸在回头朝他看的时候脸上现出了笑意,笑得非常动人和妩媚。那笑意中似乎含有某种轻微的嘲讽的意味,但是绝对没有敌视。

钢嘎走过去,在一棵粗大的桦树后面的残雪上,看到一溜小爪的印迹。那爪印形状就像大半拉子梅花,非常清晰,当然也非常好看。

4 考古队的迁徙

西伯利亚的夏天,气温乍暖乍冷。每天上午太阳把温暖的光线投射下来,残留在山坳背阴处的雪便融化了,融雪变成小溪暖洋洋的由树林里流淌出来。夜里冷风一吹,那融化了的雪在背阴处重新冻结起来,在雪层上罩上了一层透明的薄冰,薄冰在初升的月亮映照下反射出青蓝色的光芒。

一列队伍出现在荒原上,是一列小小的驼队,有八峰骆驼、两匹马,都身负重载,载着的是考古队所必需的物资,如帐篷、炊具、挖掘工具什么的,都是必不可少的东西。两匹马跟在身材高大的骆驼后边,它们也不轻松,背上也都驮载着沉重的物资。队伍沿着树林的边缘缓慢地行进。两只护卫狗跟在驼队的前后左右，蹦蹦跳跳地走着。它们的体魄都非常健壮，就像是半大的牛犊子似的。为了防止意外，考古队带了枪（当然带的是猎枪），但是不能随便开枪。阿尔泰边疆区政府多次发过告示：如果与野兽遭遇，只准把它们吓唬走，不准伤害它们，不到万不得已不要开枪。

林子上边的天空蓝得就像刚刚用水洗过一样。队伍沿着森林的边缘移动着。

第一座古墓的挖掘只进行了一个星期多一点就结束了。这是一座附属的墓葬，墓的主人是一个武士，官阶大约是尉官。但是这座墓葬内的文物告诉人们，真正的公主的墓葬在距此不到一天路程的地方。这些都是大人们的事情，钢嘎一概不清楚，他根本就不知道为什么要对这座遥远的墓葬进行挖掘。钢嘎沮丧极了，对于大人们的事情也不想搞清楚，他只是担心考古队挪动营地，自己再也看不到那只美丽的北极白狐了。考古队的营地要转移了，所有的物资都装上了驼背，队伍就要出发了，钢嘎开始冲着爸爸大发脾气，质问道："为什么要离开这里？"

"你以为我是带你到西伯利亚旅游来了吗？"做爸爸的生气了，说道，"一句话，这是工作需要！"

"你们走吧，我自己留下来。"

"你混蛋！"

钢嘎哭着被抱上骆驼的脊背，一边抹眼泪，一边不停地回头看。

考古队整整走了一天，在天近傍晚的时候扎下了帐篷。

大家忙着扎帐篷，点篝火。

一夜无话。

5 山野精灵

钢嘎还在为失去白狐狸而闹情绪，他在食物上发泄自己的不满。中午吃饭的时候钢嘎没吃几口就把碗放下了，嘟嘟囔囔地抱怨说："又是西红柿……又是西红柿，天天吃这些越南蔬菜简直让人腻透了。"

考古队的食物由俄罗斯方面负责提供，主食是面包，蔬菜则一律由飞机从越南运来。不只是考古队，整个西伯利亚的蔬菜百分之八十都是由越南空运过来的。这是蔬菜商人们的事情，大概是受价格的影响吧。种类也只限于西红柿、黄瓜、青椒几样，非常单调。

"一股塑料大棚味儿！"过一会儿钢嘎又冒出这么一句。

"还有保鲜剂的怪味儿。"达瓦达也说。他在讨钢嘎的欢心。包斯钦把钢嘎托付给了这位图瓦人，并为此送给他两瓶从中国带来的酒。包斯钦知道达瓦达嗜酒如命。

俩人有一搭没一搭地说着，其实都没往心里去。他们用蒙古语交流，达瓦达会讲简单的蒙古语。可钢嘎的心里想着盼着的还是那只白狐狸，他一边与达瓦达说着话，目光却在朝营地四周张望。

达瓦达说："不吃这些吃什么？从新西伯利亚带来的菜就只有这几种。"

"这种时候你要是到我们那里就好了，在呼和浩特好吃的可就多了去了。"钢嘎说，"不单是蔬菜，水果的品种多得数也数不过来，比如河套蜜瓜，你吃过吗？"

吃完饭，钢嘎的爸爸他们去挖掘现场了。

不知道为什么帐篷要和挖掘现场拉开挺长的距离，差不多比二里地还要多。

"跟我来吧，孩子。"达瓦达对钢嘎说，"咱们到林子里去。"

钢嘎情绪开始好了一点，站起身准备跟达瓦达走了。

"别忘了拿照相机。"达瓦达说，"树林里有许多好景致。我采蘑菇，你照相。晚上咱们改善伙食。"

达瓦达钻进帐篷，出来的时候手里多了一样东西，是一个淡黄色的塑料盆。他继续说着："听说你们热带地方的树林密不透风，是吗？我们这里的林子可就不一样了，林子里阳光很充足，在林业学上有个名堂叫明亮型森林……

我知道在密不透风的森林里是无法照相的。"

"在树林里我们会遇上野兽吗？"钢嘎跟在达瓦达的身后提出藏在心里的问题，语气中透露出内心的惶恐。

"不会的，"达瓦达说，"林子里有虎有熊那是你爸爸吓唬你的话，他怕你一个人到处乱跑。有我在你什么也不必害怕。"机灵的迪卡已经猜到达瓦达是要带钢嘎到林子里去了，还没等人们叫它，已经率先行动起来，嗖嗖几下就跑进了桦树林，不久又从林子里蹿出来，"呜汪、呜汪"地叫着，蹲在树林的边缘等候着主人。

这可是钢嘎跟着爸爸到西伯利亚以来头一次走进树林子。爸爸曾经对钢嘎不知道警告过多少次，绝对不允许他走入树林子里，说是树林子里有狼有虎有豹子，可怕得不得了。但是树林对于钢嘎来说真的是太有吸引力了，越是不允许他就越是觉得神秘。

钢嘎跟着达瓦达走进树林里了。不久他就看到一只蓝色的鸟，绿色的脖子、鲜红的喙。钢嘎给那只叫不出名字的鸟照了好几张相。后来又发现一只肥大的雪兔，没能追上。就在钢嘎追赶雪兔的时候，他感到在离自己很近的一棵桦树后面有一道白色的光像一阵风似的贴着草丛刮了过去。一个预感在钢嘎的心里升起，他跑过去。在一片潮湿的土地上，他找到一溜熟悉的半拉梅花似的印迹。他立刻就认出来，那是白狐狸留下的爪印。"哇！"钢嘎在心里叫道，"真的是白狐狸……我又看到它了。"

钢嘎把迪卡叫到身边，指指地上的印迹说："跟上它……"

迪卡随着狐狸的印迹追去了，钢嘎则紧紧跟在迪卡的后面。

其实白狐狸就在钢嘎左右不远的地方，或是这棵树或是另一棵树，它的脑袋时不时地露出来。有一次甚至突然间出现在钢嘎前面几步的地方，停在那里望着他。那只北极白狐站在一棵桦树旁边，横着出现在自己面前的景象深深地印在了钢嘎的脑子里。他与狐狸的距离最多不超出三米。蓬松的大尾巴拖在一片浅绿色的冰草上面，钢嘎将它整个身体看得清清楚楚。只是一瞬间它就又消失了，简直让人无法知道它是从哪里冒出来的，好像是从地里钻出来似的，又像是由天上降下来似的。总之不管到哪里,它总能找到钢嘎,悄悄出现在他的视野中。

钢嘎跟着达瓦达从树林子里走出来的时候,白狐狸没有跟出来,它留在了林子里。在树林的边缘,钢嘎听到一个声音。那声音像什么钢嘎一下说不上来,但他知道那是白狐狸发出的叫声,绵细、嘹亮、深远、悠长。狐狸的叫声在静静的白桦树林间一晃一晃地跳跃着、激荡着,仍旧是非常湿润的感觉。

在白桦林子里的这个上午钢嘎玩儿得真是痛快极了,他跑得浑身都冒汗,走出林子的时候他的外衣也脱下来了,搭在肩膀上。

6 图瓦人的故事

晚餐的时候,当达瓦达把炖好的蘑菇端出来时,几乎所有的人都欢呼起来。但是钢嘎似乎毫无感觉,达瓦达问他:"孩子,你觉得怎么样?"

"样子真是太美了!"

"那么味道呢?"

"什么味道?"

"晚餐的味道呀。"

"哇……我没吃出来,也许很好吧。"

这时候钢嘎才发觉自己走神了,他的思绪还在那只北极白狐的身上。

每天考古人员上挖掘现场,营地就只剩达瓦达和钢嘎,再就是不会说话的迪卡。他们面对的是阿尔泰山、桦树林、旷野和鸟叫声,这里的环境寂静得要命。钢嘎也不可能把所有的时间全都用来拍照,更多的时间钢嘎是和达瓦达在一起的,接触的时间长了,钢嘎对这位图瓦汉子开始喜欢起来了。最吸引钢嘎的是达瓦达肚子里的那些奇奇怪怪的故事。

图瓦人是一个神奇的民族,有关这个民族在民间流传着许多神秘的传说。没事的时候达瓦达就一边烤面包或者择菜,一边给钢嘎讲述他们部族的历史。

达瓦达说在他爷爷的时代，狐狸有红狐狸、白狐狸、灰狐狸、黑狐狸，还有旱獭、野山猫、雪豹、灰鼠，大型的动物有狼和鹿，简直可以说漫山遍野都是。这里曾经是世界上野生动物品种最多的地区之一，每年都有成千上万的动物皮张从这里运往世界各地。过去，巴黎的贵妇最珍爱阿尔泰山出产的青狐皮，她们以拥有一件青狐皮披肩而骄傲。那时候这里简直就是一个世界上最大的狩猎场。但是现在不行了，人们开始明白，不能再这样对待动物了，动物是人类的朋友，杀死动物就是破坏了人类自己的生存环境，到头来遭受惩罚的还是人类自己。这些话都是达瓦达讲给钢嘎的。

达瓦达是一个故事篓子，从他嘴里讲出来的许多奇奇怪怪的故事你就是连想也不会想到。有一个关于河狸的故事，一直到很久以后钢嘎都不敢相信那会是真实的事情。那时候钢嘎呆呆地望着达瓦达的大胡子，思绪随着图瓦人走进一个神奇的所在：

……河狸以食鱼为主，因此它们都栖息在盛产鱼类的河流两岸。春天它们成群结队地出动，去捕捉同类，然后将俘虏带回自己的洞穴中。于是那些可怜的河狸俘虏就成为奴隶，它们在主人的逼迫下从事繁重的劳动。它们用牙齿把整棵整棵的树木啃倒、拖走，从树上咬下一块块大小适当的木块，然后在洞穴中将木块搭配起来，就像我们人类中的木匠做箱子一样。

河狸奴隶不停地干活儿。而它们的奴隶主主人则在一旁看着它们，监督着它们。我们这里的人们都能够认出河狸奴隶来，它们的皮毛总是很杂乱，身体也很瘦；而一般的河狸奴隶主则身体肥胖，皮毛光滑油顺，样子很体面。

这些故事让钢嘎听得如醉如痴。但是不管怎样，达瓦达还是难以把钢嘎的注意力长久地从北极白狐的身上吸引过去。只要一得空，钢嘎就跟着迪卡去找尤莉。说到尤莉，钢嘎连一个字都没有向达瓦达透露。这个九岁的中国男孩内心里有一个非常强硬的东西，促使他坚定地保守着自己的秘密。他觉得这是对他的朋友白狐狸负责的表现，他已经把白狐狸当作是好朋友了。

7 "饕餮"的迪卡

考古队的工作按照计划向前推进。钢嘎很少到现场去，那里对他毫无吸引力。

西伯利亚给钢嘎留下深刻印象的还有一种东西，就是梭鱼。梭鱼的鱼头很小，肉质非常细腻。钢嘎听爸爸说，这种梭鱼属于冷水鱼，生长非常缓慢，也正因如此它的味道才鲜美异常。只是因为眼下这里是夏天，考古队能吃到的梭鱼大都是鱼干。这里的人在晒制鱼干时都要给鱼的身上抹盐，因为是淡水鱼，所以没有海鱼那种咸腥的味道，细细地咀嚼会越嚼越香。

西伯利亚缺少新鲜蔬菜这事还是没有出发时钢嘎就知道的，他们做了准备，从呼和浩特出发的时候在三菱汽车的后备厢里装了不少蔬菜，有白菜、黄瓜、茄子、土豆……不幸的是还没走到目的地，那些新鲜的蔬菜就差不多都烂掉了，一路走一路扔。土豆倒是没有烂，可也都蔫巴了。

钢嘎觉得很奇怪，在家的时候这俄式面包多会儿吃多会儿都香得不得了，现在来到俄罗斯境内没吃三天就腻了。钢嘎不喜欢这些食物，尤其是蔬菜，都是从越南空运过来的黄瓜、西红柿、油菜，总是散发着保鲜剂的味道和塑料大棚的味道。至于考古队自己带的水，全都是工厂里生产出来的纯净水，整箱整箱地垛在帐篷里，钢嘎更是不愿意喝。他宁可把瓶子里的水倒掉跑到河里装河水。

有一样东西是钢嘎特别喜欢的，那是达瓦达自己带的一种土制的碳酸水。这是一种古老的饮料，图瓦人叫它霍尔斯。味道酸酸的，又有甜味，钢嘎是越喝越喜欢，几乎每天起来都要向图瓦人讨要，最后达瓦达连装水的罐子都送给了钢嘎。

甜丝丝的霍尔斯把钢嘎与达瓦达之间的距离拉近了。

细心的乌兰诺娃不但对钢嘎特别关照,还特意安顿达瓦达照顾好迪卡:"千万不能慢待了迪卡,不管怎么说,它从遥远的中国来到西伯利亚,就是咱们的客人。"

因此,迪卡享受到的食物比那两只西伯利亚狗还要好还要多一些。

在饮食上迪卡倒是很适应,每次都吃得很多也吃得很香,食量大得都使钢嘎觉得奇怪了。"少吃一点儿吧,会撑坏的。"有时候看着迪卡进食的样子,钢嘎就会忍不住走上去把迪卡从食物跟前赶开。

过了些日子,钢嘎发现了迪卡超量进食背后隐藏着的秘密。那一次钢嘎自己拿鱼干去喂迪卡。他从口袋里把咸鱼干掏出来抛给迪卡,可是迪卡叼到一块后并不吃也不走开,它把咸鱼干放在脚边的地上后望着钢嘎,等着他抛出第二块。当它把第二块咸鱼干叼住以后,就将两块咸鱼干摞在一起,叼着跑了。

"迪卡,你干什么去?就在这儿吃,别乱跑……"

但是迪卡头也不回地跑远了,它钻进了桦树林子里。

每次都是这样,把自己的一份放在一边,还要。迪卡这种反常行为让钢嘎大惑不解。

夜里,钢嘎听见迪卡的肚子咕噜咕噜叫,迪卡就睡在小主人的身边。这习惯还是迪卡从小就养成的。钢嘎专门为迪卡买了一块地毯,放在自己的床边,地毯就是迪卡的床。没有这地毯迪卡是不睡觉的。有几次钢嘎发现迪卡在帐篷的角落里啃骨头,肚子瘪瘪地耷拉着,一看就是非常饥饿的样子。钢嘎只是觉得很奇怪,也没有往深里想。考古队所带的食物是很有限的。

迪卡多吃多占让达瓦达不满了,图瓦人开始抱怨了。

"不行,你的狗太特殊了,这是不能允许的。"达瓦达对钢嘎提出了抗议,"每个动物的食物都是定量的,你的迪卡也不能特殊,尽管它也算是客人。"

达瓦达把装梭鱼干的袋子扎上了口,放进了一个大箱子里。箱子的钥匙谁也不给,就在他自己的裤腰带上吊着。

过去钢嘎为迪卡索要食物,达瓦达总是很大度地指指那顶放置食物的帐篷，简单地说："这不用问，孩子，需要什么你自己尽管拿吧。"

钢嘎知道好日子算是过去了。

而迪卡呢，自从达瓦达给它限定了食物的数量以后总是吃不饱。每当发放食物的时候，迪卡依旧把分给它的鱼干叼在嘴上，既不吞下去也不放在地上，两眼直勾勾地望着钢嘎。钢嘎觉得迪卡的眼里溢满了乞求的神情，但是他一点办法也没有。

8 钢嘎与狐狸的第一次亲密接触

这天早上吃过早饭之后达瓦达就骑着马走了，他是专门回他自己的村庄去的，是为了取土制的饮料霍尔斯。达瓦达到考古挖掘地随身只带了一罐霍尔斯，是为自己准备的，当然不够几天喝的。这是一种很开胃的饮料，尽管好喝也不能带很多，喝喝就算了，不是什么必不可少的东西，渴了有大量的纯净水，还有鄂毕河的河水。哪承想这土制的饮料竟使钢嘎着了迷，都让他一个人喝掉了。达瓦达决定专门回自己的村庄取一次，他很喜欢这个来自中国的小男孩。

乌兰诺娃临时派了自己的一个学生代替达瓦达为大家做饭。

这天夜里发生了一件事，迪卡抓到一个小偷。睡到半夜，狗叫声把人们惊醒了，队员们都跑到帐篷外面去了，听到古墓那边传来一个男人的变了调的喊叫声。许多手电筒同时照着，黑暗中两只西伯利亚狗像箭一般地冲出去。迪卡的吠叫惊动了人们，人们打着手电筒跑向挖掘现场。人们看到一个蒙着脸的男子被迪卡抓住了，盗墓人的裤脚被迪卡死死咬住，动弹不得。

天亮以后，经过简单的询问，证明迪卡抓到的真是一个未得逞的盗墓者。这是一个老练的盗墓者，他把自己的衣袋翻过来，把所有随身带的东西全都摆在乌兰诺娃的面前，证明自己一无所获。最后，地区公安局把盗墓者带走了。意外的成绩使迪卡证明了自己的优秀。达瓦达和考古队上的人对迪卡开始刮目相看了。迪卡获得了人们的信任，它可以任意地在营地走动了。这也就是说它可以到挖掘现场去，在这之前它是不准到挖掘现场的。

盗墓者被抓住的那一夜，钢嘎因为激动失去了睡意。他和李辉叔叔留在了帐篷外边。

夜的奇异色彩正在展现：宝蓝色的、酱紫色的、暗红色的……各种各样的色团摇曳着，晃动着，闪烁着，相互交融着，没有一刻是固定不变的，就像许多只彩色的大鸟在飞来飞去。对，应该说是凤凰在飞翔才更接近真实。

山峦、森林、草地的颜色也跟着在变化。银白色的阿尔泰山高高耸立着，模样十分庄严。它的背景是深蓝色的天幕，无数星星在闪动。整个夜空因此变得生动无比。而周围的草地和桦树林是那么的沉静，静得让人心里十分安宁。

李辉叔叔说："钢嘎，你应该把这里的夜景拍摄下来，如果你真的想成为一个摄影家的话。要知道并不是每一个摄影家都有机会到这里来的。"

夜里的寒气冻得他们瑟瑟直抖，他们燃起了一堆篝火。两个人围着篝火欣赏西伯利亚的夜景。

钢嘎把照相机架起来，将镜头对着灿烂的天空。

篝火的火焰跳跃着，温暖着夜的黑色。静谧潜伏在深邃的黑暗后面。

"那是织女星，那是天狼星……银河，北斗……"

天象从来没有像今天这样清晰过，就像面对面相会似的。李辉给钢嘎讲起了星星的故事。夜空原来是这样的热闹。

李辉讲故事讲得正热闹的时候，钢嘎突然愣住了，尤莉又一次出现在他的面前！就在他仰着脸观察北斗星座的时候，钢嘎眼睛的余光感受到了一道奇异的蓝光在身边不远的草丛里移动、闪烁。那里是一片茂密的柠条丛。那道奇异的蓝光像一阵风，无声地刮着，深褐色的柠条被它带得摇曳起来。在一瞬间，柠条丛中突然间亮起两盏灯，是橘黄色的。钢嘎知道那是尤莉的眼睛，尤莉在朝他看。

钢嘎凝视着一个地方，一时间竟忘记了拍照。过了一会儿，一件让钢嘎更加吃惊的事发生了，迪卡与尤莉在一起的情形出现在他的视线里。迪卡暗色的身影紧跟在那道蓝色的闪电后面。狗和狐狸奔跑着,在月光的映照下,它们的身影很像是连在一起的波浪,前面是冰蓝色,后面是暗紫色。迪卡身体的颜色在夜里变得让钢嘎感到陌生,他不明白黑白花纹的皮毛怎么就会呈现出暗紫色。尽管如此,钢嘎还是一眼就把迪卡认出来了。尤莉身体的颜色一会儿是天蓝色,一会儿是深蓝色,一会儿又是一种会变幻的冰蓝色,闪闪发光。这色彩的变化让钢嘎感到惊异,他知道色彩的变幻在摄影方面具有的不同寻常的意义。

"迪卡!你回来,迪卡。"钢嘎轻轻叫道。

过了一会儿迪卡跑回来了。迪卡绕着钢嘎转,嘴里呜呜哼哼地低叫,身体轻捷地弹跃着,样子兴奋极了。迪卡的身上散发出新鲜的野花的香味,那是一种只有在晚上才开花的野草。

"迪卡,告诉我你是和尤莉在一起吗?"

迪卡回答:"呜汪,呜汪!……"

"我想好好看看尤莉,你能把它从柠条丛里引出来吗?我知道你们已经成为好朋友了。"

迪卡又回答:"呜汪,呜汪!……"

"去吧!"钢嘎拍拍迪卡的脑袋,"告诉你的朋友,我绝不会伤害它,我只是喜欢它,想仔细看看它的样子。或许它能允许我为它好好地拍一张照片吧?"

迪卡嗖地跑去了。

"别做梦了。"李辉叔叔仰身躺在一个行李包上,脸冲着天空对钢嘎的做法表明自己的观点。

"为什么?"

"很简单,你是一个人,迪卡是一只狗,它是动物,没有语言,至少是没有共同的语言。而尤莉更是一只野生动物,所以你和它们之间是永远也无法沟通的。"

"可是迪卡能够听得懂我的话。"

"你所说的沟通，对于迪卡来说其实只是一只狗对人类的一些简单的信号的接受罢了。"

"信号也是语言。"

"或许是，但是无论如何尤莉与你之间是不会建立起信任的。我活这么大还没有听说过，不信你等着瞧，看看迪卡能不能把尤莉带到你的身边。"

谈话结束了。

李辉观察天空，钢嘎坐在草地上等待着。月光映照着，夜空变成半透明的青蓝色。月光下，草原和森林显得十分清楚。

过了一会儿，迪卡从茂密的柠条丛中走了出来，它是独自一个出来的。钢嘎有些失望地看着迪卡的身体一摇一晃地移动，他奇怪地发现迪卡走路的姿势与平时大不一样，它像猫似的迈着步子，动作非常的轻柔，令人想到T形台上的模特。要知道迪卡的性格中最突出的就是富有激情，简单说就是机灵、热情，平时它走路总是一颠一颠的，弹性十足，爪子在地上稍稍一点立刻就又抬起来。而现在迪卡每迈一步都踏得非常稳当，走路的姿势给人一种非常文雅的感觉，似乎是接受过什么特殊的训练。

迪卡朝钢嘎走过来，隔一会儿它就会停下来，在草地上坐下，朝树林那边张望一会儿，然后接着走，还是那样不紧不慢地迈着步子。迪卡走到距离钢嘎只有十几步的地方了，它停下来，再一次朝树林那边看。

迪卡目光扫过的地方只有风在草尖上无声地滑过。望了一会儿，迪卡把前腿支起来坐下了，它的目光始终没有离开过树林。大概没有指望了，钢嘎这样想着，开始做自己的事情。钢嘎支起照相机的架子，把镜头对着紫色的天空，镜头的下半部分是头戴"白帽"的阿尔泰山山顶，对钢嘎来说这几乎是一个永恒的主题——他的许多景物照，阿尔泰山的白色山顶都被拍摄进去了。

迪卡从主人的身边离开了。钢嘎看见它一颠一颠地跑向了树林。钢嘎已经不再关注迪卡了。迪卡又一次钻进了树林里。

过了一会儿，迪卡从树林里走出来，还像头一次一样，一摇一摆地走着猫步，走一段路就停下朝后面望一会儿，然后再走。

钢嘎把脸紧贴在照相机上,手指拧着旋钮调整着焦距、光圈。篝火的闪光跳跃着,钢嘎总是难以找到合适的位置。

感到有什么在扯自己的裤脚,不用看钢嘎也知道是迪卡。"去去,别闹,我在干正经事。"钢嘎抬脚把迪卡踢开了。

可是迪卡又一次叼住了主人的裤脚,不再松口。钢嘎端起照相机的支架,他觉得位置不甚理想,想挪一个地方,却被迪卡扯住裤脚不能动弹。钢嘎有点生气了:"干什么……别闹!"

而实际上奇迹就在他不经意的时候已经发生了:就在钢嘎与迪卡纠缠的时候他看到有两盏灯,是橘黄色的光,在桦树林边缘那里亮起来,是尤莉,钢嘎的心立刻激动起来。在他大喜过望的目光中,尤莉正在一步一步朝着他走过来。

篝火的光在跳跃,忽明忽暗,勾勒出一只狐狸的完整形状。钢嘎惊呆了,他发现在篝火映照的瞬间里,尤莉的通体呈现出嫩嫩的粉红色。

"哇!原来是一只粉红色的狐狸。"李辉叔叔也发现了尤莉,他惊叫起来,"钢嘎,快看……"

刹那间尤莉就消失了,紧跟着迪卡也不见了,像一阵风似的刮走了。

是李辉的喊声惊动了它们。

"哇!你的迪卡真的把狐狸给引诱出来了。"李辉叔叔失魂落魄地惊叫起来。他停止了对天空的观察,挪到钢嘎的身边挨着他坐下,开始目不转睛地盯着迪卡和尤莉消失的那片柠条丛看。

"真是什么事情都会发生啊……这世界。"李辉叔叔对钢嘎发表着感慨。

大概过了半点钟,迪卡和尤莉相跟着走出桦树林。这一次它们显得不那么紧张,互相追逐着,在距离篝火不远的草地上奔跑着、嬉戏着,响亮地鸣叫着。

钢嘎没有动。他和李辉叔叔静静地在篝火的后面观察着。跳动的火焰发出噼噼啪啪的声音。火光映照着,钢嘎发现迪卡和尤莉在一点点向他们靠近,最后在距篝火很近的地方停了下来。钢嘎目测了一下,大概不超过十几步吧。迪卡和尤莉都坐下了,身子挺立着,与钢嘎和李辉面对面看着。钢嘎注意到,尤莉的身体就像被篝火照透了似的,粉红色的皮毛鲜亮极了,仿佛一团火焰般在燃烧着,向四周散发着热量。

后来是迪卡行动起来,它走近小主人,在他的身上嗅着、蹭着。

起初尤莉没有动,它就坐在原地,脸上也没有特殊的表情,只是拿那双在火光下会变色的眼睛朝着钢嘎他们这边看。没有亲近的意思,可是也没有紧张,更没有逃跑的意思。过了一会儿,不知道为什么尤莉站了起来,它转身向桦树林那边走了几步,又停下,侧着身子站着。如果单从形体语言来判断,尤莉是打算要离开,可事实是它并没有选择离开。过了一会儿,它又转过身子再次朝钢嘎走过来。这一次尤莉停下来的地方距钢嘎最多只有两米!狐狸坐下来,与钢嘎面对面地望着。

"尤莉……你别害怕。我很喜欢你。"

钢嘎向狐狸伸出一只手。接受前一次的教训,钢嘎身体没有动,而且手上的动作也非常轻柔。

这一次狐狸没有让孩子失望,它抖了抖肩膀。当然,狐狸抖肩膀的时候是连脑袋也一起抖动的。钢嘎看见狐狸银白色的胡子在瞬间连成一个扇面,直闪红光。

于是钢嘎又叫了一声:"尤莉……过来。"

这一回钢嘎得到回应了,尤莉"吱——哦"叫了一声。

钢嘎高兴地笑出声来,开始拍手。

迪卡奔向尤莉,绕着狐狸跑了一圈儿,拿嘴头子在它的身上蹭着,呜呜直叫,稍后迪卡又跑回到钢嘎身边。

后来,尤莉和迪卡玩起了一种游戏:它把自己柔软的身体蜷成一个毛团儿,脑袋和尾巴都缩进去,找不着了,真的就像一个毛茸茸的球体。这时候迪卡就绕着那个"毛球"转圈儿,观察着,不知道为什么迪卡围着毛团绕了好几个圈儿。过了一会儿,迪卡开始尝试拿嘴拱着那个毛球在地上滚,后来就越滚越快。

不知不觉间钢嘎也加入了迪卡和尤莉之间的游戏。他走到尤莉跟前，拿手推着它在地上滚。钢嘎笑着、跳着、奔跑着，尤莉并没有受到惊吓。

李辉在一旁不敢出声也不敢动，整个人就像木雕似的呆在那里。

第二天李辉在和人们谈起这件事的时候，仍然不敢相信自己在头天晚上看到的情形是真实的。他一个劲儿地说："简直就是神话，让人难以置信！难以置信！一只狐狸竟会和人在一起玩儿。"

这是钢嘎与尤莉的第一次亲密接触。

9　钢嘎与狐狸的第二次亲密接触

这是一个暖融融的早晨，钢嘎还在睡觉。此刻只有他一个人躺在帐篷里。昨天晚上他拍夜景睡晚了，熬夜对于一个才九岁的孩子来说是一件非常累人的事情。钢嘎感到脸上痒，同时有一种气味钻进他的鼻孔刺激着他的味觉，是一种腥味和酸味搅和在一起的特殊的味道。

钢嘎醒了。

"别闹……迪卡，到一边去。"

每天早上，不管是在家里还是在挖掘营地，都是迪卡弄醒小主人。迪卡就睡在钢嘎的身边。在钢嘎的旁边铺着一块绣着蝙蝠图案的地毯，那是钢嘎为它准备的床。

可是迪卡没有离开，还在拿它热烘烘的嘴蹭钢嘎的脸。

睁开眼睛，钢嘎看见一个模模糊糊的影子站在自己身边。他迷迷糊糊地问道："迪卡，天亮了吗？"

钢嘎伸手触到"迪卡"的身体，有一种异样的感觉通过手传导给他。钢嘎眨眨眼睛再看时，发现站在自己身边的并非迪卡，而是白狐狸尤莉！钢嘎有点不敢相信自己的眼睛，他眨巴眨巴眼再看时，果然是尤莉站在他身边。尤莉瘦削的脸上浮着笑意，细眼睛在望着他。钢嘎伸手摸摸，感受到白狐狸身上又厚又柔的毛暖洋洋的,柔软得使他心里有一种特别舒服的感觉,完全像沉浸在一个童话之中。美好无比的感觉一直持续到钢嘎起身穿衣。

钢嘎刚刚把一件秋衣套在头上,等他把脑袋从秋衣里钻出来的时候,尤莉就消失了。钢嘎光着两条腿追出帐篷,喊道:"尤莉!尤莉!"

帐篷外只有一片安静的草地在他的眼前铺展着。钢嘎又喊:"迪卡!迪卡!"

就连迪卡也不见了。

钢嘎很想证实一下刚才在帐篷内发生的事是不是幻觉,可把这件事讲给别人听是不会被相信的。尤莉连一点踪影也没有了,他愣怔了好一会儿,回味着刚才的那一幕,自己也疑惑起来,似乎刚才的事根本就没发生过。但是他无法证实。

尽管如此,钢嘎心里体味到一种从未有过的愉快,他想尤莉真的是信任他了。这时候钢嘎才发现不但迪卡和尤莉不在眼前,达瓦达也不在帐篷里,帐篷附近没有他的踪影。

树林那边传来人的喊喊喳喳的脚步声,是达瓦达回来了。钢嘎想,达瓦达一准是到林子里采蘑菇去了,而尤莉的匆匆离去与达瓦达回来的脚步声有直接的因果关系。

关于尤莉钻进帐篷的事钢嘎没有告诉达瓦达,连一个字也没讲。他坚定地保守着秘密,他认为这个秘密只属于自己、迪卡与尤莉,甚至连爸爸也没有告诉。他觉得随便告诉人,就是对尤莉和迪卡的出卖,至少也是不尊重。现在他们之间已经达成一种默契——这种默契是无法用语言来传达的,也没有别的界限,这种默契是心灵与心灵的沟通。

这一天钢嘎总是在唱歌。不论是帮达瓦达洗蘑菇还是自己一个人在草地上拍照,嘴里总是在哼哼着一支歌。尤莉那条漂亮的大尾巴在他的眼前晃了一整天,蓬蓬松松,绵软无比。它飘动着,在阳光下闪着银色的毫光……

10 迪卡的错误

钢嘎的爸爸他们忙于古墓的挖掘，据说很有进展，他们把周围的一切都忘记了。但钢嘎对于古墓并不感兴趣，这差不多是属于两个世界的事情。在考古队里曾经发生过一次激烈的争吵，是由达瓦达引起的，这个爱喝酒的汉子糊里糊涂地把古墓的位置指错了。钢嘎后来才知道，好端端的考古队转移地方就是由于达瓦达的错误造成的。考古队的注意力全都被躺在地下的古墓的主人吸引了，他们要把损失的时间赶回来。

发生了一件事情：营地上一只杀好的鸡神秘地失踪了。没人注意这件事。达瓦达做饭时要用鸡肉了，去取那只褪好毛的鸡的时候那鸡却不见踪影了。

"是谁把我宰好的母鸡偷走了？"达瓦达跑到正在拍照的钢嘎跟前询问。

钢嘎说："不会的，这个地方没有外人来。怎么会有小偷呢？"

"可也是的……"达瓦达迷惘地望望周围的草地和桦树林，他也对自己怀疑起来了，"该不是昨天我喝醉了，根本就没有把鸡宰好吧？"

"也许是吧。"

达瓦达嘟嘟囔囔地抱怨着，走向鸡笼。他又重新宰了一只鸡。

这件事情就这样不了了之。

但是过了两天，同样的事情又重新上演了。

这一回达瓦达一下子就将怀疑的目标指向了迪卡，他问钢嘎："坏事该不会是你的狗干的吧？要知道咱们这儿再没有别的什么人了。"

"迪卡是一只有教养的狗，它是不会做这种偷鸡摸狗的事情的。"钢嘎只同意达瓦达一半的看法，"也许是别的狗，比如说那两只西伯利亚狗。"

达瓦达气势汹汹地走向挖掘工地，他去找那两只西伯利亚狗去了。过了一会儿他回来了。钢嘎一看他的表情就猜到了达瓦达肯定是一无所获。对于钢嘎的询问达瓦达只是说："没有证据，两只西伯利亚狗的身上连一点点痕迹也找不出来，它们没有吃我的鸡。"

没过几天又有一只鸡失踪了，这一次丢的是一只活鸡，它是在笼子里被偷走的。

"再没有什么食肉动物了！"达瓦达把一只手举到头顶上有力地向下一劈，语气十分肯定地对钢嘎说道，情绪十分激动。

"也许有野狗。"

"没有！"

"说不定的。"

"难道说还有谁会比我更知道阿尔泰吗？"

达瓦达气得连胡子都翘了起来。"要说野生动物就只有狐狸了。"达瓦达语气肯定地说，"除了狡猾的狐狸再不会有谁能做出这种事情。"

钢嘎心里一抖。对于达瓦达的怀疑钢嘎是坚决不同意的，但可悲的是不久之后的一个事实证实了达瓦达的猜测。图瓦人在林子里找到了丢失的鸡的下落，可怜的鸡只剩下几块骨头了，还有一些散落的鸡毛。重要的是在鸡骨头的周围发现了许多半拉梅花状的爪印。钢嘎一眼就认出了那是白狐狸留下的痕迹。同时钢嘎还发现了另一些他非常熟悉的爪印，不用看就知道那是迪卡的爪印。

达瓦达从柠条枝上摘下几根白色的细毛，拿手指捏着对着太阳仔细观察了半天，语气非常肯定地说道："这是狐狸毛，是一只北极白狐。"

"没有什么白狐狸、黑狐狸……"钢嘎徒劳地做着解释，话没有说完自己的脸就红了，同时觉得直喘气。

"还会有谁比我更知道阿尔泰吗？"达瓦达情绪很激动，"对狐狸我早就有察觉了，它就在我们营地附近窜来窜去的。这回我一定要抓住它。图瓦人有句谚语：'再狡猾的狐狸也斗不过好猎手。'"

11 冰美人亟待出世

这天上午，钢嘎随爸爸来到古墓挖掘现场。来阿尔泰山以后这是他头一次走进挖掘现场，是爸爸一定要他来的，爸爸对他说："就要有重要的考古发现了，而这个发现很可能是具有划时代意义的，可以说是千载难逢。"

在钢嘎不经意的时候，古墓的挖掘一直在以预计的速度向前推进。考古队在向下挖掘到两米深的时候，发现一个不大的斜洞，包斯钦和乌兰诺娃亲自下去观察了一会儿，他们重新回到地面以后，钢嘎听到乌兰诺娃说："毫无疑问，这个洞是盗墓者留下来的。"

钢嘎不能理解，在这样偏僻和遥远的地方，地形又如此复杂，盗墓者竟然也会光顾。这些走歪门邪道的人是些什么样的人？属于哪个国籍？他们使用什么样的交通工具？什么样的挖掘工具？真的是令人费解。

是的，不管正在开掘的古墓让大人们多么的激动，它还是难以引起钢嘎的兴趣。孩子对于大人们的世界不能理解。钢嘎把目光从古墓坑移向了周围的景物。墓地就在阿尔泰山平缓的山坳间，从这里可以清楚地看见立在不远处山冈上的铁丝网。那就是中俄国境线的标志。钢嘎想，他只要憋足一口气就能跑回自己的国家，中途都不用歇气。铁丝网在太阳的照射下闪耀着冷冰冰的光，无言地述说着一种威严。

"是她，改变了历史！"包斯钦在儿子的耳边低声说道。

钢嘎知道爸爸下边会说些什么。考古工作是在与逝去的世界进行对话，是与先人的晤谈。在他们的眼里，古墓中所有的物品，例如一把锈迹斑斑的青铜剑、一个雕花的瓷器、一件薄如蝉翼的纱裙……全都是在用有形的语言向现代人述说着过去的生动故事。这种语言能使数百年甚至上千年前的生活图景得以重现。所以考古人员才会那样痴迷地被它吸引，年复一年地奔波于山野之中，乐此不疲。

铁锹插入土地发出一阵阵"嚓嚓"声。山谷把这声音放大传播出去。

所幸，这座墓葬的主体并未遭到太大的破坏。再挖下去一米半的时候，一个棺木突现出来，是用雕琢整齐的石头和木头垒成的薄棺。棺木的旁边有三匹马，显然是陪葬的祭物。揭开棺盖，里面是一具男尸，未发现任何文物。乌兰诺娃断定：仅有的文物全都被盗墓者劫去了。

所幸的是盗墓者并未发现真正的珍奇的墓葬，似乎他们的勾当早已被两千年前的智者算定了。

乌兰诺娃绕着古墓仔细观察，发现了新的秘密。她请民工们把棺木移开，发现下面另有洞天——还有一个更加隐蔽的墓穴隐藏在男尸棺木的下面，而这正是他们所要寻找的东西。

于是人们继续清理。

12 真假迪卡

早晨，达瓦达留下一只西伯利亚狗，没让它到挖掘现场去。他对乌兰诺娃说，要给这只狗瞧瞧病。钢嘎注意到达瓦达在说上面这些话的时候向自己眨了眨眼睛。等考古队的人走了以后，达瓦达就给那只西伯利亚狗打扮起来。他用一种自制的染料给狗涂染皮毛，照着迪卡的样子把西伯利亚狗的皮毛染成了黑白相间的花色。钢嘎在旁边站着，手里牵着迪卡。照达瓦达的说法，迪卡是为他做模特的。染料弄得到处都是，黑一块白一块的，也不知怎么的一下子都抹到达瓦达的脸上去了。这是图瓦人自己发明的一种土制的染料，他们把一些隔年的衰草收集起来，放进一个容器里，再配一些色土，然后用草汁调和起来。达瓦达一边给狗打扮，一边与钢嘎聊天。

"这可是我们图瓦人祖传的染料，着色牢固得很。从很古老的时候一直到现在，我们图瓦人的妇女染衣料全都是使用这种颜料。"

"可是你这是要做什么？"

"我在给狗做美容哪，你没有听说过吗？你们那里没有人这样做吗？"

"没听说过。"

"难道说人不染头发吗？"

"人染头发的事当然有。"

"那就对了，狗和人是一样的，把自己的皮毛弄得好看一点，它们的脸上也觉得光彩呀。"

钢嘎摇摇头。

"那好，你就等着瞧吧。"达瓦达意味深长地朝钢嘎笑笑，"等到我把事情完成了，你就什么都明白了。"

差不多用了一个钟头，达瓦达为狗进行的美容工作总算告一段落。他歪着脑袋打量着自己的作品，与迪卡比较着。

"除了个头稍大一点，其余部分我这个假迪卡与你的真迪卡什么都一模一样。钢嘎，你来仔细看看。"

"只是表面上一样罢了，实际上差远了。"

"这就足够了。"

钢嘎看到把另外一只不相干的狗打扮得与迪卡一个模样，总觉得心里挺别扭。他指着假迪卡，说道："它的毛还没干呢。"

"会干的，太阳一晒很快就会干的。"

"我要把迪卡牵开了，不然两只狗会打架的。"

"不要牵走，更不要放开。"达瓦达着急起来，"我还留着你的迪卡有用呢。把缰绳交给我。"

达瓦达把迪卡牵到一个洼地，把缰绳拴在一块大石头上。他拍拍手上的土，向钢嘎提出一个莫名其妙的问题："你知道狗是怎样谈恋爱的吗？你没有见过吧？"

钢嘎摇摇头。

"你等着看吧，一会儿你就会看到狗谈恋爱是怎么回事了。"

达瓦达到桦树林里去了，钢嘎看出来他的情绪非常兴奋，他几乎是一路跑着进入树林里的。回来的时候达瓦达的背上多了一大捆树枝。他把树枝放在地上，就操作起来。

钢嘎很是不解，问道："你要做什么？"

"我来给你的迪卡搭一个凉棚，太阳的光线太强烈了。"

达瓦达的一双大手非常灵巧，眨眼的工夫他就真的用桦树枝搭起一个简单的凉棚,他把迪卡牵了进去,拴上了。

达瓦达走近那只西伯利亚狗,也就是假迪卡,拍拍狗的脑袋,附在它的耳边说了些什么,把狗放了出去。

钢嘎看着那只假迪卡箭一般地冲出去,跑进桦树林了。

这时候达瓦达消闲起来,盘腿坐在草地上,抽起了烟。烟雾把图瓦人的脸挡住了,钢嘎看不清达瓦达的表情,但是能感觉到达瓦达的得意。

"等着吧,一会儿就会有好戏看的。"

抽了一支烟以后达瓦达就开始做饭了,不再理会派出去的假迪卡的事,只是偶尔撩起眼皮朝树林那边看看。

对于达瓦达的意图钢嘎不是一下明白过来的。开始他一直以为图瓦人是在玩一种他没有见过的游戏。钢嘎等待着,怀着好奇心观察着。不久他就觉得事情越来越蹊跷,当他听到有一声嘹亮的狐狸的鸣叫从桦树林那边传出来的时候,他的心里立刻就明白了。他猜出来了,达瓦达的神秘计划是针对尤莉展开的。他心里说着:这位失业的猎人大概是又想重操旧业了。

很快,假迪卡的叫声也从林子里传出来。

达瓦达正在切菜的刀停下了,他歪着脑袋听了听,两只眼兴奋地冒出光来,笑着对钢嘎说:"孩子,好戏马上就要上演了!"

达瓦达来到一个土丘的背后,趴下去。钢嘎跟在他的身后。从土丘到桦树林之间是一片不太平坦的开阔地。这就是迪卡与尤莉经常互相追逐玩耍的地方。

过了一会儿,首先是那只西伯利亚狗(就是假迪卡)从树林里走出来。狡猾的狗一跃一跃地跳着跑出桦树林,同时回头朝后面看了好几次。一跑上开阔地,假迪卡立刻就把速度放慢了。后来它干脆停下来,坐在地上等着。过了一会儿,奇迹出现了:尤莉的身影开始闪现在桦树林的边缘地带。假迪卡引诱尤莉的计划就要成功了!

钢嘎激动得差一点叫出来。直到这时他才真正明白了达瓦达的意图,他是要用假迪卡把尤莉骗出来,好趁机捕捉尤莉。

装扮成迪卡的西伯利亚狗一次次地停下来，引诱着尤莉来到开阔地上。

钢嘎看到假迪卡与尤莉嬉戏，伸着嘴头拿鼻子在尤莉的身体上嗅着、蹭着。

而尤莉似乎对于迫近的危险并无察觉。它柔软的身体在草地上打了一个滚儿，重新站起来的时候伸着脖子鸣叫起来。

这时候，钢嘎突然听到了迪卡愤怒的吠叫声……

13 狗与狗之间的生死搏斗

后来钢嘎在向朋友们说起这段故事的时候总要特别地强调说："还是迪卡的反应更快一些，我是亲眼看见了假迪卡的勾当，而迪卡被桦树枝遮挡着，它只能凭着听觉来判断。但是迪卡还是赶在我的前面做出了反应……"

迪卡的叫声里充满了愤怒与焦急的情绪。它在树枝搭成的篷子下面跳着，好几次把脑袋探了出来。钢嘎被迪卡的叫声唤醒了，他终于彻底地明白了达瓦达把西伯利亚狗装扮成假迪卡，并用树枝将真迪卡掩藏起来的真正目的。钢嘎也愤怒了，他跑过去把遮在迪卡身上的桦树枝哗啦哗啦推倒，把拴迪卡的绳子解开了。

一阵愤怒的啸叫声，迪卡冲了出去。

眨眼的工夫，速度奇快的迪卡就冲上去从侧面把假迪卡的脖子咬住了。假迪卡尖叫起来。两只狗撕咬滚打在一起了。尘土和草屑飞扬起来，狗的低沉的啸叫从喉咙里向外滚动着，猛烈地爆炸着。"呜汪、呜汪"的叫声搅和在一起，两只狗撕咬在一起的时候已经分辨不出来哪个是迪卡哪个是西伯利亚狗了。整个开阔地成了两只狗殊死搏斗的战场。愤怒成为一种力量，它帮助迪卡占据了压倒性的优势。假迪卡处于下风了，眼看着它的脖子上出了血，皮毛被染红了。

这时候，尤莉早趁机逃得无影无踪了。

后来不知怎么的，打着打着，在开阔地上就变成了两只西伯利亚狗同时对付迪卡的剧情了。听到了动静的另一只西伯利亚狗从挖掘现场跑了过来，参加到战斗中。很显然，一个迪卡是很难同时对付来自两个方向的攻击的，渐渐地迪卡处于劣势了。

钢嘎看出了危险，他冲上去试图把打架的狗隔开。但是西伯利亚狗猜到了他的意图，那只假迪卡猛地扭转过来朝他扑了一下。钢嘎倒在地上了。

那两只西伯利亚狗是藏獒与西伯利亚狗的后裔，不但体格高大，性格也异常凶猛。迪卡吃亏已经是注定的了。

达瓦达还觉得不解气，在旁边跳着、喊着、发泄着："咬它！叫这只不懂事的狗尝尝厉害，叫它流许多血……"

钢嘎哭起来："赶快把它们隔开吧！"

"不行！我要教训它，要不是你这只倒霉的狗捣乱，白狐狸现在已经被我抓着了。"

后来是钢嘎和达瓦达一起出动，才把打得天昏地暗的狗们隔开了。

迪卡受伤了。它的肩胛处和一条后腿都受了伤，鲜血溅得到处都是。其中肩胛处的伤最厉害，一块有钢嘎手掌大的皮从身体上分离出来，向下耷拉着，粉红色的肉膜向外翻了出来。疼痛逼迫着迪卡整个身体都在神经质地颤抖。

又着急又害怕，钢嘎吓得哭了，第一次与达瓦达争吵起来。孩子指责图瓦人："都是你弄出来的事，是你挑起的狗与狗之间的争斗。"

"我只不过是为了捕捉那只北极白狐。"达瓦达说了实话。

"你居心不良……"

从此，迪卡和那两只西伯利亚狗之间结下了解不开的冤仇。无论怎样努力，狗之间的内讧都无法制止。只要是迪卡与那两只西伯利亚狗一照面，战争就肯定是不可避免的了。紧接下来就是尘土飞扬，狗叫声翻天搅地。它们在营地周围追逐厮打，把帐篷里的蔬菜——那可是从越南空运来的高价菜，全都弄翻在地上，面包和蔬菜在狗的爪子下被踩来踩去，糟蹋得一塌糊涂。

大家知道那两只西伯利亚狗是考古队在编的工作狗，它们身负着保卫挖掘地和考古队本身安全的任务。于是惩罚就不可避免地落在了迪卡的头上，一根铁链把它拴住了。

14 被囚的迪卡

白天，两只西伯利亚狗会被带到考古挖掘现场去，它们自由自在地跟在人们的身后走，脖子上光光的。一看到西伯利亚狗迪卡就会委屈地叫半天，它又蹦又跳，把脖子上的铁链弄得哗啦哗啦直响。铁链子的另一头被固定在一块大石头上。那是一块花岗巨石，就是套上一头牛也休想拉动它。铁链三米多长，这个长度就是迪卡的活动半径。

钢嘎每天定时给迪卡喂食。他拿着梭鱼片走近迪卡的时候，迪卡连看也不看。它低声地咆哮着，又蹿又跳。有一天，钢嘎发现迪卡嘴角上淌出了血。钢嘎趴在地上，在被迪卡踩得乱七八糟的土地上找到两颗折断了的牙齿。再看时只见迪卡两只前爪抵住铁链，拼命地撕咬铁链，铁链上不少地方都沾有血迹。

"傻瓜！别再咬了……你的牙齿都被咬断好几颗了，再咬就会成为老没牙的。"钢嘎心痛地骂道，"我去找达瓦达，求他把铁链子打开。"

钢嘎把两颗断牙捧在手上，跑到达瓦达那里。锁迪卡的铁链的钥匙在达瓦达的裤带上拴着。

"你看见了吧……叔叔，"钢嘎把折断的狗牙捧到达瓦达的脸跟前，"迪卡它把自己的牙齿都咬断了。请你放开它吧。"

达瓦达在洗菜。他好像是知道钢嘎要来找他似的，表情非常平静，抬眼朝迪卡那边看了看，轻描淡写地说："你这条狗脾气也太倔了。"

在这之前，图瓦人曾经做了这样一件事情：他独自到森林里去了一次，不是桦树林而是长满落叶松、樟子松的真正原始森林，采来许多草药。他用采来的草药给迪卡治疗伤口，把肩胛处耷拉下来的皮清洗过后重新敷上去，并且用兽皮线把伤口缝上了。达瓦达成功地给迪卡做了一次外科手术，而且达瓦达的草药也真的具有神奇的疗效：没出一个星期迪卡的伤口就完全好了。

钢嘎说:"求求你了,叔叔。"

"不行,把你的迪卡放出来它会到工地上去的,它还要找那两只狗算账的。这一点我早就看出来了。那样一来可就又要乱套了,我负不起责任。"

对于钢嘎的请求达瓦达果断地拒绝了。

连着有五天尤莉没有露面。这只狐狸似乎是消失得无影无踪了。

但是第九天的夜里,尤莉的身影出现在了营地附近的柠条丛里。听到动静,钢嘎从帐篷里跑出来,他是被迪卡和西伯利亚狗的狂叫吵醒的。那个时节,清灰色的月亮照着营地周围,夜风吹动着坚硬的柠条发出嘶嘶的叫声。钢嘎根本就看不到尤莉一点影子。两只西伯利亚狗凶狠的叫声在夜空中传出去很远。它们黑色的影子被月光拉得变了形,显得过分长了,就像是魔鬼。

只是在一瞬间,在桦树林的边缘那儿亮起过两盏橘黄色的灯,忽闪了几下就熄灭了。钢嘎知道那是尤莉的眼睛。

营地这边,被牢牢拴住的迪卡激动得简直像是要发疯。它一耸一耸地蹿着跳着,吼叫的声音比平时大好几倍。

这样的折腾持续了好几个夜晚。尤莉无法靠近迪卡。营地上被狗的吵闹弄得夜夜不得安宁。这种状况一直延续了好几个晚上,终于得以改变,安静了一夜。

这天的上午,钢嘎在给迪卡喂食的时候偶然发现拴铁链子的大石头跟前躺着一只硕大的田鼠。他仔细看了看,发现田鼠的身上有牙咬的痕迹和血迹,证明是被什么咬死的。

达瓦达看过之后简单地对钢嘎说道:"这牙印是狐狸留下的,你的尤莉来过了。"

"不可能,"钢嘎对达瓦达的话表示怀疑,"两只西伯利亚狗不会允许它靠近营地的。"

"它不是夜里来的,狡猾的狐狸是在白天溜过来的。它当然知道两只西伯利亚狗白天全都在挖掘现场那边。"

对于达瓦达的话钢嘎还不是很明白。

达瓦达进一步解释着，他叹口气嘲弄地说道："这只田鼠是狐狸送给迪卡的礼物。它是来探望自己的恋人来了……"

"是吗？"

"你知道什么是恋人吗？"

钢嘎摇摇头："恋人应该是人吧？"

"当然是人，不过现在不是啦，"达瓦达狡猾地眨着眼睛，又以半拉白眼仁斜着瞄住钢嘎，戏弄道，"不过现在我们说的恋人可不是人啦。"

"那是什么呢？"

"还能有谁，就是你的狗和那只北极白狐狸！"

迪卡渐渐安静下来，它把尤莉送来的田鼠拿前爪牢牢踩住，用牙齿把它撕碎了。

隔了一天上午，钢嘎又一次看到迪卡在津津有味地吃着什么东西。他走过去，把迪卡的脖子抱住，才看清楚迪卡正在消受的是一只沙鸡。

现在不论是达瓦达还是钢嘎，大家都知道尤莉在偷偷地给迪卡送食物。但是他们谁也没有亲眼看到过尤莉的身影。它就像是一阵风，来无影去无踪。狗不再狂叫，营地上不论白天还是夜晚都十分安静了。

又过了大概十来天的样子，人们似乎把狗之间打架的事给忘掉了。这天上午，钢嘎清清楚楚地看见了尤莉从柠条丛间走出来的情形。时间大概是九点半，谁都知道这段时间正是营地上最安静的时候，两只西伯利亚狗都到挖掘现场去了，营地上就只有达瓦达和钢嘎。事实上这天上午达瓦达也不在营地上，他到林子里去了。为了挽回一点狗打架造成的坏影响，图瓦人更加积极地工作，几乎天天都去林子里采蘑菇、挖野菜。总之是营地上只有钢嘎一个人的时候，狐狸就来了。尤莉在柠条丛的边缘略略停了一小会儿，向四周迅速地看了一下，然后就直接跑向迪卡。

这个过程被正在摆弄照相机的钢嘎看得一清二楚。他把尤莉与迪卡在一起的情形拍了下来。尤莉将嘴里叼着的东西放在迪卡的身边，回身走了。但是很快它又转回来，重新出现在迪卡身边。这一次它似乎是很安心的样子，凑近迪卡，拿舌头一下一下舔着，为它整理皮毛。

15 狐狸的智慧

作为一个猎人，达瓦达有足够多的办法来对付一只狐狸。不久，他不知道从哪里搞来一副专用的铁夹，并把它悄悄地埋在了一个地方，那是尤莉从桦树林通往迪卡身边的一条必经之路。当然，做这一切的时候达瓦达是瞒着钢嘎进行的。达瓦达对钢嘎说："孩子，记住我的话，以后没有我和你在一起你千万不要到处乱跑。"

是的，达瓦达的警告绝非虚张声势，那副铁夹可不是一般的铁夹，而是一个专门用来伏击狼啊、豹啊之类的凶猛动物的捕兽器。铁夹自重就三十多斤，张口有六十度，一旦被撞翻它能把一只狼的腿生生给夹断！万一钢嘎误踩了铁夹，那后果可真的是不堪设想。白天达瓦达几乎是一步也不敢离开钢嘎，到了晚上他早早就把铁夹收起来。他也怕误伤了两只西伯利亚狗。每天去撒铁夹的时候达瓦达都顺便观察一下，看看那只狐狸被夹住没有。

第一天，达瓦达在铁夹子的旁边发现一串爪印，铁夹还好好支着，小爪印从铁夹子的旁边绕过去了。

第二天，铁夹倒是合上了，并且铁夹子上还夹了一个东西，仔细看是一截被啃得光光的羊腿骨。那羊腿骨达瓦达一眼就能认出来，是他前天宰杀的一只羊的后腿骨，那天他给考古队员们吃炖羊肉来。问题是在厨房旁边的羊腿骨怎么会跑到树林子里，这事让图瓦人百思不得其解。

到了第三天的上午，这件事就永远地结束了。大约是十点钟的时候，达瓦达突然听到一阵怪里怪气的嚎叫声，声音非常大，也非常尖利。达瓦达高兴地丢掉手里的菜跑向铁夹那儿。钢嘎随在他的身后——这声音钢嘎也听到了。

但是呈现在他眼前的情形完全出乎预料，被铁夹夹住的并不是北极白狐，而是另外一只西伯利亚狗。可怜的狗被巨大的铁夹夹住了一只后腿，它挣扎着想摆脱铁夹,用其余的三条好腿向前爬出去有几十米的距离,铁夹把草地犁出了一道浅沟,鲜血把那道沟染红了。

把狗解救下来,一检查狗的腿已经是粉碎性骨折,达瓦达顿时就犯傻了。

"叔叔,这是怎么回事?"不明就里的钢嘎问达瓦达。

达瓦达抱着脑袋蹲在那里一句话也说不上来。过了一会儿他哭起来,咬着牙齿骂道:"该死的狐狸,太狡猾了。它把狗从挖掘工地引到这儿来了。世界上只有狐狸能做出这种事。"

事情闹到这种地步在考古队里可就算是一件大事了,可就不能再用闹着玩儿来解释和搪塞了。当下达瓦达对钢嘎说:"你在这儿看一下,我去找乌兰诺娃报告。真是丢人,我被狐狸害死了。"

钢嘎看到达瓦达说话的时候已然是满头大汗,脸色煞白,嘴唇也一个劲儿哆嗦。

乌兰诺娃放下挖掘现场的事跟在达瓦达身后来了。那只被伤害的西伯利亚狗倒在地上,可怜地哼哼着,一行眼泪从眼眶里向外淌出来,流到脸颊的皮毛里去了。

"是谁设的铁夹?"乌兰诺娃皱着眉头问达瓦达。

"是我。"

"为什么?你要夹伤我们的工作狗?"

"我不是故意的。"达瓦达说,"我是为了捕捉一只狐狸。"

"赶快给狗检查一下,看看伤得重不重。"

"我已经检查过了,是骨折。"

乌兰诺娃一听,再也控制不住,大声地斥责达瓦达:"难道说你是不知道吗?这两只西伯利亚狗都是专门的工作狗,是经过长时间训练的,不是随随便便的什么普通狗,就是说这狗是很值钱的。在驯犬基地,像这种狗的种公犬要是给谁家的母狗配一下,费用就在上万美元。是美元你懂吗?"

"我懂……"

"这种事可以闹着玩儿吗?"

当下乌兰诺娃就果断决定,从考古队抽出另一个民工陪着达瓦达把受伤的狗送往巴尔诺尔。乌兰诺娃说了,首要的是抢救受伤的狗,争取保住它的腿,其余的事情等回来以后再做处理。

达瓦达和派给他的伙伴用一辆马车载着狗,一路奔跑往巴尔诺尔去了。人们初步估计了一下,最快也得一个星期之后才能返回来。

达瓦达离开了营地,这件事情尤莉似乎知道了,于是它的行动就更加大胆,甚至都可以用放肆来形容了。每天上午九点钟,几乎是准时的,尤莉一定会来看望迪卡,把各种各样的食物送过来。在拴迪卡的那块大石头周围总有吃不完的好东西。有一次钢嘎走近迪卡的时候,看见迪卡正在面对一条冷水鱼思考着如何下口。依钢嘎的眼光看那鱼足足有二斤重,鱼鳃和嘴还在一张一合地动,大概正是因为这个原因迪卡才没敢贸然下口。看着看着,那条冷水鱼猛然弓着身子跳起来,蹦出去有三尺多远,迪卡猛扑上去把它叼住了。

16 迪卡与西伯利亚狗的和解

为了不让那些好吃的东西白白腐烂掉,钢嘎把它们送给了那只西伯利亚狗,就是那只假迪卡。他专门跑到挖掘现场把自己的意图向乌兰诺娃讲清楚,之后就把那只狗带回到营地来了。

自从迪卡与西伯利亚狗爆发战争以来,这是它们之间头一次互相靠近。既然狗之间的怨怼已经结束,那么对迪卡的囚禁也就没有什么意义了。

迪卡自由了。

这天吃中饭的时候,营地上几乎所有的人都看见迪卡和那只假迪卡同时出现在草地上。它们在草地上散步,互相走得很近。有时候那只西伯利亚狗甚至还凑到迪卡的跟前嗅它的身体,拿自己的嘴头子在迪卡的脸上蹭。只是有一点,假迪卡与迪卡站在一起一模一样,就像克隆出来的一样,几乎没人能够分辨出来。当然钢嘎例外了,在他的眼里那只假迪卡是非常丑陋的,它的皮毛一点光泽也没有。

人们都搞不清楚,那只西伯利亚狗是什么时候与迪卡和好的。它们之间肯定是以狗的生活原则达成了某种谅解。依钢嘎的理解,迪卡是以假迪卡接受了尤莉为先决条件的。后来的事实证明了这一点,当尤莉出现的时候,假迪卡就停在原地,一动不动地看,也不叫也不吵。傍晚人们坐在帐篷外面聊天,看着真假迪卡在草地上追逐。一模一样的形象让大家眼花缭乱,除了钢嘎和他爸爸谁也认不出哪只是真迪卡哪只是假迪卡,大家都觉得很有意思。图瓦人发明的土染料着色很牢固,十来天的时间过去,假迪卡身上的颜色一点没褪色。达瓦达的技巧也很高超,经他之手装扮出来的假迪卡与真迪卡放在一起真的是真假难辨。

"简直就是双胞胎!"李辉发表自己的感慨。

后来尤莉也敢当着许多人的面走到迪卡的跟前。当然它们活动的位置距离帐篷是很远的。往往是迪卡弄到好吃的时候叫那只假迪卡来一起吃。

哇!它们和好了。

这件事让所有的人全都松了一口气。

有一次钢嘎看见迪卡和假迪卡与尤莉在一起的时候,假迪卡居然伸出一只爪子试探着去摸尤莉的脖子,而尤莉并没有动。后来那只狗还把嘴头子凑到狐狸的脸上嗅,不过尤莉躲开了,没有与它亲近。

17 枪声响彻山野

自从达瓦达从巴尔诺尔回到营地上来,他的情绪就一直很糟糕。他把受伤的狗留在巴尔诺尔的一家动物医院里了。达瓦达整天沉着脸做事,言语很少。

人们开始嘲笑达瓦达。

图瓦人又一次被激怒了,有一天晚饭过后他与开他玩笑的一位民工打了一架。

"我发誓,一定要把那只鬼狐狸抓住,让你们看看。我要教训它……"

是尤莉耍弄了他，是尤莉让他失去面子。达瓦达很自然地就把仇恨转移到了尤莉身上，达瓦达对尤莉的仇恨愈积愈深。

于是另一种危险就像乌云下的阴影笼罩在了尤莉的头上。

有一次喝醉酒的时候，达瓦达对钢嘎说："听着，你这个来自中国的男孩儿，你还不了解我的本事。达瓦达可是一个神奇的猎手，倒在我手下的野兽多得简直数也数不过来。"

"那有什么？"

"我把那只白狐狸的皮剥下来送给你。"

"我不要。"

"你会有用的，在我们这里人们在娶媳妇的时候总要送给未婚妻一项用狐狸皮做成的风帽。过去都是这样。"

"要知道我根本就不打算娶什么媳妇。"

"我会一宗手艺，你大概还不知道吧？我会给皮子缝接口，无论多尖的眼睛都看不出来一点痕迹，就像是一块完整的皮子。"

"你说过的，不再打那只狐狸。"

"不要说它了，它让我丢尽了脸。"

"难道说你还想要杀死它吗？"

…………

一个下午，天上飘着一些淡灰色的云彩。云彩的阴影在草地和柠条丛上面划过去，旷野上一会儿明亮一会儿阴暗，偶尔还会感到有雨滴穿透斜照的阳光滴落下来，坠落的雨滴像珍珠似的迸射出彩色的光线。钢嘎仰着脸在空中寻找那些滴落的珍珠，觉得十分有趣。

钢嘎跑到土堆的阴处，他蹲下去用双手撮起一小捧潮湿的泥土，在手里捏成团，然后朝迪卡丢过去。迪卡的身子在半空中一闪，躲开了。一只狗、一只狐狸和一个孩子在森林的边缘玩得忘乎所以。

这时候，达瓦达无声无息地出现在一座土山包的后面。令人感到可怕的是他的手里多了一支枪。达瓦达对于利用迪卡来捉尤莉已经完全失望了，用铁夹捕捉尤莉也彻底宣告失败。达瓦达觉得自己的颜面丢尽了,他要给尤莉一点颜色看看。他要尤莉死,用它的皮来洗刷自己的耻辱,就是说他已经不指望得到一张完整的白狐狸皮了。达瓦达做着准备,轻轻地装上子弹。

对这可怕的一幕钢嘎全无察觉。达瓦达在土山包上把猎枪支起来了。

尤莉也不知道危险。它在和迪卡追逐,互相扑咬,动作和神态都尽情地体现着它的娇媚。后来迪卡与尤莉在草地上打起滚儿来,互相撕咬,当然这都是假装的。它们互相舔着对方脸上和身上的皮毛。

钢嘎欢快的喊叫声在桦树林那儿被撞了回来,回声在头顶上摇荡着,然后调头跑向树林。

一切发生在瞬间。迪卡跑进树林很快又返回来,它发现尤莉还待在那里没有反应。尤莉被迪卡突如其来的动作弄懵了,它愣了一下。说时迟那时快,迪卡箭也似的从树林里蹿出来,朝着尤莉身后的一个小土包跑过去,它是从尤莉的头顶跃过去的。尤莉只是下意识地往地上缩了缩身子,它以为迪卡是在与它扑着玩呢。

迪卡一路狂叫着扑向达瓦达,毛茸茸的尾巴拖在身后直直地拉成了一条线,动作敏捷得就像一阵风。在钢嘎还没弄清楚怎么回事的时候,事情已经发生了:原来,就在钢嘎跟前,达瓦达伏在那土山包的后面,他手里的猎枪枪口黑洞洞地寻找着尤莉。

就听得达瓦达喊道:"迪卡……坏蛋,你躲开……"

达瓦达的喊声还没有落地,迪卡已经凌空扑上去,从上边落下来。

"迪卡!不要胡闹。"钢嘎叫了一声。他以为是迪卡突然间向达瓦达发起袭击。

一切就发生在一瞬间:当迪卡扑向小土包的时候,达瓦达从那里跳了一下接着就倒下去了。与此同时钢嘎看到达瓦达手里那支乌亮的枪突然闪出了火光。这时候钢嘎什么都明白了。

达瓦达叫骂着,躲过迪卡,重新把枪口指向尤莉。

枪很快响了。但是子弹热辣辣地啸叫着钻进了土包旁边的草地里。是飞跃起来的迪卡用自己的身体将达瓦达手里的猎枪压了下去。

"坏蛋……"达瓦达气急败坏地喊道,打着滚儿从地上重新爬起来。此时尤莉早已经逃得无影无踪了。

轰然炸响的枪声在山野回荡着。硝烟难闻的气味弥漫开来,很久才消散。

18 狐狸的报复

狐狸没打着,却引发了更大的事情:整整一袋子的鱼干被尤莉偷走了。

自从开枪以后,好长时间尤莉都没有出现,钢嘎也看不到它像风一样飘来飘去的白色影子了。最让钢嘎伤心的是,他无法向尤莉讲清楚,企图伤害它的只是达瓦达,而别的人对它都是非常喜爱的。但是人与动物语言不通,他无法向尤莉解释清楚这件事情。

虽然再也看不见那只漂亮的白狐狸,但是钢嘎深信,尤莉并没有走远,它就在离考古挖掘营地不远的地方。

由于挖掘时间比预计的超出许多,考古队所带的食物有点紧张。乌兰诺娃指示达瓦达从巴尔诺尔回来的时候带了一些食品。但是牲畜的饲料不足了,似乎是不值得再让新西伯利亚那边专门送一回饲料了,于是对牲畜都实行配给,稍稍紧一紧也就过去了。供应量大概减少百分之二十,总的说不碍大局。

可是迪卡仍是一如既往,食量"大"得很。钢嘎知道迪卡是将自己的食物送给了尤莉。这是谁也无法阻止的事情。狗又不吃草,钢嘎只得眼睁睁地看着它一天天瘦下去。只有钢嘎知道迪卡忍受着饥饿会多痛苦。迪卡是一只有教养的狗,看着别的狗吃东西又不能去抢。它肚子瘪瘪的,呼扇着,走来走去。

迪卡照例是经常消失,有时候一整天一整夜都难得看见它的影子。能够看出来迪卡很疲惫,但是样子很兴奋。钢嘎猜想到它一准是和尤莉在一起,但是再也没有看见它们在一块儿的情形。自从响起了枪声,尤莉似乎对钢嘎也不再信任了,它的行踪更加诡秘,再没有让钢嘎看到过它。

人们看不到尤莉的影子，非常的事件却发生了：有一天早上达瓦达发现，装鱼干的袋子整个不见了，大伙儿回来没有饭吃，因为达瓦达没顾得上做饭。

乌兰诺娃发起了脾气，批评达瓦达："你怎么搞的？连这一点事也办不好。"

达瓦达愤愤地说："这不能怪我。装鱼干的袋子不见了，我去找鱼干袋子去了。"

本来是一件不值几十块钱的小事，可发生在地域偏僻的阿尔泰山，加之考古队又遇上了食物短缺，就酿成了重大事件。乌兰诺娃命令在营地附近搜寻，查出责任人一定严厉处分。结果很快就在树林子里把装鱼干的袋子找到了——是达瓦达亲自从一个枝叶茂密的灌木丛中把装鱼干的袋子拖出来的。

达瓦达似乎是早有察觉，他肯定地说："不用问，这事肯定又是尤莉干的。这只狡猾的狐狸是在报复我。"

"这怎么可能？一只狐狸它能有这么大的劲儿吗？"达瓦达的回答让乌兰诺娃吓了一跳，"你不要和我开玩笑。"

"我说的是真的。上一次丢失一只鸡的事您还记得吧？"达瓦达解释道，"那就是尤莉干的。"

"什么尤莉？尤莉是谁？"

"一只狐狸。是钢嘎的狐狸。"

"一只狐狸……和一个孩子。"乌兰诺娃看看钢嘎又看看达瓦达，"你该不是在给我讲什么童话故事吧？"

"你问钢嘎，他会把这一切讲明白的。"

"那么你说说吧，钢嘎。"

"说什么，我什么也说不出来。"钢嘎的脸涨得通红，"我真的不知道……乌兰诺娃阿姨，如果这些事真的是尤莉干的，那么我很抱歉。"

"简直是不可思议。"

这件事情就这样不了了之。

包斯钦并没有因此而责怪钢嘎，晚上他对儿子说："钢嘎，明天的挖掘你一定不要错过,一定要到现场。这机会千载难逢。"

包斯钦是这样一种人,除了自己的业务之外,社会上的事情很难引起他的兴趣。他对什么狗啊鸡啊狐狸之类的事情不感兴趣,他的兴奋点完全是在对古墓的挖掘上。他知道最为精彩,同时也是最为惊心动魄的时刻——冰美人出土的时刻就要到了。这是一具因特殊的地理与气候条件而形成的千年古尸,由于冻土的保护,她的完好程度令人惊讶。一句话,一个奇迹就要在这里出现。钢嘎注意到从挖掘现场回来的时候,爸爸的眼里放着光。可以说包斯钦的情绪好得不能再好了,正因为如此,他和迪卡都免遭了爸爸的责备。

晚饭的时候,钢嘎悄悄求迪卡,他抱着狗的脖子俯在它的耳边说:"告诉你的尤莉,叫它住手吧!就说是我说的,不然事情会闹大的,要无法收场了。"

无论钢嘎怎样想方设法劝阻都没有效果,他也不知道迪卡能否将自己的劝说准确地传达给尤莉,毕竟一个来自中国的男孩与生活在西伯利亚的一只狐狸在沟通方面是困难重重的。

而尤莉的报复仍然在继续着,并且这只聪明的狐狸对人的报复不仅限于偷东西,它还有意地破坏营地上的食物和用具。它把厨房里装粮食的袋子一个挨一个全都给咬破,把木制的勺把、铲把都给咬断,在蔬菜上留下又腥又臊的臭味儿——狐狸尿,什么都给弄得一塌糊涂……把达瓦达的衣服翻出来撕破,酒全都给弄洒了,还把他的手表丢到林子里。

等到达瓦达发现这一切的时候,尤莉早已逃得无影无踪。看着被糟蹋得一塌糊涂的厨房,尤其是发现倒在地上的空酒瓶子——要知道那原本是装满了酒的,达瓦达心疼得都快要哭了。

达瓦达简直无法工作了,可以说是狼狈不堪。

19 冰美人出世

对古墓的挖掘工作进入最关键的阶段。考古人员将棺木盖上的六根青铜的金属长钉拔出来,揭开棺盖,呈现在阳光下的是一块不透明的冰块,装满了棺木。

用开水慢慢往巨大的冰块上浇,一个棺材的顶部隐隐约约暴露出来,是一个用落叶松原木凿出来的独木棺,墓壁上贴着鹿皮。整个棺木看上去就像是一个婴儿的摇篮。

这时候天就黑了。

第二天一早接着干,一点一点清理。墓室的一角出土了一个木制的容器,内有一把木勺和些许酸奶的残留物;三匹陪葬的马的马鬃完好无损,马的头骨上都有斧子凿成的洞。来自瑞典的考古化学家考恩斯当场为马做了解剖,在马的胃里找到了尚未消化的草和树的嫩枝。考恩斯化验结果证明:墓主人的安葬仪式是在春天进行的。

接着清理,一个人的颚骨从渐渐消融的冰块中暴露出来!面颊上的肌肉竟然完好无损,用手接触还有弹性。下午,墓主人的一个肩膀露了出来。肩膀上刺着蓝色的怪兽图案。隔了一天,一副金光闪闪的头饰出现了。这副头饰占据了整个棺木的三分之一的空间。头饰上有一对很小巧的天鹅饰物,是用某种木头制成的。乌黑的头发暴露出来,是一位女性,身着貂皮,黄绸上衣,下身是羊毛裙,膝盖处有一件饰物,是一个红色的布袋。布袋里面是一面青铜古镜,手工精巧,周边雕饰十分精细。这是一位年轻的女性。

接着又露出一个小碟,上面盛着一些褐色的小颗粒,还有光泽在闪动。

"这是什么?"乌兰诺娃问包斯钦。

包斯钦没有马上回答。他用一根小竹签铲起几个小颗粒,放在一个小盘子上,然后掏出放大镜观察。

"是香菜籽。"收起放大镜的时候包斯钦这样回答乌兰诺娃的问题,"据我所知,在中国的汉代,人们认为这种香菜籽能使墓主人在来世一帆风顺。"

"哦,美妙的含义。"乌兰诺娃感慨道,"这真的是太能激发人的想象力了。"

是的,让你想象的鸟儿起飞吧,任意想象去吧。墓主人姓什么叫什么?属于什么民族？她的身份？她的家乡？为什么会葬在这里？下葬的准确的时间？她的丈夫是谁？

热气蒸腾，围绕在土坑周围的人们开始骚动起来，大家议论纷纷。

冰美人的出土情形隆重得就像一个庄严和盛大的仪式。所有的考古人员包括民工，每个人的手上都戴着洁白的手套，现场周围清理得干干净净，连一根草屑都没有。中间是一个大坑，坑沿儿呈梯形由下到上形成三个层面，每一个层面都非常平坦整洁。陪葬的马和其他器物早已经清理完毕，只剩古墓的主人安静地躺在坑下的棺木内。棺盖揭开，一个面容姣好的女人躺在里面。

哇！你无论如何不能相信，她居然是生活在两千多年前的人。

钢嘎大张着嘴，眼睛瞪着。他觉得自己的呼吸很吃力，似乎什么东西堵在嗓子眼儿。此刻，对于爸爸说的"千载难逢"的话钢嘎似乎有所领悟。

在钢嘎的目光中，冰美人被人们抬升上来，越抬越高，最后来到地面。

她躺在担架上，身着白色的罩单，面部表情从容而安详，就像是不久前才刚刚睡着似的，在等待着睡足了觉以后的苏醒，然后打个哈欠就会站起来，和围着她的人们聊天。

在这个具有历史意义的时刻，包斯钦把钢嘎带到了挖掘现场，他要让儿子亲眼看看这庄严的时刻。

挖掘现场一片寂静。

钢嘎把身子紧靠着父亲，悄悄问："她是谁？"

钢嘎没有得到回答。

"爸爸……"

钢嘎看到爸爸像中了魔似的大张着嘴，僵在那里，他好像失聪了，什么也听不到。

"爸爸，她就是王昭君吗？"

"你在说什么？"过了许久包斯钦才仿佛从一个梦境中醒过来，长长地舒出一口气，他反问儿子，"你说她就是王昭君？"

"平时你不是总和我说起王昭君的故事吗？说她是从长江流域的秭归进入

宫廷，然后从长安来到塞上草原……"

"不错……她为什么不能是王昭君呢？完全可能。"

"王昭君是自愿到草原上来的吗？"

"对，是她自愿出塞的，自愿嫁给呼韩邪单于。"

"真是一个勇敢的女孩儿。"钢嘎感慨道，"但是我还是有一点不相信，她怎么会保存得这样好，就像是睡着了似的。要知道汉王朝距今至少有两千年以上的时间。"

"这正是古墓的价值所在。"包斯钦说着，好像是突然发现什么，他问儿子，"你能说出这样的话简直就不像一个九岁的孩子！"

"为什么？"

"你懂得真多！"

"这不奇怪，因为我是考古学家的儿子。"

"哈哈哈哈……这话让老子高兴！"

"真的不可思议，爸爸。"钢嘎感慨道，"这故事简直就像童话一样美。"

"岂止是美，它本身蕴含着大量的信息和知识，古墓的发掘会告诉我们许多东西。"

"原来考古是这样一项工作。"钢嘎说，"爸爸，你干的真是一件美妙无比的事业。"

20 告别阿尔泰山

在阿尔泰山的挖掘工作暂告一个段落，考古队要返回了。不管达瓦达与尤莉之间的怨恨结得有多深，这件事总该以分别而告一段落了。分别时，人们的心情发生了变化："记住我的好处。"达瓦达对钢嘎说，"不要因为迪卡和你的尤莉而嫉恨我。"

"我不会,在阿尔泰山我过得很愉快。"

"你有什么事需要我做吗?请不要客气。"

"答应我不要伤害尤莉。"

"我答应。"

"谢谢!"

钢嘎与达瓦达紧紧抱在一起。俩人的眼里都是泪盈盈的。

钢嘎要与阿尔泰山告别了。两个月的时间,这里的风光发生了许多变化:林间和山坡下的草原早变得油绿油绿的了,草长得非常茂盛;林间背阴处的残雪在不知不觉中消失殆尽,但是在山顶上还存着去年的积雪,像个白色的帽子似的扣在山顶上,在人们的头顶高高地闪耀着蓝色的光泽。一种恋恋不舍的心情像浓雾似的在钢嘎的心里弥漫着,他觉得很难过。

钢嘎知道迪卡与尤莉的分别将是非常艰难的,也许它会为一时的冲动跟着尤莉跑进森林里去。那样迪卡就会找不到主人,找不到回家的路。要知道考古队是先乘骆驼前往一个名叫穆哈伊尔的村庄,然后在穆哈伊尔转乘汽车返回新西伯利亚市。

驼队就要开拔了。钢嘎被抱上骆驼的脊背。他惦记着迪卡,总是不住地回头看。只要是一看不见狗的身影就大喊:"迪卡!迪卡!"声音里充满着担忧。

驼队在达瓦达的带领下穿越树林,大部分时间里考古队是行进在森林的边缘。

在一个拐弯的地方钢嘎眼睛感受到一道白光。凭着直觉钢嘎认定那一定是尤莉,就是说尤莉在考古队伍的后面跟着。他小心翼翼地揣着这个秘密,心里觉得慌得很,既紧张又兴奋。

迪卡在队伍的前后跑来跑去,不注意或者说不是特别了解内情,没有人会知道这只狗在忙些什么。在人们的眼里,反正所有的狗都是这样跑来跑去的,它们的一生都是在这种忙碌中度过的。

在穆哈伊尔,考古队要换乘汽车了。人们忙碌着,把物资从骆驼背上卸下来，装上汽车。

人们开始登车。迪卡两头招呼着，显得忙不过来。

钢嘎抱住迪卡的脖子说："迪卡，该和尤莉告别了，叫她别难过……"

迪卡焦急地叫着跑向树林。

可以看见白狐狸的身影在树林里的树枝间闪现。迪卡的叫声从树林里传出来。

包斯钦叮嘱儿子："钢嘎，看好迪卡，可别让它再乱跑。"

汽车就要启动了。

钢嘎好不容易才将迪卡叫回到自己身边，把它抱上了汽车。迪卡一刻也不肯安静，它蹿到车窗上去了，两只爪子搭在玻璃上，隔着窗户玻璃朝外望，粉红色的舌头伸出来，颤抖的哼哼声在它的喉咙里滚动。钢嘎觉得迪卡哭了。它的一双湿润的黑眼睛的神色只能用望眼欲穿来形容。

"忘掉你的恋人吧！"包斯钦半嘲讽半同情地说，抚摸着迪卡的头。

汽车启动了。

钢嘎紧紧抱着迪卡的脖子，把迪卡的身体搂向自己的怀里。钢嘎明显地感受到迪卡的身体在一个劲儿地哆嗦……

21 在蒙古国

在蒙古国与俄罗斯的边界小城恰克图，中国考古队人员要接受出境检查。经过特许，钢嘎获准乘坐考古队的三菱汽车与爸爸他们一起返回中国。我们前面说过，考古队持的是俄国国家机关特许的科学考察护照，而钢嘎手里拿的是一个普通的旅游护照。现在只有图门、包斯钦和钢嘎三个人乘汽车回国。李辉赶上了莫斯科到北京的国际列车，他从新西伯利亚市直接回北京了。

包斯钦去办理离境手续，钢嘎和图门俩人等候着。出境手续非常繁复，许多宝贵的时光都在等待之中被耗磨掉了。

在征得图门叔叔的同意后，钢嘎牵着迪卡下了汽车，在周围散步。检查站已经离开城市很远，周围环境非常空旷。高大的国门耸立着，它的围墙向两侧延伸出去几十米之后，接下去就是绵延不见尽头的铁丝网。这就是国界线。可以看见铁丝网的一侧有一道浅沟，两侧是非常茂密的草原。

迪卡要尿尿，钢嘎牵着它向草丛边走去。这时候迪卡突然激动起来，它拼命地挣扎，想要挣脱绳索。钢嘎感到了什么，他发现在距离他们很远的草丛间有什么东西在晃动，在吸引着迪卡。钢嘎的心狂跳起来，直觉一个劲儿地追问他：那该不是尤莉吧？

钢嘎下意识地喊道："尤莉！"

钢嘎的心却在对他说："这是不可能的事情。"

迪卡叫着，一耸耸地挣扎着要蹿出去。

钢嘎拼命地抓着拴迪卡的绳子不肯松手。钢嘎感到自己快要支持不住了，他简直不知道该怎样办好了，他被迪卡拖出了十几米。由于激动和着急，钢嘎都快要哭了。

包斯钦办完手续从检查站的房间出来后，钢嘎把尤莉出现的事告诉爸爸，但是爸爸不相信。他说："不可能，一定是幻觉出现了，或者说干脆是童话。我知道你喜爱那只白狐狸，但是忘掉它吧。没有任何办法……狐狸不是狗，它是野生动物。"

三菱车被夹在汽车的长队中慢慢向前移动，顺利地通过海关，进入蒙古国。

公路与铁路并行。越野车开足马力奔驰，时速达到每小时一百四十千米。风在汽车的两侧嘶叫起来，一片片的草滩被抛在身后。

事情并没有结束，在蒙古国境内一件意外的事情发生了：休息的时候，迪卡挣脱绳索逃跑了。当时汽车在一片不见人烟的草地上停下来，让大家下车方便。迪卡跟在钢嘎的身后跳下车，钢嘎系裤子的时候把绳子松开了。等他系好裤子，发现迪卡在朝来时的那个方向走。钢嘎喊："迪卡，回来！"

听到小主人的喊声，迪卡停下了，它回头朝小主人看了看。可是钢嘎看到，迪卡并没有转回来，反而一颠一颠地朝前跑起来。

"迪卡，回来！"钢嘎害怕地叫着追过去。

迪卡跑得更快了。

后面响起一片惊叫声。爸爸扑到钢嘎跟前。

"快！上车！开车快追！"

爸爸将钢嘎抱起来抛上了汽车。

"迪卡！"钢嘎狂喊着，一会儿冲着跑远的迪卡喊，一会儿又转向司机，哀求道："叔叔，快开车！去追迪卡。它会跑丢的。"

三菱车猛地发动起来，飞快地朝迪卡逃走的方向追过去。西斜的太阳照射着，迪卡斜着奔跑的身体由于有绳子拖在脖子上，看得越来越清楚了。

汽车追赶着迪卡的身影在草原上奔驰。包斯钦紧紧抱着儿子，害怕钢嘎由于情绪过分激动而出什么意外。包斯钦感觉到钢嘎在自己的怀里一耸一耸地哭着。他很想给儿子一些安慰，但是找不到合适的话。坐在颠簸的汽车上，迪卡的身影越来越清晰。包斯钦想：用不了多少时间就会追上迪卡的。只是有一点不利，就是迪卡不是沿着公路跑，而是沿着自认为直接近便的路线在草原上奔跑。从远处看上去十分平坦的草原实际上存在许多坑坑洼洼，好几次钢嘎父子被颠簸的汽车抛起来，脑袋撞到车顶上去了。司机愤愤地骂起来："这只狗真不是东西，简直是不知好歹。"

钢嘎把脸紧贴在车窗上向外看，他的眼睛、他的鼻子和他的脸变成了一个平面，就像一张纸难看地被扯开了。在钢嘎的眼里，向后飞逝的草原和牛群、羊群的影子全都被速度拉长了。对于钢嘎来说，最要紧的是好几次看到迪卡奔跑的身影在眼前闪过。他想只要他跳下去就能把迪卡抓住。

"它很快就会跑不动的。"包斯钦很有信心地说道。

包斯钦的话音还没有落地，就觉得眼前的草原忽然间倒立起来，就像是人拿大顶似的。与此同时，还没等他反应过来就感到脑袋的某个部位一阵痛，父子俩双双倒下去。差不多是同时听见图门在喊："不好，车要翻……"

飞驰的草原消失了，眼前是黑色的车底板，把所有的景物全都被遮挡住了。一切都在突然间停止。汽车上所有的人全倒了，都被抛在一个角落，挤搡在一起。司机被坐在旁边的图门压在下面，哼哼着；后排只有包斯钦和钢嘎，父子俩叠起来，包斯钦的身体上面是钢嘎，还算好，孩子有父亲在下边垫着，一点擦伤也没有。

包斯钦是最后一个爬出汽车的，他哼哼着费尽力气转动着身体，钢嘎和图门从车窗外面拽着，把他从车窗拉了出来。等到人们重新站立在草地上，这才看清楚：汽车真的是翻了，侧着车体倒在草地上。挂满了油垢、泥土的车底盘肮脏地暴露出来，冒着刺鼻的油烟，两只悬空的车轮还在转着。

钢嘎第一个发现父亲受了伤，他吓坏了，惊叫道："爸爸，你的头出血了！"

包斯钦拿手在自己的额头上摸了一把，大半拉子手掌都被鲜血染红了。图门重新爬进车里，拖出一个皮包，翻了半天找出一卷纱布，笨手笨脚地为包斯钦包扎伤口。

"这条恶狗把咱们耍弄了。"司机哭丧着脸摇摇头叹息道。话只说了一半，突然被一阵异常的响动刺激得跳起来，司机失声叫道："哎呀不好，汽油都流了！"

听到司机这一喊，大家才注意到有哗啦哗啦的水流声在响。寻声跑过去一看，只见汽油从倾斜的油箱加油口正向外淌。大家一起动手七手八脚地把侧倒的汽车重新翻过来。检查了一下，还好汽油并没有流光，试着发动了一下，机器运转也正常。司机长长地舒了一口气。

给受伤的人简单地包扎完，坐在草地上略略休息一会儿，定定神儿，大家重新上了车。司机沉默地转动着方向盘。三菱车又在草原上跑起来。

"为什么要走回头路？为什么！"钢嘎发现汽车是在朝回去的路开，顿时急得大喊起来，拍打着驾驶座的后靠背质问司机，"咱们赶快去追迪卡，要知道迪卡它会跑丢的。"

"它只不过是一只狗。"

司机没有回答，汽车却是越跑越快。

"好吧,好吧。你就不停车吧,这难不倒我,我会自己跳下去的!"

钢嘎哇哇大哭起来,拼命地摇着车门。

汽车猛地停住了,司机沉着脸一动不动地坐着。他显然是在和钢嘎怄气,那意思是在说:"你想下车就下吧,可是别连累我。"

没等包斯钦反应过来,钢嘎就不顾一切地推开车门跳了下去。包斯钦也跟着儿子跳下车。

"钢嘎,你站住!"

钢嘎却在拼命地奔跑,喊道:"迪卡!你回来……"

包斯钦敏感地注意到,儿子的声音已经嘶哑了。

爸爸追赶儿子,儿子追赶狗,在草原上奔跑。暮霭在远处的地平线那儿积聚着,把灰暗的色彩扩散开来。黄昏正在悄悄降临。

后来钢嘎在草原上跌倒了。跟上来的汽车停在他们父子身旁,包斯钦把哭哑了嗓子的钢嘎抱上车。这时候,暮色正在草原上合拢,灿烂的晚霞正在用尽最后的力量在西边的天际燃烧。

钢嘎一路哭着被汽车拉进了一座草原小镇。一问才知道这里距离迪卡逃走的地方已经超出了两百多公里的路程了。

街道上稀稀落落的行人和幽暗的灯光述说着夜晚草原小城的寂寥。钢嘎的目光沿着两边长着白杨树的街道向远处望着。路灯的光照耀着,在马路的尽头被一片无边的黑暗吞噬了。

"爸爸,我们返回去找迪卡吧!"钢嘎又哭出来了,"我求求你了。"

包斯钦沉默着,对儿子的问题没有做出任何回应。

"放弃吧,"是图门说话了,"一只情绪失控的狗,在这茫茫的草原上,又是夜里,凭我们人的两条腿怎么能够追赶得上?根本就没有可能。"

"我想迪卡它自己会回来的,"包斯钦说,"迪卡是一只有教养的狗,它的智商是很高的,现在它只是因为那只白狐狸而闹得情绪失控。等到它冷静下来以后,它一定会想到回家的,到那时候就是再远的路它也能找回家的。过去曾经发生过这样的事情。"

图门也找话来劝说钢嘎:"就像热恋中的小伙子,闹到昏了头。等到事情过去,一切都会好转的,相信我。"

"我不相信!"

又有什么办法,盼着吧。但愿……

他们找到一家旅馆住下来。

"迪卡它一定是返回恰克图寻找尤莉去了。"刚刚洗过脸,吃了一点东西,钢嘎就又哭着请求说,"爸爸,你赶快给乌兰诺娃阿姨打手机,告诉她迪卡走失的事,请求她帮助找寻迪卡。"

包斯钦摇摇头嘘出了一口气。过了一会儿,他照着儿子的话去做了。在电话那边,乌兰诺娃安慰包斯钦,请他放心,她一定会尽最大努力寻找迪卡。

乌兰诺娃让包斯钦把手机交给钢嘎,直接对钢嘎说:"钢嘎,我非常喜欢你,非常爱你!不要过分悲伤。只要迪卡能够回到阿尔泰山我就保证能够找到它。不要过早地失去信心,要鼓起勇气……"

22 钢嘎的冲动

"可是,如果迪卡没有返回阿尔泰山,而是在蒙古国迷了路怎么办?"

路上,钢嘎又向爸爸提出新的问题。他总是不断地提出问题,当然所有的问题都是围绕着迪卡展开的。

包斯钦不知道怎么回答儿子的问题。他没有言声儿。

"爸爸,迪卡它在蒙古国的土地上,没有一个人认识它,地形也不熟,很可能会被当作一只野狗被人打死的。"

"这样好不好,钢嘎,我给你出个主意。"图门说,"咱们在乌兰巴托登报说明迪卡的特征,人们再遇到迪卡就不会把它当作野狗伤害了。"

"可是我们怎么和报社联系?"

"这好办,我有一个叔叔——是亲叔叔,他就住在乌兰巴托,我请他帮助我们办这件事，只要给他打个电话就行了。"

包斯钦高兴起来，果断地说："我们立刻就来做这件事情！"

他们当即就在飞驰的汽车上给图门的叔叔打了电话，请他在乌兰巴托的报纸上刊登寻狗启事，并把迪卡的身高体长、外貌形状、皮毛颜色一一讲清楚。末了，包斯钦对图门说："请告诉你叔叔，所有一切花费全都由我们支出，到时会通过邮局寄给他的，请他放心。我们是会重谢他的。"

电话打完了，司机的气也消了，为刚才向钢嘎发脾气主动道歉。

"对不起，叔叔。"钢嘎也向司机赔礼，"刚才我不应该向您发脾气。"

包斯钦对司机说："别跟他计较，不管怎么说钢嘎还是个孩子。是我教育得不够，子不教，父子过。"

呼呼的风声在奔跑着的车窗外边一刻不停地啸叫着。钢嘎倒在爸爸身上睡着了。钢嘎这几天承受了一个孩子难以承受的压力，他太累了。包斯钦将儿子的身体摆好，仔细端详着他的脸，心里长嘘出一口气。

公路的两边是永远也没有尽头的绿色草原，平缓地绵延不断地向后飞驰。虽说刚才安慰孩子说了许多轻松的话，实际上做爸爸的心里滋味不比儿子好受多少。儿子与迪卡的感情做爸爸的是最清楚的，那真的是难以割舍的。包斯钦开始抽烟，想着想着，自己的眼睛也湿润了。他知道虽然在报纸上登载了寻狗启事，但要真正找到迪卡的概率几乎是等于零。

钢嘎醒来的时候汽车正在通过中蒙边境口岸二连浩特。

"咱们回国了吗？"钢嘎揉着眼睛问道。

"还没有，"图门叔叔说，"还差三十米。"

人们全都下车，接受检查。

一切就要结束了，再向前走出几十米就踏上了自己国家的土地。

但是迪卡却丢了。钢嘎一想到这儿眼圈又红了。

"上车上车！"

三菱车开动起来，进入国门。

23 电话来自遥远的新西伯利亚

汽车即将回到呼和浩特的时候,包斯钦的手机响了,是乌兰诺娃打来的。乌兰诺娃告诉他:关于古墓中的冰美人,经DNA检测,确定她是一位来自中国的汉家女子,她生长的环境应该是长江流域;至于她生活的年代,距今已超过两千年。这就是说他们的推测完全正确。

包斯钦追问道:"就是说她是与王昭君同时代的人?"

"是的,她生活的年代正是你们中国汉代的时候。也许还会有第二个王昭君,而我们并不知道。"

"这很令人振奋,我们的冰美人也许是又一个王昭君,"包斯钦说,"也许她就是王昭君本人……"

放下电话之后,包斯钦自言自语道:"乌兰诺娃这话也不无道理……"

图门问:"她认为冰美人就是王昭君?"

"不是吗?只是在我们内蒙古境内的黄河两岸,从河套到呼和浩特就有将近十座昭君墓。"

"说明人们对王昭君是非常爱戴的。"

"阿尔泰山汉墓的出土说明当时匈奴人在草原上活动的范围是非常大的,超出了人们的想象。"

"是的,这非常有趣,值得展开研究和讨论。"

实际上关于阿尔泰山汉墓的研讨早已经确定,会址初步定在了北京,时间大概是秋后。

关于迪卡,乌兰诺娃对钢嘎说:"一点儿消息也没有。你的狗很可爱,我也很喜欢。你放心,我会努力打听的,一有消息立刻就电话通知你。愿主保佑它!"

回到家,休息了没几天,学校就开学了。紧张的学习生活每天都会把许多新的知识和信息往钢嘎的脑子里塞,只有到了晚上他的头脑和情感才能获得自由。想一想没有着落的迪卡，钢嘎的心里非常悲凉。眼泪似乎是哭干了，再说总是哭也不是男子汉该做的事。沉默常常来伴随钢嘎。

在办公室，同事拿给包斯钦一份《呼和浩特晨报》，上面登着这样一则消息：有人在城北的大青山上发现了一只奇异的狐狸，这只狐狸浑身雪白，没有一根杂毛……

包斯钦把这张报纸带回了家，但是犹豫再三还是没敢把报纸拿给儿子看。他知道在这种时候，任何一则有关狗和狐狸的消息都会引起钢嘎的伤感。而在中国呼和浩特附近的山上出现的白狐，也不管这消息是真是假，就算它是真的，无论如何也无法与西伯利亚的白狐尤莉联系在一起。是的，简直无法想象，尤莉——一只生活在数千里之外的北极白狐是绝对不会出现在大青山上的。既然这种可能不存在，那为什么还要拿这消息去刺激自己的宝贝儿子呢？要知道没有这事他也够伤心的了。

回到家已经半个月了，迪卡仍旧是渺无音讯。隔不了几天钢嘎就督促爸爸给乌兰巴托的报社打电话，询问迪卡的消息。然而每次的结果都是一样的让钢嘎失望。后来图门出主意，干脆订了一份《乌兰巴托晚报》。于是看《乌兰巴托晚报》成了钢嘎每日的必修功课，报头报尾、中缝补白、边边角角，都要看到。

时间在焦急的等待中一天天过去。包斯钦仍然是忙，中午常常顾不上回家，家务事和钢嘎就全都交给了临时聘请的阿姨。这位阿姨姓林，是一个下岗女工，人很好。

大概过去有二十几天，《乌兰巴托晚报》上出现了这样一则消息：在蒙古国西部，一条狗跑出来咬伤了人。把被狗咬伤的人送到医院，发现得了狂犬病，没出一个星期那人就死了。结果酿成重大事件，蒙古国公安部门开展大规模清理和检查，对没有户口和身份证明的狗以及没有做过检疫的狗，一律抓起来打死。钢嘎牢牢地记住了那座城市的名字——乌里雅苏台。他打开地图在上边找到乌里雅苏台的位置，估计了一下，蒙古国西部的这座城市与乌兰巴托的距离在一千公里以上。

这则消息给了钢嘎强烈的刺激，钢嘎当时就哭了。无论做父亲的怎样给孩子解释，也无法说清楚在乌里雅苏台疯了的那只狗绝对不会是迪卡，而且迪卡也不会被当作疯狗处死。包斯钦当着儿子的面给乌兰巴托的报社打电话，详细地询问那只被处死的疯狗的毛色、形状和种别。但是对于这些细节，报社无法提供更加详细的内容，只是说那真的是一只疯狗，它已经被处死并且被深深地掩埋在一个地方。

24 一个并非美丽的梦

钢嘎病倒了，虽然得的只是感冒，可是整整输了一个星期的液体才好。病是好了，可人的性格也发生了变化，他变得有一些孤僻，不爱说话，对待林阿姨的态度也挺冷漠。钢嘎把自己的房间挂上厚厚的窗帘，窗帘一拉上房间就成了一间暗室。一放学钢嘎就钻在"暗室"里冲洗照片，除了吃饭谁也叫不出来。冲洗出来的照片在桌子上、床上、窗台上，铺得到处都是。这些照片对于缓解钢嘎的忧伤情绪起到了很大的作用。迪卡各种各样姿态的照片，尤其是尤莉的许多生动镜头，能够长时间地吸引钢嘎的注意力。包斯钦嘱咐林阿姨随时注意观察儿子的举动，有好几次林阿姨发现钢嘎在欣赏那些照片的时候脸上浮现出了笑意。

迪卡和尤莉的照片也让帮忙的林阿姨喜欢得不得了，她在忙完家务的时候就走进钢嘎的房间，对着那些照片反复地欣赏，有时候还会情不自禁地笑出声来。她对包斯钦说："钢嘎有这么多的照片，都可以办图片展览了。"

"这个我想到了，"包斯钦说，"至少钢嘎可以从这些作品中挑出一些出色的，去参加市里举办的摄影展。"

而钢嘎对摄影展览似乎是没有多大兴趣。

这天，钢嘎在暗室里睡着了。其实暗室就是他的卧室，只是他睡觉时并没有脱衣上床，而是伏在写字台上就进入了梦乡。

钢嘎看见自己哭着喊着在黑夜中奔跑。

"妈妈!"

小钢嘎嘶哑的喊声在夜空中回荡。那年钢嘎才五岁,个子很小,身材也瘦弱。

马路上是川流不息的汽车。

爸爸与妈妈争吵的影子不断在钢嘎的眼前晃动。钢嘎躲在一个角落哭着,没有人去管他。

后来妈妈拉开门走了……

钢嘎要去追妈妈,被爸爸喝住了。时间已经很晚了,钢嘎偷偷地溜出屋子,他要去找妈妈。

钢嘎跑累了,他在路边一根水泥管子旁边停下。他朝周围望望,犹豫了一会儿就钻了进去。

很快,钢嘎就睡着了。

一个衣衫褴褛的男人钻进水泥管,是一个乞丐。他发现了钢嘎。

白天,钢嘎牵着老乞丐的手在街上走。他们在卖烧饼的早点摊子边站住。

老乞丐问:"你想吃烧饼吗?"

"想。"

"好,咱们买。"

钢嘎在老乞丐的带领下来到火车站。

钢嘎跟着乞丐走进候车室。

钢嘎跟着乞丐走上站台,走向火车。

他们登上火车。

爸爸找到车站,跑进站台。他的身后还有图门叔叔,都是非常焦急的样子。

钢嘎发现了爸爸。

"他是谁?"老乞丐问,"是你爸爸吗?"

钢嘎点点头。

老乞丐按按钢嘎的头,钢嘎蹲下,藏在小桌子下边。

爸爸从车窗外边向里看:"钢嘎!钢嘎!"

爸爸从车窗下走过去了。

火车就要开动,正要关车门的乘务员突然惊叫起来:"狗!"

是迪卡蹿进了车厢,扑向老乞丐,老乞丐倒在过道里。

钢嘎叫道:"迪卡!"

迪卡扑到钢嘎的怀里。

…………

25 失去迪卡的日子里

早晨,钢嘎起床晚了点。钢嘎边往头上套着毛衣边冲向爸爸的房间,可是爸爸的床却是空的。钢嘎把怨气抛向林阿姨,他喊道:"林阿姨,我爸他上哪儿去了?"

"什么事?"林阿姨匆匆忙忙跑过来,"你爸他昨晚上干脆就没有回来,打电话了,说是所里加班。"

"我又起迟了,为什么不叫我?到学校又要挨老师的批评了。"

"这怪我……"

"你连一只狗都不如,有迪卡在我身边的时候我从来没有迟到过。每天早上迪卡总能准时叫醒我。"

"难道你说……我连狗也不如?你这孩子骂人。"

钢嘎一边背书包一边跑着,屋门在他的身后啪地摔上了。

林阿姨气得大哭起来,下决心不在包家干了,她自己对自己说道:"就是给多少钱也不干了。等包斯钦一回来就和他辞工。"

可是下班时间到了,包斯钦没有回来,先走进门的还是钢嘎。

林阿姨穿着干净衣服坐在客厅的沙发上。俩人立刻又起了冲突。

"为什么不做饭？"钢嘎责问林阿姨，"我饿了。"

孩子已经把早上的事给忘掉了。

"不为什么……"

林阿姨把一个包袱抱起来放在自己的腿上，脸扭向一边，不再看钢嘎。

直到包斯钦进家，林阿姨才把事情的经过说了一遍。那时候，时针已经指向八点了。听完林阿姨的讲述，包斯钦略略想了想说："今天时间太晚了，这样吧，我请客，咱们到饭馆吃晚饭……"

包斯钦不容林阿姨再做出什么别的表示，一手拉起林阿姨另一只手拉起儿子就往外走。

坐到了出租车上，包斯钦对林阿姨说："您不用细说我就知道今儿这事是钢嘎的不对，不过现在大家肚子都饿了，剩下的事等吃饱了饭咱们再说。"

晚饭之后回到家，包斯钦请林阿姨坐下，他正正地站在林阿姨的对面，向林阿姨深深地鞠了一个躬。

"现在我给林阿姨正式地赔礼道歉！"

林阿姨不好意思了，她把包袱往旁边一丢，慌慌地站起来，说："哎呀，包先生，你这是干什么？"

"您大人不记小孩儿过，高抬贵手就让这事过去吧。"转头又对儿子说，"只此一次，钢嘎你给我记住了，这是第一次也是最后一次。"

三个人又坐在一起说了一会儿话，包斯钦进一步解释说："今天这事我没有批评钢嘎，是因为他最近情绪不好，不然我是不会就这样过去的。钢嘎是个没有妈妈的孩子，这你是知道的。"

林阿姨也说："我能理解，孩子把狗丢了心里难过。"

包斯钦又说："钢嘎，真的是最后一次。你可记住了？"

钢嘎低着头说："我知道了。"

没等爸爸再嘱咐，钢嘎主动给林阿姨行了礼，道了歉。

至此，事情就算过去了。

对于儿子的摄影创作，作为父亲包斯钦当然是十分关注的，不然他也不会拿出一万多块钱来为钢嘎购置高级照相机和其他有关设备。他已经打听清楚了，市里摄影家协会举办的摄影展时间定在了十月初，留给钢嘎做准备的时间已经不是很多了。对儿子的摄影作品包斯钦都仔细地品评过。其实除了尤莉和迪卡的照片，钢嘎还有不少西伯利亚风光的照片也很有特色，尤其有几幅阿尔泰山夜景，包斯钦很是看好。这些照片在色彩的掌握和层次的调度方面处理得相当上档次。

休息日，钢嘎的房间里挤满了人，都是他学校里的同学和住宅区的小朋友。白狐尤莉的照片在这些孩子们中间简直就是轰动得不得了，大家都说白狐尤莉简直就是帅呆了！照片在孩子们手里传着看，大家争着抢看。孩子们赞叹着、感慨着，久久不肯离开。结果消息越传越广，开始只是同班的同学，后来高年级的同学，甚至外校的学生也都跑到钢嘎的家里来了。

为了方便同学们欣赏同时也怕把照片弄坏（事实上已经有好几幅照片被弄坏了），钢嘎把照片贴在了墙上，贴了满满一屋子，钢嘎自己的房间贴不下就贴到了客厅里。对此做爸爸的包斯钦表现得很是大方开通，不管屋子里挤了多少孩子，也不管孩子们把他的家吵闹得几乎翻了天，他还是压着性子笑吟吟地对他们说："欢迎，孩子们！欢迎大家来我家做客。"

实际上他们家已经办成了小型的摄影展了。

26 父子冲突

但是包斯钦的耐心很快就失去了。

这天晚上包斯钦回到家，一进门，看见屋子里又是挤满了人，连他自己进屋都得侧着身子从人缝里往里挤，心里很是不悦。他连晚饭还没吃呢，这几天一直是这样，忙、累，心境也不大好。

包斯钦自己的房间也挤满了人，干脆就进不去。屋里全都是孩子，叽叽喳喳的说话声吵得他头发闷。好容易把几个孩子请出房间，包斯钦挤进屋里去。

他要找一个标本册子，翻遍了抽屉却怎么也找不到——许多东西都被弄乱了。一抬头却看见标本册正在一个黄头发的男孩手里呢。

包斯钦火了，走过去从那个孩子的手里把标本册夺过来。一看许多标本都不见了，都被拆卸下来分别落到了许多孩子的手里，成了玩具了。

"出去！"包斯钦终于火了，他像魔鬼似的扑向孩子们，吼着。

孩子们像鸟儿似的逃走了。

父子俩的冲突立刻爆发了。

"为什么赶走我的朋友？"钢嘎冲进屋子。

"就为了这个！"包斯钦挥着手里的标本册。

"可是，他们是我请来的客人。"

"标本，你懂吗？"包斯钦把标本伸到钢嘎的脸前，"这是我的命根子。你干什么都可以，但是我的标本不允许损坏。我什么都没有了。"

"这没有什么……"

…………

钢嘎与父亲之间的冷战持续了整整一个星期。同在一间屋檐下出来进去的父子俩谁见了谁都不说话。林阿姨从中做工作，她说："包老师他多么不容易，又要做爸爸又要做妈妈……钢嘎，你应该体谅你爸爸。你爸爸他忙工作忙得常常连饭都顾不上吃。"

林阿姨的话说到了钢嘎的伤心处。孩子想起了妈妈，哭起来。

林阿姨再也劝不下去了，也动了感情，陪着孩子掉眼泪。

这一天傍晚，钢嘎放学回家，远远地就看见自家的屋里黑着灯。他打开门，见屋里没有一点动静。

"爸爸……"

钢嘎连叫了两声没人应。

"林阿姨……"

仍然没有人应答。

钢嘎心里纳闷，同时也有点害怕。突然间，屋里亮了起来，出现在钢嘎面前的是一幅这样的景象：爸爸、林阿姨，还有图门叔叔和许多同学围在一张桌子周围，桌子上是一个大蛋糕。

"祝你生日快乐！"所有的人一齐说。

钢嘎激动地叫起来，说："谢谢林阿姨！"

林阿姨说："不要谢我，这些全都是你爸爸的主意，他在一个星期以前就张罗上了。你的同学和朋友都是你爸爸一个个亲自邀请的。"

"爸爸！"

钢嘎扑进了父亲的怀抱，父子俩和解了。

"别怪怨爸爸，"包斯钦眼睛湿润了，"是爸爸工作太忙，脾气不好。我已经向你的朋友们道过歉了。"

孩子们都欢叫起来："包叔叔是个好爸爸。谢谢包叔叔！"

于是，愉快的生日Party开始了。点蜡烛，唱歌："祝你生日快乐，祝你生日快乐，祝你生日快乐……"

歌声在屋子里久久地回荡着。

吹蜡烛。

欢呼。

包斯钦亲自带领大家参观每间屋子，每间屋的墙上，包括包斯钦自己的卧室全都贴满了照片。

林阿姨说："全都是你爸爸亲自贴到墙上去的。"

包斯钦亲手把生日礼物交到儿子手上，是两个豪华型的大相册。

正玩儿得高兴的时候响起了敲门声。

钢嘎开门，进来的是一个穿制服的男士，彬彬有礼。他问道："请问哪位是钢嘎小朋友？"

"我就是。"

"这是送给你的生日礼物。"

客人把一个包装非常漂亮的包裹交给钢嘎。

穿制服的男士正要离开，被钢嘎叫住了："请问，这礼物是谁送来的？"

"网上购物。"男士说,"你打开礼物的包装就知道他是谁了。"

男士走了。

钢嘎把礼盒放在桌子上,一层层将包装打开,竟然是一只日本电子玩具狗。

再看下面有一张纸条,上面用歪歪扭扭的汉字写着:祝你生日快乐!下面的署名是——乌兰诺娃。

当场给玩具狗安上电池,那狗立刻呜呜汪汪地叫起来,跟真狗的叫声一模一样。

第二天,钢嘎问爸爸:"我的生日,乌兰诺娃阿姨是怎么知道的?"

"肯定是有人泄露给她的。"

"是谁?"

"当然不会是别人,就是你老爸。"包斯钦拿大拇指指指自己的鼻子。

钢嘎盯着爸爸看了半天,分辨不出爸爸脸上的表情是羞怯呢还是得意。过了一会儿,包斯钦问儿子:"你为什么总盯着我看?为什么不说点什么?"

钢嘎声调拉得很长,说道:"行啊!老爸你。"

钢嘎在爸爸的肩膀上狠狠地拍了一下。

27 钢嘎拒绝了图门叔叔送来的牧羊犬

钢嘎的生日之后又过了一个星期,图门叔叔来了,他给钢嘎抱来一只小狗。那是一只英国牧羊犬,单从体型上看牧羊犬算得上是大型狗。背部毛色是棕色的,肚皮则长满了白毛,黑嘴头、大尾巴,非常干净,性格很温和,模样很可爱。这是做父亲的特意委托图门做的事。

可是对于这只小狗钢嘎一点儿也不喜欢。他说:"图门叔叔,谢谢你的好意。你把它还给人家吧,从谁家抱来的还给谁家。"

"为什么?"包斯钦问道,"难道说你不再喜欢狗了吗?你过去对迪卡爱得简直就像是亲人一般。"

"这是两码事儿。"

"这么说你是喜欢一只大狗吗?"图门叔叔也说,"现在政府不允许私人随便养大型的狗,这只狗已经上过户口了。"

"用不了几个月它就会长大的,会长得和迪卡一样高大。"

"什么狗我也不要。"

"还是留下吧,"包斯钦劝儿子,"图门叔叔把这只小狗弄回来就是想把你的思想转移一下。不要老是想着迪卡了,它死了。人死不能复活,狗也一样。"

钢嘎的态度坚决得很。不管爸爸和图门叔叔怎么劝说,他就是不肯接受那只小牧羊犬,甚至连多看一眼也没有。

图门叔叔把那只小狗抱走了。

晚上,包斯钦走进儿子的房间,看见钢嘎正在灯下写着什么。没等父亲问,钢嘎就直接说:"爸爸,我给达瓦达叔叔写封信,请求他帮忙寻找迪卡。我总觉得迪卡有可能跟随尤莉返回了阿尔泰山,它是绝不会离开尤莉的,而尤莉是属于阿尔泰山的。"

包斯钦拿过儿子未写完的信看了看,说:"你是说迪卡跟着尤莉回到阿尔泰山去了?"

"是的,我敢断定。"

包斯钦笑了。

"你为什么笑?难道说你认为没有这种可能吗?"

"有。"

"那你为什么笑?"

"我是笑你写的信,你用咱们的蒙古文写成的信,达瓦达他怎么能看得懂呢?他们那边的蒙古文是横着写的。"

"哦!这一点我忘记了。"

"我来帮你吧,"包斯钦说,"而且对于蒙古文达瓦达也只是能听,不会写、不会读。爸爸把你的信翻译成俄文。不,你来说,我直接用俄文写。"

"首先要给达瓦达道歉,我曾经对他发过脾气……"

"那个倔强的图瓦人,他会帮忙的,图瓦人是讲究信用的民族……"

信写完了,父子俩又聊了一会儿,内容当然还是关于迪卡的事情。

钢嘎说:"迪卡这会儿会在哪儿呢?它跟随尤莉回到阿尔泰山了吗?要是那样的话它们俩得跑多远的路啊!"

"也许。"包斯钦说,"可谁也说不准,对于一只狐狸和一只狗的思想我们谁也说不准。"

28 迪卡的消息来自蒙古国

过了半个月终于有消息传来,不过关于迪卡的消息不是来自阿尔泰山的达瓦达那里,却是来自蒙古草原。有人亲眼看见一只狗(也许是一只狼)越过俄蒙边界进入蒙古国境内。边防军开枪阻止没有成功。但是边防军最终还是把那只狗抓住了,它撞到了一段带电的铁丝网,没有死,只是肩胛处的皮毛被烧坏了一大片,越界的狗被关了起来。

图门叔叔托军队上的朋友去打听消息,得到的回话是:那确确实实是一只狼而不是狗,更不是迪卡,还说由俄罗斯境内向蒙古国这边移动的狼并不止一只,似乎是一个不算小的群体。不管怎么说这件事都与迪卡无关。

但是在等待澄清事实的日子里,钢嘎真是度日如年。他毫不怀疑地认定那只被蒙古国边防军捉住的狗(其实是狼)就是迪卡。他甚至关心迪卡肩胛受的伤有多么严重,考虑着怎样为它治疗的事情。

这则消息为钢嘎燃起了新的希望,就是说只要迪卡还活着,它就一定会想尽一切办法回到家乡来。至于尤莉,钢嘎没法设想。也许它会自己返回阿尔泰山,或者就留在蒙古草原上到处流浪。假如迪卡没有随尤莉返回阿尔泰山,那么它可能往哪里走呢?钢嘎每天都要把许多时间用在研究地图上,他伏在打开的地图上，拿铅笔在俄蒙边界一带画来画去，揣摩迪卡可能的行动路线。

终于等到了达瓦达的来信。达瓦达在信中是这样说的："……没有没有，说到白狐狸和你的狗，我连它们的影子也没有看到，它们不可能在我这里。"

达瓦达断定迪卡肯定没有返回阿尔泰山，他以一个猎人的经验判断推测，迪卡和尤莉眼下都在蒙古国。最后图瓦人热情地许诺，他一定认真对待钢嘎的嘱托，请人帮助打听迪卡和尤莉的踪迹，一旦发现迪卡和尤莉的踪迹，一定以最快的速度告诉钢嘎。至于说到猎杀尤莉的事，达瓦达说："这样的事绝对不会发生，我以自己的人格向一个来自中国的小男孩儿钢嘎做出保证。"

另一方面，乌兰诺娃阿姨在得到这个消息之后费了很大的劲儿，跑了将近三百公里路专程到靠近蒙古国的俄罗斯某地的一个收容所去看那里有没有迪卡。结果她失望了。那里圈着许多没有主人的狗，有大狗有小狗，还有一些是得了病的狗，但是没有迪卡。

乌兰诺娃把失望的消息告诉了钢嘎。

29 在课堂上

不管是举办Party也好，还是在家里办小型的摄影展览也好，包斯钦的这些努力都没有达到目的，或者说只是部分地达到了目的。钢嘎是不会轻易就把迪卡忘掉的。

不久后发生在课堂上的一件事证实了这一点。上课的时候钢嘎走神了，他在作业本上画了一幅地图，在地图上标出许多条红线，都是他设想中的迪卡在蒙古国流浪的路线。

结果在老师提问的时候钢嘎什么也没有回答上来，甚至于他连老师问的是什么问题都不知道，钢嘎的表现在课堂上引起哄堂大笑。要知道钢嘎本来是班上的好学生，这件事使钢嘎觉得很丢脸。

老师并没有过分地责备钢嘎，他早就听说了关于迪卡在西伯利亚的故事。

老师也很为白狐狸尤莉的行为感动。老师提出一个新的见解：不管是到哪里去，迪卡和尤莉应该是在一起的，而且它们是不会轻易就丢掉性命的。要知道不论狗还是狐狸，它们都是智商非常高的动物，它们的聪明是不会没有用的，它们会想尽一切办法来战胜困难，让自己活下来……

老师的这一见解增强了钢嘎的信心。钢嘎觉得老师的话很有道理，一有时间他就把地图铺开，没完没了地看，指头在地图上移动着，仔细研究着想象中的迪卡行走的路径。那应该是蒙古草原，水草丰美的地方，或者是山地和荒漠——迪卡它们所经过的地方……距离多少千米……若干种可能。

钢嘎对蒙古国的地理、交通，尤其对打猎和动物保护的事特别关心，他问爸爸，问老师，问他遇到的所有的人。很快他对蒙古国的地理和交通就达到了非常熟悉的程度。这一点就连地理老师都感到惊讶了。

迪卡的行踪没了下落，倒传来了关于野驴的准确消息。这一年夏天适逢蒙古草原大旱，有三万头野驴越过边界进入中国境内。这消息一时间成为媒体关注的热点，翻开报纸、打开电视机，到处都是关于野驴的消息。要知道野驴即使是一头也是非常宝贵的，而现在一下子竟然有三万头野驴从天而降。它们就驻足于内蒙古的巴彦淖尔草原上。在学校、在街道、在无数个家庭，每天人们都在密切地注意着进入中国境内的野驴群的动态。

野驴的动态暂时地吸引了钢嘎的注意力，他总觉得不管野驴也好狐狸也好，都是动物，它们应该有某些共通的东西，于是野驴就自然受到钢嘎的特别关注。他想知道野驴群是怎样越过国境线的，它们在蒙古草原是如何行动的；既然野驴能够从蒙古国到中国来，为什么迪卡不能从蒙古草原回到家乡来。

于是钢嘎转而开始研究野驴，收集关于野驴的资料，了解野驴的习性。到底是聪明的孩子，做什么都比别人强，同学之间有什么关于野驴的问题都来问钢嘎，而他几乎没有不知道的。钢嘎被同学们称作是野驴专家了，一到课间钢嘎就被同学们包围起来，大家听他发表关于野驴的最新消息。事实上野驴群在中国生活得很好，它们似乎没有离开的意思。

包斯钦答应儿子，学校放假的时候一定带他到巴彦淖尔草原上去看野驴。

报纸上、电视台,到处在讨论关于野驴生存的问题。这些年保护动物的宣传起了作用,许多热衷打猎的人都放下了猎枪,当然对于珍贵的野驴人们就更是倍加爱护了。

可又有新的消息传来:为了维持生态平衡,草原上已经有许多年禁止猎杀狼了,结果导致狼群重新又繁盛起来。数量猛增的狼群对野驴构成了威胁。关于狼的生存问题一时间又成为媒体讨论的热门话题。

这件事让钢嘎联想到了迪卡,不管遇到什么事钢嘎都能与迪卡联系在一起。他想,倘若只是遭遇一两匹狼迪卡完全能够对付得了,但是要是整群的狼向它发起集体攻击,迪卡恐怕就凶多吉少了。

钢嘎的担心不是没有根据的,报载:在内蒙古锡林郭勒盟,政府组织打狼,一个星期的工夫打死的狼多达一百四十匹。

30 奇迹再次发生

但是,奇迹发生了。一个夜晚,睡到半夜钢嘎被一阵熟悉的哼哼声吵醒了。开始他以为自己听错了,仔细听真的是狗的声音。

钢嘎悄悄起来,趴在窗户上向外看。黑乎乎的一个影子在窗户上晃,真是再熟悉不过了——是迪卡!钢嘎以为自己在做梦,他揪揪自己的头发,很痛。他相信了,出现在他眼前的真的是迪卡。

"是迪卡回来啦!"钢嘎忘情地喊起来。

包斯钦被惊醒了,只穿了一件小裤头跑出了屋子:"出什么事了?是小偷进来了吗?"钢嘎看见爸爸的手里拿着一只拖把,样子滑稽极了。

当包斯钦真的看清楚,被又蹦又跳的儿子抱着脖子的那只狗真的是迪卡的时候,他手里的拖把自动掉在了地上。

"这是迪卡吗?"包斯钦也惊叫起来,"儿子,你告诉我,真的是迪卡回来了吗?"

钢嘎哭着回答爸爸的问话:"真的……是真的,是咱们的迪卡回来了。"

"我们的英雄!"包斯钦蹲下去紧紧抱住迪卡,拿自己的脸在狗的脸颊上蹭着。他感到有湿漉漉的东西沾在脸上,他知道迪卡也哭了。父子俩与迪卡抱成了一团儿。

钢嘎在迪卡的身上发现了新的伤痕。它的右耳侧出现了一个缺口,黑色的干结血迹还没有完全掉下去。另一处在左后腿上,伤口还没有愈合好,像钢嘎的半个拳头那样大的疮口只愈合了一半,另一半还在向外流脓,显然是受了感染。

第二天恰巧是星期日,一早钢嘎给迪卡仔细地洗了个澡,做了最好的狗食喂它。钢嘎一边看着迪卡吃食,一边拿起电话机,把迪卡的事告诉了图门叔叔,告诉了乌兰诺娃阿姨、达瓦达和北京的李辉叔叔。吃完早饭,包斯钦就和儿子一起带迪卡到附近的宠物医院,为迪卡做了治疗。

包斯钦当然也高兴极了,晚上把图门邀来,俩人痛痛快快地喝了一顿酒。喝酒喝到高兴处,包斯钦把迪卡的两只前爪抓住在客厅的地上跳起了舞。

"迪卡,你的那个女朋友呢?就是白狐狸尤莉。"包斯钦跳着舞问迪卡,"她离开你了吗?她现在在哪里?"

迪卡回答:"呜呜——汪!……"

"你应该把尤莉带回来,那才更加浪漫。"

"呜呜——汪!"

"我知道,这是不可能的事情。"包斯钦安慰迪卡,"你爱尤莉这我最清楚,好好等着,我会给你找一位漂亮的狗姑娘来代替尤莉,我会让你满意的。"

第二天,包斯钦就带迪卡到公安局补办手续,然后又去做了动物检疫。

在迪卡的身上发生了许多细微的变化,很快钢嘎就发现了。迪卡的眼睛里多了些许凶狠的光和野性,对人、对其他的狗在态度上很是抗拒,远不像过去那样容易亲近了;稍不留意因为什么事情刺激了它,它就会冲动起来,发脾气,汪汪叫,龇着牙,喉咙里"轰隆隆"响着,露出来一幅凶相,样子十分吓人。钢嘎的一个同学逗它,差一点儿被它咬了,它都扑到那个同学的身上去了。就连林阿姨也有过相同的遭遇。那天,钢嘎给迪卡介绍林阿姨,他把迪卡牵到林阿姨的跟前,说:"迪卡,你要记住她,这是林阿姨,是爸爸请来帮助做家务的,以后你要把林阿姨当作是自家人看待,你来闻闻她身上的气味儿……"

钢嘎还没有来得及把话说完,迪卡就朝林阿姨扑过去。林阿姨惊叫起来,用手臂一挡,朝后跌倒了。结果她的衣服袖子被迪卡的牙齿咬住了。

在街上也是,好好地走着突然就叫起来,凶得很,都搞不清是什么刺激了它。有时候或许只是看到距离很远的地方有一只小狗在活动,迪卡愤愤地叫着就想扑过去,结果几乎惹出事端。也是一只小狗,人家在马路边好好走着,与迪卡相遇时,迪卡又叫又扑的,把那只小狗吓得尿都流出来了。那只小狗的主人为这件事与钢嘎纠缠了好半天。

类似这样的事后来又发生过几次。钢嘎也开始警惕了,带着迪卡上街总要给它的脖子上拴上绳子,并且要仔细地检查。就是在家里也不敢放松,听到有人按门铃,总要先请客人等一等,把迪卡拴好之后才敢请客人进来。

31 迪卡成为明星

由于媒体强大的传播作用,迪卡和尤莉的故事很快就在社会上广泛流传开来。迪卡的传奇故事轰动了整个城市,同时迪卡的照片也频繁地出现在许多报纸上,出现在电视机的画面里,简直可以用满天飞来形容了。迪卡和尤莉的故事引起人们长久的议论,几乎每一天钢嘎都能接到相识的或不相识的朋友打来的电话,他们都是向钢嘎询问关于迪卡和尤莉的事情的。当地的报纸和电视台记者纷纷跑来采访钢嘎和他的狗。许多有关和无关的人也都跑来看迪卡,弄得家里一天到晚客人不断。钢嘎带着迪卡走到街上常常被热心的人们截住,因为迪卡被他们认出来了。迪卡成了明星。

曾经有一家企业的公关经理跟包斯钦联系，要买下迪卡的商标权，就是说要拿迪卡的形象来做自己产品的商标。因为不论是报纸还是电视台，尤其是电视台屏幕上迪卡出现的频率实在是太高了。按照那位公关经理的话说就是，迪卡的知名度太高了，已经成为一种无形资产。不论是哪种商品，只要是用迪卡的形象做商标，立刻就会使自己的产品销路大增。

对商家的请求包斯钦的回答是："迪卡是我儿子的狗，这件事只能由他来做决定，你们去问我的儿子钢嘎吧。"

对商家的话包斯钦似乎是不那么相信。

钢嘎矜持起来。他一下子还判断不出来用迪卡的形象做商标会给迪卡和自己带来什么负面的影响，他要想一想。这种事他还从来没有做过，就是听说也不是很多。当然好处是显而易见的，那是数以十万计的经济收入。钢嘎对商家代表说："请等一等，我要考虑考虑，然后再给你们答复。"

图门叔叔家乡来了一个亲戚，就住在他家。这个亲戚给他们讲述了锡林郭勒草原上围剿狼的故事。这是一件非常奇怪的事：人们从四面八方把狼群包围起来，包围圈越缩越小，他在望远镜里发现包围圈里面竟然圈住了一只狗，还有一只狐狸。

在包围圈还很大的时候，狼与狗之间爆发了激烈的战斗。许多狼从四面八方向狗发动攻击，狗应付着，一次次从狼的包围中冲出去，它的身边一直有一只狐狸陪伴着……

图门把这故事讲给了包斯钦。

听了故事包斯钦将信将疑，很紧张，他对图门说："这件事暂时不要告诉钢嘎，我说的是关于狐狸的消息，免得钢嘎胡思乱想，弄不好他还以为出现在锡林郭勒的狐狸就是他的尤莉呢。不能再刺激他了。"

钢嘎跟着也出了名，每回报纸、电视台介绍英雄迪卡的时候总不会把它的主人忘记的。不管迪卡做出多么英勇的事迹，它也还是一只狗，至少它是不会讲人类的语言的。钢嘎就是迪卡的代言人，记者所有的问题都由钢嘎代言。事实上面对新闻媒体，迪卡是连一步也离不开钢嘎的。狗和孩子总是形影不离，不管钢嘎走到哪里，都有人认识他。

但是迪卡似乎并不那么兴奋，它在主人接受采访的时候无所事事，总是一副心事重重的样子，很少能看到它像过去一样安安静静地卧在地上睡觉，总是走来走去，焦躁不安。这一点不久钢嘎就注意到了。还有就是迪卡对食物有无穷无尽的兴趣，常常是吃得饱饱的却还守在食盆跟前不肯离开。它还常常趁主人不注意的时候，把一些肉啊、骨头啊什么的叼着藏在一个地方。有好几次，林阿姨在做家务的时候从屋子的旮旯清理出一些发了霉的骨头和半拉馒头什么的。每当这种时候迪卡就会冲出来，冲着林阿姨目射凶光，喉咙里发出低沉的啸叫，威胁她。有时候它甚至还会龇着湿淋淋的牙齿（其中有两只断牙）威胁自己的小主人。

有一天，钢嘎恍然大悟，他想，迪卡一定是还在为尤莉准备食物。他把这个想法告诉了爸爸。

"当然，这是可能的，迪卡已经养成了为尤莉准备食物的习惯。"

"可是……它会再去找尤莉吗？"

"不会了，不管怎么说迪卡也只是一只狗，它的智慧是很有限的。"爸爸摇摇头说。话还没有说完，又自己否定了自己说："也难说，狗是最重情谊的动物，它一定还在惦记着自己的恋人。现如今真情实意在人与人之间可是越来越珍稀了。这点上迪卡比人强多了。"

"这话说得真是太对了。"

"但是它不知道尤莉还远在数千里之外的西伯利亚。"

"不，尤莉已经离开了西伯利亚，它跟着咱们的汽车走了很长一段路。它应该在蒙古国。"

"这大概只是你的猜想吧。"

"不，是我亲眼看见的。"

包斯钦认真地看看儿子的脸，想判断一下儿子是说着玩呢还是认真的，结果儿子满脸的严肃表情。但是做父亲的还是有点不相信，问道："那你当时为什么不告诉我？"

"这是属于我和迪卡之间的秘密。"

"好,就算你说的都是真实的,即便是这样,迪卡的行动也还只是一种心境的表达。它是不可能知道尤莉远在蒙古国的。它这么做只是出于一种惯性,在一段时间里它做惯了。"

"不,我认为狗在感情上并不比人差,智慧方面也是如此。"

"当然,在某种程度上说狗的情感比人来得更专一更长久。这倒也是事实,所以俗话才这样评价狗——儿不嫌母丑,狗不嫌家贫。"

这天夜里,钢嘎在睡梦中又一次看见了尤莉。梦中的尤莉变成了一只蓝色的飞狐,没有翅膀,但是却能够在天空飞行,毛茸茸的大尾巴颤动着、飘逸着。

尤莉从空中降到地上,在桦树林间奔跑飞跃,与迪卡相互追逐嬉戏。这时候它冰蓝色的毛皮渐渐变白了,就像是脱去了一件外套。柔软的身躯伸展收缩,舒展柔美,洁白的毛将阳光反射出来,那光就像是许多银色的箭镞向外迸射着,简直美得让人心跳。它的叫声婉转悠长,如果闭着眼睛听会以为那是一种鸟发出来的。

钢嘎在睡梦中笑了。醒来的时候钢嘎很后悔,他想,这样的美梦永远不醒该有多好。

32 迪卡又一次失踪

后来钢嘎回忆起迪卡刚回来的那段日子的情形时才想起来,迪卡回家以后只是在家里待了两天一夜。刚刚带着它把检疫与户口的事情办妥,就又跑了。第三天傍晚,包斯钦晚饭后出去散步,找迪卡已经找不到了。院门开着,证明它是一整夜都没有回来。对迪卡的反常行为,当时包斯钦的解释是:"迪卡独自在外边待了几个月似乎已经习惯了,就是说它已经习惯于过野外的生活了。好在现在回到了家乡,本乡本地的,对周围的环境很熟悉,脖子上又常挂着铜牌，想必是不会出什么差错了，就让它自由自在地野去吧，或许这正是它应该过的一种生活呢。我们的观念也应该改变一下了，应该给狗以更大的自由。"

神出鬼没的迪卡又为钢嘎家带来了新的麻烦。为了一只丢失的鸽子，邻居找上门来了。包斯钦几乎与邻居吵起来。结果人家在他们家的院子里找到散落的鸽子毛，还有一些血迹，证明叼走鸽子的勾当真是迪卡干的。

这件事弄得包斯钦下不了台，他想抓住迪卡当着邻居的面教训教训它，可是哪里也找不到迪卡的踪影。

所有这些事全都被巨大的声誉和紧张的生活掩盖了。不论是钢嘎还是包斯钦，都没有太注意这一切。实际上在这些表象的掩盖下，一个惊心动魄的故事正在上演着。

只是钢嘎父子不知道罢了。

33 迪卡的怪异表现

这天下午，失踪了两天一夜的迪卡回来了，它的神情让人怀疑：消瘦、疲惫，皮毛也非常肮脏，身上沾了许多草屑和泥巴。

迪卡回来的时候家里还没开晚饭，可是刚刚吃完饭，一转眼迪卡就又不见了。钢嘎手里拿着一块肥皂、一把刷子正打算给它洗澡呢。

"迪卡！……迪卡！"

钢嘎跑到街上喊，到处都找了，哪儿也没有迪卡的影子。华灯灿烂，街道上的行人和车辆就像是一条大河汹涌地流淌着。

父子俩找了四条街之后，停下了。包斯钦说："回去吧，你明天还要上学呢，不能耽误。"钢嘎不肯回去。

包斯钦向儿子解释说："不必过分担心，这里不是蒙古草原，更不是俄罗斯的西伯利亚，呼和浩特是迪卡自己的家乡，是它从小成长的城市。在这里它是不会迷路的，也不会出事的。"

已经躺在被窝里好一会儿了，钢嘎仍然毫无睡意，在床上翻来覆去地"翻烧饼"。包斯钦坐在旁边陪着他。

"钢嘎，你折腾什么？"包斯钦说，"还在想迪卡的事吗？"

"像今天这样的失踪已经发生过好几次了，爸爸，你说迪卡它会干什么呢？它会在哪里过夜呢？"

"鬼知道。迪卡它在野外生活了好几个月。"

"我想跟踪它。"

"你想做侦探啊？"

"如果迪卡回来再跑走的话，我就悄悄跟着它，看它到底搞什么鬼。"

星期六，晚上快八点的时候包斯钦才回到家，他加班了。一进门他就被儿子堵在院子里。钢嘎示意爸爸弯下腰，他俯在爸爸的耳边说："回来了，刚刚进门不久。"包斯钦顺着儿子的手指看到，迪卡正在院子的角落埋着头吃食呢。

钢嘎压低声儿说："吃得香着呢，看来它饿坏了。"

"今天它会再走吗？"

"说不准。"钢嘎眼瞅着吃食的迪卡，观察着，"也许吃完食就走，也许会等到明天早上。"

这一夜迪卡没有离开家，一整夜钢嘎隔一会儿就睁开眼瞅瞅。迪卡一直睡在钢嘎床边的地毯上。它睡得很安稳，很香甜，从它的鼻子里发出轻微的鼾声。

34 发生在大青山的故事

迪卡的出走行动是在第二天的上午开始的。当它走到院子的一角悄悄地叼着一块肉溜出院门的时候，钢嘎和包斯钦随后也出了门。包斯钦骑着摩托车，身后带着钢嘎。两个人一路小心翼翼地跟在迪卡的后面。

绕过两个街角之后迪卡奔上了一条大道，它扯开身体奔跑起来，速度非常快。一辆辆汽车被它追上抛在了身后，这个过程迪卡连一点儿犹豫都没有，不用说，路径它是熟稔极了。车流量越来越小，迪卡也越跑越快，很快迪卡就跑上了郊外的柏油路。

包斯钦的摩托车远远地跟在后面。

蓝幽幽的大青山在不远的地方沉默地守候着。

大青山是阴山山脉的一段，就横亘在呼和浩特的北面，距离市区仅十公里。

大青山越来越近。跑着跑着迪卡就离开了公路，转上了一条土路，包斯钦注意到这是一条通往山沟的小路。摩托车小心翼翼地发出压抑的"突突"声，时而快时而慢，跟在迪卡的后面。越过一道浅河，穿过一片庄稼地，迪卡跑上了一段干涸的河床。河床里布满大大小小的鹅卵石。迪卡穿过河床跑到另一边去了。摩托车无法继续跟踪了，钢嘎父子下了车。观察了半天地形，他们退出了河床地，顺着河堤绕行了一大段路，从一座桥上过了布满卵石的河床。此时迪卡的身影已经变成一个小黑点，往山里去了。他们加大油门追过去，但是在沟口的地方目标丢失了。

这大青山南北纵深六十里峰峦叠嶂，东西长达千余里绵延起伏，沟壑纵横，杂草丛生，父子俩寻了好半天也没找到迪卡的踪迹。这是一个干旱的秋季，裸露的山岩非常坚硬。他们费了好大劲儿，终于在一小片细沙地上发现了迪卡的爪印。小小的沙滩是雨水冲刷形成的，它的两侧是陡峭的山岩，根本没有道路可言。父子俩将摩托车放在一个隐蔽的地方，徒步往山上爬去。

迪卡的爪印时断时现，山势又是越来越险，好几次钢嘎脚下打滑身体失控从山岩上溜下去。手擦破了，裤子也剐出了口子，父子俩累得气喘吁吁。

迪卡的踪迹突然不见了，完全消失了。

找了好半天，他们终于在山腰一个十分隐蔽的地方发现一个小山洞。父子俩是循着一阵阵奇怪的声音找到山洞的。若不是那种怪异的声音指引，山洞极难被发现。

父子俩慢慢向那个小山洞靠过去，于是那动人的一幕就展现在了钢嘎和包斯钦的面前：这是一个浅洞，一群刚刚出生不久的小动物（还不知道该怎么称呼它们）刚刚睁开眼睛，吱吱叫着，用黑色的嘴头拱着母亲的身体要吃奶，但是它们的母亲一动不动地躺着。

一个霹雷在钢嘎的眼前炸响，躺在那里的正是尤莉！

钢嘎和爸爸一起扑了过去。

"尤莉！"钢嘎失声喊起来。

但是尤莉没有回应，它躺在那里仍然一动不动。

包斯钦伏下身，拿手轻轻触触尤莉的身体，一阵可怕的凉意从他的指尖传到他的心里。

"爸爸，它为什么不动？"

钢嘎对不幸有了某种预感，他扑下去拖着尤莉的脖子把它抱起来。他看到尤莉那一双曾经生动无比的眼睛紧紧地闭着，紧闭着的眼睛旁边挂着几滴亮晶晶的眼泪，在随着身体的晃动而颤动。

它已经死了。

钢嘎失声痛哭起来。

巨大的悲痛压迫着包斯钦，他的眼里也忍不住涌出了泪水。

这时候一阵愤怒的啸叫从山坡上传过来，钢嘎看到迪卡像猛虎似的从山岩上腾跃着冲过来。它脖子上的毛立着，凶得可怕。无论是钢嘎还是包斯钦从来都没有见过迪卡这样凶猛。

认出了是自己的主人，迪卡安静下来。它哼哼着把叼在嘴里的干草垫在尤莉的身边，拿嘴头去拱尤莉的身体。忙碌间，迪卡没有忘记抬起头看看它的小主人，汪汪叫了几声。

钢嘎知道那是迪卡在向自己求救，在向它的小主人发问："我该怎么办？快帮帮我。"

但是生命早已离开了尤莉，它的身体都凉了。

小狐狸们全都趴在母亲的身边拿嘴拱着尤莉的乳头，它们发出的吱吱的叫声显得那么可怜和无助。

迪卡一圈又一圈地围着尤莉的身体转,一会儿拿嘴拱拱小狐狸,一会儿又拿嘴拱拱死去的尤莉。它抬起头来的时候,钢嘎看到它的眼睛里充满了泪水。后来迪卡就走近小狐狸(当然它知道这是自己的孩子),拿舌头舔它们湿漉漉的身体。它忙乎着,一会儿又叼着食物送到小狐狸的跟前。但是刚刚来到世界的小生命还不懂得吃东西,而且它们的眼睛几乎还没有什么视力,迪卡就拿嘴把食物推到小狐狸的嘴边。

后来迪卡向自己的小主人求救了,它一口咬住钢嘎的衣襟,把他扯到尤莉的跟前,嘴里哼哼着,样子可怜极了。

隔着自己的泪花,钢嘎看见父亲也在抹眼泪。钢嘎长这么大第一次看见父亲掉眼泪。

"孩子,你想哭就哭吧,它值得你为它流泪。"包斯钦说,"尤莉它真的是一只伟大的狐狸。是的,倘若我们能够事先知道这一切的话,我们肯定会不惜一切地保护好这只狐狸妈妈的。实在是因为我们无法知道会发生这一切,人与动物之间还没有达成理解和信任。是的,我们真的太不了解它们了。其实在许多地方,动物和人类是没有什么区别的。我要说,有许多时候,至少是现在,迪卡和尤莉的表现不比人差。"

钢嘎趴下去,仔细数了数,小狐狸总共是五只。他把这些小生命小心翼翼地抱在怀里。他们从附近的村子里找来两只箩筐,在里面垫了一些软草,将小狐狸装进去带回了家。

钢嘎把这些新品种的小动物叫作狗狐。它们既不是狗也不是狐狸,它们完全属于一个从来也没有过的动物新品种。

这些小狗狐,当它们长到一个月的时候,已经是毛茸茸的,活泼好动,非常好玩了。小狗狐们眼睛细细的,特别黑,长长的胡子,棕红色的眼睛被太阳一照,眯成一条窄窄的缝。只是它们个头不算大,表情也怪怪的,但是它们与人非常亲近。钢嘎和包斯钦每每端详它们,感觉它们的长相有时候看起来像尤莉,有时候看起来又像是迪卡,可又说不准是哪里像。

小狗狐的妈妈——尤莉被制作成一副精致的标本，它站立在钢嘎的卧室里。这只北极白狐狸——伟大的狐狸妈妈获得了永生。

钢嘎亲自拨通了乌兰诺娃的电话，把北极白狐尤莉生下五只小狗狐的事情告诉了她，同时也把这好消息告诉了图门叔叔、达瓦达和北京的李辉叔叔。

当然最后也将尤莉去世的不幸消息告诉了他们。

35 来自西伯利亚的信

乌兰诺娃阿姨来信了，信是写给包斯钦和钢嘎父子俩的。她问候了小狗狐的近况，并说这简直就是一个奇迹，就像一个童话故事一样美丽和感人。

信的后面乌兰诺娃阿姨向钢嘎提出一个请求，她殷切地希望得到一只小狗狐，她保证说一定能够把小动物养好。她在信里是这样表达自己的心愿的："……我这里的同事还有邻居，有许多孩子还有大人，对狗狐的故事都感到非常新奇。大家说这简直是创造了一个奇迹，而你是这个奇迹的参与者。说到可能得到一只小狗狐，几乎所有的人都在翘首盼望。他们对你的名字都已经十分熟悉，就像老朋友似的。他们让我转告你，大家都欢迎你到新西伯利亚来玩儿。这里的森林里在夏天非常凉爽，是避暑的好地方。"

钢嘎给乌兰诺娃阿姨回信，答应送一只小狗狐给她，但是要等它们稍稍长大一些。现在这些小家伙还在哺乳期，身体还不够强壮，他正在小心翼翼地用牛奶喂养它们。再说现在它们一步也离不开它们的爸爸——迪卡。

乌兰诺娃很快回了信，说："谢谢。我们等待着……"

钢嘎问自己的爸爸："为什么乌兰诺娃阿姨要写信，而不是打电话或者用电子信箱？"

对此包斯钦简单回答说："各有各的功用。"

"恐怕还各有各的奥妙吧？"

这话又把包斯钦问住了，他盯着儿子的脸看了好半天，不知道如何回答，心里说:"我又被儿子弄成个大傻蛋了。"

后来包斯钦想到儿子的问话,悟道:"这里真的还有些讲究,确实是非常微妙的。"

36 北京会议

包斯钦要到北京去参加有关阿尔泰山古墓的研讨会。与会者有来自中国、俄罗斯、蒙古国、瑞典的科学家,这次还增加了法国、哈萨克斯坦等国的考古工作者。钢嘎当然非常想去,但是学业又耽误不得,只好留在家里。这次好了,自从请了林阿姨,包斯钦对钢嘎的事放心多了,他可以安安心心地去北京开会了。

对于参加摄影展的事,包斯钦对儿子做了特别的安顿。恰巧北京会议期间呼和浩特这边的金秋摄影展开幕,临走前的几个晚上父子俩都睡得很晚。包斯钦忙着帮儿子制作图片的框子,因为没有漂亮的相框,摄影作品本身会受到很大影响。包斯钦说,钢嘎非常有希望在少年组获奖。他有几幅作品在构图和光线的运用方面真的是相当好,而且题旨所指也与影展的西部大开发的主题十分吻合。这很重要。包斯钦对儿子在摄影方面的发展非常重视。

爸爸出发的时间到了。钢嘎从五只小狗狐中挑出一只体重最大的,仔细地为小狗狐洗了澡。

钢嘎对爸爸说:"你把这只小狗狐带给乌兰诺娃阿姨,你告诉她,我给这只小狗狐起名叫迪莉。请乌兰诺娃阿姨告诉我她喜不喜欢这个名字。"

迪莉已经长到快两个月了,不高兴的时候就龇着牙吱吱直叫,样子挺凶的。可以看出来这小家伙是野性未泯。

"嘱咐她一定好好照顾小迪莉,这可是世界上最新奇的品种。"

"我会的。"做爸爸的很爽快地答应了。

"我知道你会做到的,"钢嘎意味深长地说,"代我向阿姨问好。"

"我会的。"

"代我吻阿姨。"

"我会……这话可是怎么说的?"做爸爸的感到意外,"儿子,你怎么会突然把话题扯到乌兰诺娃的身上去。这可是大人应该考虑的事。"

"这是因为你的儿子是一个非常聪明的孩子,"钢嘎说,"爸爸,在西伯利亚的时候我就看出来了,你在内心里是非常喜欢乌兰诺娃阿姨的。"

"那又有什么……她可是一个俄国人。"

"你忘了吗?事在人为嘛。"钢嘎简直是在教导他的爸爸了,"如今改革开放了,思想要再解放一点儿。据我所知,乌兰诺娃阿姨也是独身,也就是说你们之间没有障碍。"

钢嘎的老练让做父亲的包斯钦大吃一惊。他盯着儿子愣怔了一会儿才反应过来,说道:"好吧,我一定争取……这可说不好,要是她不愿意我可是没有办法。"

事情过后,包斯钦逢人就说:"如今的孩子简直是不得了,干脆就是精怪!"

钢嘎一直把父亲送到大街上,送行的还有迪卡和它的另外四个孩子——小狗狐。经历了许多事情以后的迪卡变得成熟了许多,它蹲在一边安静地看着小主人与爸爸告别。迪莉在包斯钦的怀里不肯安静,它朝迪卡"吱儿、吱儿"直叫。迪卡的目光非常温和,望着自己的孩子,它似乎知道它的迪莉要被主人带到远方去了。

"爸爸,你对乌兰诺娃阿姨说,就说我暂时去不了,现在我已经是小学三年级的学生了,功课非常紧。等到明年暑假的时候我一定到新西伯利亚去看她,带上我的迪卡和小狗狐。对了,如果她对迪莉的名字不满意的话,如果她想给迪莉另起一个名字,请她一定要征得我的同意,不然我会生气的。"

"别担心,迪卡,你的孩子是不会受苦的。它是要到西伯利亚去,那儿也是它的故乡。"钢嘎蹲下来与迪卡说话,他双手摸着迪卡的脸,望着狗的眼睛深处,"在那里乌兰诺娃阿姨会很好地照顾它。那里的空气和山冈也许更加适合它，这一点你是知道的。"

迪卡哼哼着拿它毛茸茸的嘴头在主人的脸上身上蹭着嗅着，表达着自己内心的感受。

四只不懂事的小狗狐在一边玩耍。它们蹦着跳着，围在迪卡的身边跑来跑去，动作笨拙而稚嫩，憨态可掬。天气渐渐凉下来，小狗狐身上都长出了毛，一个个看上去都是毛茸茸的。一只小狗狐跑远了，迪卡立刻追上去把它撵了回来。对自己的孩子迪卡表现出了极大的爱心和耐心，令经过的路人无不为之感动。

与刚回到家的时候相比，迪卡变化很大，性格沉稳多了，不再动不动就大喊大叫、奔跑跳跃。那时候它总是特别容易冲动，现在的它目光温和地望着自己的孩子，真正是一副做父亲的模样了。

钢嘎想，西伯利亚是小狗狐妈妈的故乡，既然如此，在它们的头脑里就一定还储存着许多关于故乡阿尔泰山的信息。基因的力量强大无比，它们的母亲——那只漂亮的北极白狐会通过DNA把这些信息印在它们的头脑中。像北美的驯鹿，像黑龙江的大马哈鱼，不管它们离开故乡的时候是多么幼小无知，也不管长大后在异域生活多么久，在它们的记忆中，故乡底片的颜色总是不会褪色的。

出租车开走了。

钢嘎喊："爸爸，再见！"

包斯钦说："钢嘎，再见！"

钢嘎又喊："迪莉，再见！"

小狗狐迪莉把三角形的小脑袋伸出车窗外，"吱儿、吱儿"叫了两声。

迪卡和其他四只小狗狐跟着一齐叫起来，"呜呜汪汪、吱儿吱儿"地响成了一片。

钢嘎一边蹦蹦跳跳地往家走，一边想象着乌兰诺娃阿姨的样子，心里觉得非常愉快。迪卡和四只小狗狐跟在他的身后。

这只小小的队伍吸引了许多路人的目光。

白马翁恭查干

上 篇

1

  白马翁恭查干终于跑到了悬崖的尽头。它在崖头上一块赭红色的巨石上迎风驻足，宛若一尊玉色的大理石凿就的雕像。遒劲的旷野之风拂弄着它银丝般的鬃毛，掠去它背腹上珍珠似的汗滴，抚慰着它狂躁焦渴的心。此时在它棕褐色的双眼中，再也看不到暴怒、疯狂与绝望的神情，有的只是如水般超拔脱俗的怡静。翁恭查干在等待着，一个庄穆神圣的时刻正在向它走来。

2

  此刻，它既不属于过去也不属于未来，它是站在两者之间的临界点上。它棕褐色的目光刺穿蹄下的云层，落在了一片绿茵如毯的草原上——那里曾经是它依恋过、热爱过的家乡，而在即将到来的时刻之后，它将不再属于故乡，故乡也不再拥有它。故乡于它将不复存在。

在那片茵茵翠绿的草原上，它曾经是一匹活泼健壮、调皮漂亮的小马驹。它不知道自己从哪里来，也不知道自己的父亲是谁，当它从一个湿漉混沌的所在来到一个阳光明亮的世界的时候，它睁开眼睛，浑然未凿的目光中首先映入的是一匹豹花皮毛的母马。豹花母马腰长腿细，健美无比，云团似的皮毛斑斓悦目，温柔的目光是棕褐色的，从上面照拂着它。母马开始舔它的身体，从额上到脸颊，从脖颈到脊背，直到它身体的每一个部位。温暖湿润的舌头从它湿软的乳毛上掠过，每一下都给它羸弱的身体注入力量。亲切温柔的鼻息把温暖与疼爱灌输到它尚是空白的心里，它翕动鼻翼，被一种越来越浓郁的气味吸引着，不由自主地拿鼻子触了触母马的腿。它降生在这个世界，第一次把一种气味牢牢地刻在了它的记忆中。

一个留着猫胡子的老牧人忙忙碌碌地走来走去，它不知道自己身下的柔软茅草就是老牧人为它衬垫的，也不知道老牧人就是母马和它的主人，更不知道老牧人为迎接它的出世，已经整整在母马的身边守了一天一夜。这些它统统都不知道。它只看见贝壳似的雪白牙齿在老牧人的浓密的猫胡子下闪烁着银子般的耀眼光泽。当然它也不会知道，老牧人那贝壳似的闪光牙齿、翘起来的胡子以及脸上像花朵似的皱纹，正表达着一个无比舒心的内容。今后它慢慢地会懂得这就是笑。但是现在这笑的表情与内容于它都是深奥难解的学问。面对老牧人的笑，它只懂得怔怔地望着，清澈如水的双眼中没有喜悦也没有恐惧。

它听见老牧人说："嗯，嘀嘀嘀，是匹漂亮的小马驹！腰身很长，四条小腿也不短！"老牧人的目光在它的身上滑来滑去，拿一团茅草擦着手，擦完了，把弄脏的茅草随手丢开去。被丢弃的脏草团在老牧人脚下一点一点膨开，引得它盯住那团脏草研究了半天。对于刚刚降生的它来说，这世界上的每一棵小草都是新鲜有趣的，都是有待研究的学问。

其实它这会儿的样子实在是谈不上漂亮，简直可以说是丑陋的。四条湿漉漉的腿一点儿肉也没有，就像风干的木柴棒子，肚皮是蔫塌塌的，脑袋像个三角形的石块，身上沾满黏糊糊的液体，毛都湿漉漉地贴着身子也看不清是什么颜色。简直可以说，它就像一只刚从脏水坑里爬出来的狗，样子让人看了觉得可怜。可惜的是，它刚刚出生时的样子，它自己永远也不会知道。当然这无关紧要，重要的是在主人的眼睛中它是漂亮的。

果然，没有多长时间，待母马为它舔干了身子之后，情形就大不一样了。乳毛一根根支起来，竟是那么的柔滑可人。毛一干，身体也不显得那么瘦了，四条腿也似乎变粗了。让人吃惊的是，它从头到尾竟然没有一根杂毛，通身雪白！这一发现让老牧人高兴得禁不住呵呵哈哈地笑起来。

"真是一匹漂亮的银马驹！"老牧人高兴地捋着胡子喊叫起来，"哈布尔！你来看，一匹漂亮的银马驹！浑身上下连一根杂毛都没有！啊哈！豹花马为我们生下了一匹银色的马驹！"

哈布尔是老牧人的儿子，这一点以后它就知道了，它看到随着老牧人的喊声，一个小伙子骑马走过来。哈布尔在离它十几步远的地方勒住一匹马，打量了它一会儿，说："不错，是匹银马驹，还是匹儿马呢！"

它把目光又移到哈布尔的脸上没完没了地看，把哈布尔浓密的眉毛、粗阔的嘴巴印在自己脑子里。有了对老牧人的印象，他觉得哈布尔的样子挺好记。它觉得这两个人一个有浓密的猫胡子而另一个没有，就是这区别。

"阿爸，我去照看马群了。"

哈布尔在它的目光中催动着坐骑走了。它看见哈布尔和他的坐骑越来越小，最后只变成了个小黑点儿。它对这一点感到莫名其妙。而更让它感到奇怪的是在哈布尔变成一个小黑点的地方，原来是一片耀眼的光亮中，突然冒起来一个圆圆的红彤彤的东西！它被那圆圆的大东西吓了一跳，眼睛被那东西射出的光亮刺得又酸又痛，几乎不敢睁开。眼前的一切都随着那圆东西的升起而亮堂起来，凉飕飕的身体被那东西一照就暖和起来了。

3

银色的儿马驹天生就比同龄马驹的身材要长出一截,在马驹们嬉戏逗闹、奔跑撒欢中,每次它总是遥遥领先,这无疑又证明了它的爆发力与耐力也是天生就好。再加上它洁白如玉的一身皮毛,使它深受主人的钟爱。当然它同时任性调皮,在马驹群中不是踢伤了谁的后腿,就是咬破了哪个的脖颈,时不时地制造出事端,引起马群的惊慌与骚乱。闯了祸它就躲到豹花母马的腹下,惊慌失措地望着那些被它伤害的马驹的父母冲着豹花母马又尥蹶子又撕咬地报复。每当这种时候,豹花母马总是毫无畏惧地迎击挑战者,一时间总要闹得尘嚣飞扬、马嘶震天,惹得主人动怒,挥着鞭子把它们驱赶开来才能算作了结。

幼小的银儿马聪颖灵慧、善解人意,它知道无论自己做了什么事情,不但豹花母马不会怪罪它,就连主人也不会因此而厌弃它、惩罚它。那些日子由老牧人看护马群的时候,老人就把随身带的老羊皮袄铺在草地上,然后盘腿坐下来,一边摇头晃脑地拉着马头琴,一边反反复复地唱着一首歌:

> 翁恭查干啊,
> 你这圣洁的白马!
> 你是上天赐给我的宝物,
> 你的圣洁不容玷污。
>
> 翁恭查干啊,
> 你这圣洁的白马!
> 你奔驰的地方清泉喷涌,
> 你打滚的地方鲜花开放。
>
> ……

主人在唱歌的时候,两只眯缝的眼睛也不闲着,射出的目光像轻柔的手似的在它的身上抚摸。好像是心领神会似的，银马驹从一开始就能够知道主人是在赞美自己。成百匹的儿马、骒马和马驹都在歌声中安闲地吃草，唯独它，一听到歌声立刻就扬起脑袋听。它觉得主人的琴声和歌声把一切都表述得明白无误、清清楚楚。它从歌声中高抬四蹄，轻轻落地，一步步走到主人的跟前，圆睁着一双天真无邪的大眼睛，直竖起两只坚挺的小耳朵聆听主人的歌唱，陶醉在主人对它"苍狼般的耳朵、龙颈似的脖子、老虎似的前胸与豹子似的腰身"的反复细腻的赞美中。有时候它会盯着主人膝间的马头琴上的描云图案出神，直到主人的琴声、歌声都消失了，它还仍然一动不动。它觉得琴上的云在主人的歌声中渐渐飘动起来，只是纳闷云彩落在了琴上为何变得这么小。还有主人那双漆黑锃亮的翘头马靴上的云朵，同样令它感到惊奇和费解。这时候翁恭查干已经有七个月大，身长及至豹花母马的颈部，体高也达到豹花母马的胯下，一身皮毛依旧是洁白无瑕、光滑如玉。七个月的翁恭查干肚子里已经装了许多的学问：它知道在它出生的那天引得它万分惊奇的从地平线上升起的红彤彤的圆东西便是太阳，太阳每天都升起一次降落一次，这于它已是司空见惯；它知道了太阳升起的时候是白天，太阳降落之后是黑夜；它还知道了老牧人儿子哈布尔年龄在二十多岁，他们都是它和整个马群的主人。

但是轮着哈布尔放牧的时候，翁恭查干就听不到那美妙的歌声了。哈布尔从来不把马头琴带到牧场上来。他也爱唱歌，但不唱令翁恭查干迷醉的《翁恭查干》。哈布尔把马群赶到牧场上，自己坐在一座高高的慢坡顶上，望着太阳升起的地方出神。哈布尔一直能那样瞭望很久，这使翁恭查干又觉得十分奇怪，它想那地方一定有什么美妙的东西吸引着哈布尔。被好奇心撩起的翁恭查干走上那座慢坡顶，也顺着哈布尔的视线向太阳升起的地方瞭望，可是什么新鲜的东西它都没有看到，视野所及只是一片普普通通的、罩着一层迷蒙蜃气的草原。

哈布尔望着望着就深情地唱起来：

　　登上高高的坡冈，

> 顺风儿把耳朵拉长。
> 听见你放羊打哨哨,
> 像那梅笛儿一样。
>
> 草滩里传来动听的歌声,
> 这是谁在歌唱?
> 听那细声细气的嗓门,
> 肯定是我心爱的姑娘。
> …………

歌声很缠绵地飘动着,哈布尔的眼睛中闪烁着湿润温柔的光泽。翁恭查干似懂非懂地听一会儿,然后就走开了。

那是一个薄云蔽日的上午,哈布尔把马群赶到牧场之后,照例坐在高高的慢坡顶上瞭望唱歌。翁恭查干觉得这歌与往日不一样。果不其然,唱着唱着哈布尔就坐不住了,他跳起来跑向自己的坐骑。黄骠马在草滩上还没有吃上多少草呢,哈布尔就给它解开了三脚绊,重新勒紧了肚带,匆匆忙忙的样子好像发生了什么不寻常的事情。翁恭查干看出来黄骠马很不情愿的样子,拧着脖子、歪斜着身子驮着主人朝太阳升起的地方跑去。翁恭查干登上坡顶,冲着黄骠马和主人的背影望了一会儿,终于没有克制住强烈的好奇心,扬蹄就追。要知道翁恭查干可不是那种老实巴交的角色,只要吃饱了奶,它就会无端地尥一阵蹶子,或是低杵着脑袋忽然起劲地向草原的深处奔去,眨眼的工夫消失得无影无踪,过不了多久谁也不注意的时候又会像从天而降似的出现在你的眼前。回到马群也不肯有一刻的安静,好像它的身体里蓄藏着永远也消耗不完的精力似的。

翁恭查干追赶着黄骠马扬起的尘烟奔跑,穿过一片锅底形的凹地,越过一道慢坡顶,又翻上一道慢坡顶的梁,在还没跑上第三道梁的时候就被哈布尔发现了。它只顾低着头拼命追,猛一抬头就见黄骠马横着身子站在梁顶上,目光愠怒地望着它。翁恭查干大汗淋漓地收住中蹄，呼哧呼哧地喘着气。黄骠马威严地冲它打响了鼻息，哈布尔的脸色和黄骠马一样冷峻，扬起鞭子在翁恭查干的胯上抽了一下，喝道："捣蛋鬼！赶快回去！"

翁恭查干在哈布尔的驱赶下扭头朝来路跑，跑了一截听不见哈布尔的呵斥声就站住，等主人的背影刚刚在坡顶消失就又追了去。可没跑多远又被哈布尔发现，主人又赶它，等主人跑出一段路它就又追。哈布尔第三次往回赶它的时候，它干脆就绕着草滩兜圈子跟他玩起了捉迷藏。

哈布尔气得哇哇大叫，绕着草滩追它，又不忍心发狠地打，只好叹一口气说："翁恭查干，真拿你没办法……你这个调皮捣蛋的家伙！你也真不懂事，要知道我要跑的路还很长，你一匹小马驹没有那么久的耐力。怎么办呢？把你丢在路上我也不放心……那么只好让你跟着走了。走吧！"

翁恭查干跟在黄骠马的身后跑一会儿走一会儿。翁恭查干从来没有离开过家乡草原这么远，它觉得简直就是走到天边了。眼前的景致也发生了变化，虽说都是草原，而这里的山又高又陡，山坡上出现了许多家乡草原没有的白桦树，还有白色的房屋。涉过一道浅河，黄骠马站住了。翁恭查干站在河中间喝水，它听见主人说："你好！实在对不起，我来晚了。"

翁恭查干以为哈布尔是在催促自己，一抬头见一位姑娘站在河边。姑娘穿一件粉红色的袍子，身旁是一棵亭亭而立的白桦树。姑娘一手抓着树干，身子歪扭着看不见脸。

"哼！让我在这儿整整等了一个半小时了！我都要回去了……看来我在你心里太不重要了！"翁恭查干听到一个从来没有听到过的声音。

"这太冤枉我，乌云塔娜！"哈布尔匆匆忙忙下马，走到姑娘跟前，"我们同学六年，我对你的情谊你最了解……都怪这匹小马驹！我跑到半路才发现它跟来了，怎么赶也赶不回去。没办法，它又跑不动长路，只好耽误时间委屈你了。"

哈布尔抱着姑娘要亲，姑娘噘着嘴直躲闪，后来咯咯地笑起来，说："别捣乱，哈布尔……让我看看你的小马驹。"

姑娘挣开哈布尔的手臂，跑到翁恭查干的跟前，伸手想摸它。翁恭查干一下就跳开了。

姑娘说："它真漂亮！你等等，让我猜猜，它肯定是你的银马驹翁恭查干！对不对？"

"当然对，你真聪明！"

"少拍马屁！是你自己总跟我提起它的，不然我怎么会知道？你瞧它还认生呢。"

"反正我怎么说都没理，好吧，就让你和它亲近亲近吧。"

哈布尔把翁恭查干带到了姑娘的跟前，摸着它的脑门说："别害怕，翁恭查干，让这位小姐看看你。别任性……不然，她会拿我撒气的。"

一股从未闻过的香气钻进了翁恭查干的鼻孔，是那么的清爽怡人。它使劲儿抽搐鼻翼把那陌生的香气吸进身体，印在了记忆里。姑娘的一双纤柔的手在它的身上摩挲着，像夏夜的风似的令它迷醉。

"翁恭查干的身上真的连一根杂毛都没有！"姑娘惊奇地叫起来。

"当然了，"主人倚在桦树上说，"所以它珍贵呢，像我阿爸的心肝似的，连碰都不准碰一下。"

"翁恭查干真是长得太美了，身材、骨节，还有蹄子，哪儿都看不出一点儿毛病，真惹人喜欢！"

"那你就和它谈恋爱算了，它那么美……"

马鞭在哈布尔的手指上悠着圈。

"哼，那有什么！这小马驹谁见了都会喜欢的……谁稀罕你！"

姑娘干脆抱着翁恭查干的脖子，把她的脸贴在了它的面颊上。

"好吧，你们亲热吧，我可要走了……"

"滚吧！"

突然，翁恭查干被惊了一下，听见姑娘咯咯嘎嘎的嬉笑声，它跳到一边，以为发生了什么事情，却见姑娘被主人哈布尔从前面拦腰抱起，姑娘的身体在哈布尔的手里悬空如车轮般地旋转起来。姑娘清脆的笑声也如她的身体似的旋转着，直看得翁恭查干渐觉晕眩，它扭身离去。

太阳偏西，要告别了。姑娘又走到翁恭查干的跟前，摩挲着它的皮毛，把脸蛋在它的脸颊上蹭蹭，对哈布尔说："你的翁恭查干真是太招人喜欢了！送给我怎么样？舍得吗？"

翁恭查干嗅出了在姑娘发出来的幽幽清香中渗入了主人男子汉的熟悉气味。

"用不着送。"它听见主人说。

"为什么？"

"这还用问吗？这道理很简单，你是属于我的，翁恭查干还用得着送吗？它自然也是属于你的。"

"你这个坏小子！"

姑娘放开翁恭查干，扑向主人，在哈布尔的大腿上搗了一拳。受了惊的黄骠马载着主人跑起来。

"下次来一定带上翁恭查干！"姑娘在后面喊。

在第一道梁顶上，翁恭查干回头看了看，姑娘依然站在河边的桦树旁，看见它停下还向它招了招手。翁恭查干嘶唤一声，算作回答，它心里饶有兴味地回忆着姑娘身上特有的异香，觉得这一切都有趣极了。

4

翁恭查干与姑娘之间建立起了相互信任的亲密关系，速度快得惊人，好像它与她与生俱来就是朋友，其亲密的程度甚至都要超过它和哈布尔。姑娘身上有一种难以言说的东西吸引着它，使它一下子就能够对她建立起信赖感。它牢牢地记住了她的名字——乌云塔娜。

自那以后，哈布尔与姑娘相会的时候，姑娘从没有让翁恭查干离开过自己身边。她与哈布尔说话的同时，两只灵巧的手把翁恭查干的鬃毛编成了辫子，总共编了十二根，每一根辫梢上都用红绸子扎出蝴蝶的形状。翁恭查干跑起来的时候身边像飞舞着十二只红色的蝴蝶，这使它感到惬意极了。有好几次它侧着脖子试图咬住一只"蝴蝶"，可是没有一次成功。

有时候，翁恭查干对乌云塔娜同哈布尔的冗长对话感到乏味，就会挣开姑娘的手臂，自己跑到河边、树林和山冈上溜达。这一带的景物它渐渐熟悉，胆子也大起来，敢于翻过好几道山冈去看稀罕。在林子里，在山坡上，它看到越来越多的开着紫色花的草。它凑近闻闻那些紫色的花散发出来的香味，与乌云塔娜身上的香味一模一样。这一发现让它欣喜不迭。从一个山隈处向北有一面斜坡，很陡，翁恭查干顺着斜坡一直走上去，走了很长时间，看到一块突兀的奇怪岩石，与家乡的石头颜色不一样，是赭红色的，非常非常大。这引起了它的兴趣。它跑到岩石旁边，不禁吓得双腿发软，倒吸一口冷气。原来那赭红色岩石的下边竟是一个深不见底的大沟，有云彩在半山腰里飘。翁恭查干倒退着离开那块巨石，一直退出了几十步，才敢调头跑开。

老牧人早晨来牧场替换儿子的时候，一眼就看到了翁恭查干脖子上的辫子，并且很快从翁恭查干扎着红绸子的辫子上得到了一个暗示。老牧人把正在豹花母马腹下吃奶的翁恭查干唤到跟前，抓起一根辫子在手里掂着，问道："这是怎么回事？"

"没什么……这是辫子，"翁恭查干看到哈布尔的局促样子十分可笑，"就是辫子，普通的辫子……"

"当然是辫子，"老牧人板着脸说，"这个谁也不会认错，我是问你辫子是谁扎的？"

"当然……是我，是我扎的……"

"你以为阿爸是傻瓜吗？"老牧人嘴角上埋藏着一丝笑，伸手在儿子的肩上狠狠拍了一下，"你骗不了人，更骗不了阿爸，你是编不来这么精巧的辫子的，阿爸知道！阿爸也是打年轻时候过来的，瞧这细绺绺、匀溜溜的辫子，准是哪个心灵手巧的姑娘干的。告诉阿爸，她是谁？"

"阿爸，这事儿还……早呢……"

"哼，我知道早呢，"老牧人从怀里掏出一张照片在儿子眼前晃晃，"是照片上这姑娘吧？"

哈布尔一下子夺过照片，急忙揣进怀里："我说咋回事，怎么也找不着了……"

"是我在你枕头底下翻出来的。呵呵呵！"老牧人在儿子脑袋顶上拍了一下。

老牧人望着儿子的背影笑了一阵，操起马头琴唱起来。歌词中增添了新的内容：

　　翁恭查干啊，
　　你这圣洁的白马！
　　你是上天赐给我的宝物，
　　你的圣洁不容玷污。

　　翁恭查干啊，
　　你这圣洁的白马！
　　有十二只红蝴蝶绕着你飞舞，
　　那蝴蝶出自我未来儿媳之手！

　　翁恭查干啊，
　　你这圣洁的白马！
　　你是爱情的见证者，
　　你可知道姑娘她名叫什么家住何处？
　　…………

翁恭查干侧耳聆听，似有所悟。

中 篇

5

　　它的蹄下是黛色的云海,波涛翻滚。在云海的尽头,太阳到来之前的紫曛在隐隐地透露着光明。孕育着光明的紫曛凝聚着翁恭查干的渴望,它从那紫曛后面的光明中感受到了一种从未体验过的力量——那力量超乎自然,那力量强大无比,那力量充盈在身体里,使它无比镇定、信心十足。翁恭查干知道,那无与伦比的力量正是来自于它头顶上的天国,来自于一个至高无上的原动力。

　　太阳的伟大使云海在每个瞬间都发生着奇异美妙的色彩变幻。青紫的、橙绿的、绛褐的、檀红的色素,从密密层层的云隙间顽强地渗透出来,随着翻滚的云浪跳跃闪烁,时而出现时而隐没,时而强烈时而黯淡。未来的时刻被它渲染得更加不可理喻、神秘莫测。

　　翁恭查干就在这神秘的静穆中等待着。它知道,自己即将要出现在一个伟大时刻的面前。这个时刻会伸出无形的巨手把它的过去与未来分割开来,把龌龊与纯洁分割开来,把卑劣与高尚分割开来;这个时刻将把它的血肉之躯投入一个巨大的碾盘中,研磨成齑末,然后铸成一个新的翁恭查干。一个新的翁恭查干将被这个伟大的时刻载着走向永恒。

　　听!这个伟大的时刻就要来到了,太阳即是它的先声!翁恭查干看到了万仞长空之上,罡风带着金色铜音的轰隆声。它知道那就是太阳的脚步声。

6

　　草原是一派纯净的浅蓝色,看不见地平线,在天与地相接的地方,同一种颜色以它强大的力量把它们融和了。野花盛开，春意盎然。一匹火一样红的枣红马在绕着散落的马群奔跑，那是一匹身体线条柔和俊美的年轻骒马。在它的身后紧紧追赶着的是一匹俊逸雄健的白色儿马——翁恭查干。

受日月之精华，在草原、山川、母亲的乳汁和主人的赞美歌声的滋养下，翁恭查干已经成长为一匹真正的儿马。它性情刚烈、桀骜不驯，仍旧是浑身雪白、光滑如玉，就像主人在赞美它的歌声中唱的那样：它善解人意、极有灵性，它双眼如炬、四蹄如盅，它的奔跑迅疾如风，它的嘶鸣犹如天上的雷霆。

翁恭查干的追逐引起了群马的不安，许多马匹都停止了咀嚼，抬起头，目光追逐着它和枣红马奔跑的身影。它们跑得并不快，不像舒展筋骨的溜蹄，也不像发泄似的狂奔，总是保持着若即若离的距离，枣红骒马不时地还回过头来望望翁恭查干，轻唤几声。后来枣红骒马在马群中间的一块空地上停下来，翁恭查干也不再跑，它绕着枣红骒马转了一圈儿，在它的身体上这儿闻闻那儿嗅嗅，然后拿牙齿轻轻地啃年轻母马的鬃毛。枣红马不动也不叫，似乎是很惬意地仰了几次脑袋。它也不看翁恭查干，慢慢放下眼睑，双目微闭，一动也不动了。翁恭查干与年轻的母马并尾站着，它把脑袋伸过去，将自己的脖子斜着搭在母马的脖子上。一个雪白一个深红，两匹马色彩鲜明的身体在浅蓝色的草原上合成一个意味深长的姿势。温暖的春阳照射着它们。

这种娴静的耐人寻味的姿势大约保持了不到一分钟便被破坏了。身体跟炭一样漆黑油亮的头马像一股陡起的黑旋风般地刮过来，把它们冲散了。于是一场不可避免的搏斗就展开了。黑色的老头马恼恨地咆哮着一次次冲向翁恭查干，举起硕大的前蹄踏它，龇着泛黄的牙齿撕咬它，撅着屁股拿肌肉强劲的后腿踢它。面对凶猛的攻击，翁恭查干每次都灵巧地躲开了。翁恭查干并不示弱，它以同样凶猛的攻击对付着气势汹汹的头马。两匹马的嘶鸣声震彻天空，草屑飞溅，烟尘滚滚。被一场突如其来的厮打惊呆了的群马一个个都直竖起耳朵，眼睛中流露出惶恐不安的神色。要知道这两匹搏斗着的儿马，向对方施展的每一次打击都有置对方死命的危险。有些马不知所措地乱叫起来，也不知道是表示规劝还是呐喊助威。不少受惊的骒马和马驹开始不辨东南西北地在马群中蹿过来蹿过去,掀起一阵阵骚动的波澜,把两匹儿马的搏斗场面烘托得更加激烈。

暴怒的老头马鬃毛奓开,像一头黑色的雄狮,几个回合下来,它终于瞅准了一个机会,一口咬住翁恭查干脖子上的皮毛,牙齿一扯,顺势用庞大的黑色身体扛了一下,就将翁恭查干摔倒在地上。接着,老头马一次次竖起身体高举着前蹄砸下去。群马惊叫成了一片!倒下的翁恭查干在地上翻滚着、躲闪着,已经没有了还击的可能,可谓是命悬游丝!坚硬的黑色铁蹄在草地上砸出一对对深坑,翻飞的泥土溅在黑色头马的腹上,挂在它的鬃毛间,覆盖在翁恭查干雪白的身体上。谁都知道马是可以站着睡觉的动物,它跑起来轻盈矫健、灵巧无比,可是它们卧下去要想站起来却是异常的拙笨,它必须先将两条前腿跪起来,后腿才能跟着站起来。黑色的头马对于同类的这个弱点显然是再清楚不过了。有时候它并不连续打击,只是看着翁恭查干困难地挣扎着竖起了前腿,在两条后腿没有立起来的时候,再不失时机地施展打击,将翁恭查干一次次地打翻在地。鲜血从受伤的脖子处淌出来,随着身体的翻滚溅在了翁恭查干的脖子上和面颊上,从后腿部的伤口流出来的血把它雪白的皮毛染红了一大片。

7

已经很长时间了——这个时间应该用年来计算——翁恭查干不再像个孩子似的跟在主人的身边。在它快成为一匹成年儿马的时候,逐渐成熟的独立意识就使它觉得总是跟在主人的左右是种耻辱。从那时候起它就很少再与主人做出亲昵娇憨的举动。它甚至有意躲避主人,不愿让主人像对待马驹似的抚摸它的皮毛。它和主人疏远了。老牧人上了年纪,把照看马群的工作全部交到了儿子的手里。儿子哈布尔呢,与马群在一起的时间也比过去少多了,他结交了一些新的朋友。这些人既不放牧也不打草,他们在草原上游荡,收集羊毛和牲畜,然后把这些东西转手卖到很远的地方去。主人新结交的朋友中有一个头戴鸭舌帽的人，比哈布尔年纪大，有三十多岁的样子，瘦高挑的个子，生着一只鹰钩鼻子和两只深陷的黄色眼睛。不知为什么翁恭查干第一次看见他的时候心里便生出本能的恐惧。哈布尔为了向客人夸耀，带着他走近翁恭查干，拍拍它的脖子，对头戴鸭舌帽的客人说："来，让你开开眼，瞅瞅我的宝贝，这就是翁恭查干！"

"嘀，不错，是匹好马！是匹宝马！是匹值钱的马！你为什么办事的时候不骑它呢？你应该让草原都知道它，名扬四海！"

"阿爸不允许，舍不得。"

"呃……太委屈它啦！"

鸭舌帽随便把手往翁恭查干的脊背上一放，立刻就有一道颤抖像波浪似的从翁恭查干的脊背滑向了大腿。

"呼嘀——长得像狮子似的雄壮，胆子却像老鼠一样小……"鸭舌帽说，"恐怕难成气候。"

"你胡说！"哈布尔不高兴地反驳道，"这是一匹勇猛的好儿马，它一点儿也不胆小，而且它还异常的灵敏，要是有外边来的生人或儿狼靠近马群，不管是白天还是夜里，它总是第一个做出反应。你瞧着吧，过不了多久，这马群里头马的位置肯定是属于它的！"

"也许你说得对，主人没有说自己马的坏话的，怎么样，我出个大价钱——你说个价！"

"干什么——你疯了？"哈布尔吼起来，"我可是从来没有说过要卖它，只不过是让你看看……"

"这有什么，世界上的东西就没有没价的，只要价钱给得合适，什么都可以买卖。你出个价吧，别担心，你知道我能付得起钱！"

"这不可能！"

"三千怎么样？"

"不不不……"

"五千！"

"不卖！不卖的，我说过了，给多少钱也不卖的！"

"六千！"

"不——你别白动心思啦！"

"八千！"

"我说过啊——"

"一万！"

"你真的疯了吗？"

"好！那么我出一万五，就这么说定了，咱们拍板成交！"鸭舌帽狠狠地跺着脚，从怀里掏出一大摞钱塞给哈布尔，"数数吧，这些钱足够你把心爱的乌云塔娜姑娘娶回来，怕是还有富余呢！我知道你急着需要钱，老弟，别再冒傻气，你再也不会遇上像我这么出手大方的人啦！都八十年代了，瞧瞧你家里的那两座破蒙古包，怎么好意思向乌云塔娜姑娘求婚！没有一大笔钱新毡房是立不起来的，家用电器也不会自己长了腿跑到你家里来，还有新娘子的衣服，没有钱你们什么事都做不成！"

翁恭查干明显地感到哈布尔搭在它脖子上的手变得越来越软弱无力，也看出主人微垂着脑袋，在趾高气扬的鸭舌帽面前表现出一副羞惭的尴尬模样。我们说过翁恭查干是一匹极通灵性的马，主人的这副样子使它深受刺激，它用一只眼睛瞄着鸭舌帽发起了脾气，在不知不觉中移动了一下身体后突然尥起了蹶子。鸭舌帽是个机灵老练的家伙，他向旁边跳了下躲开了，但是一团潮湿的泥巴像飞起的鸟儿糊在了他长条形的脸上。

"混蛋！"鸭舌帽懊丧而恼怒地咒骂着、躲闪着，逃到哈布尔身后，"这不是马，简直是魔鬼！它肯定是听懂我们的谈话了……"

"翁恭查干它听不懂人话。"哈布尔笑着说。

鸭舌帽不相信，激动地吼叫起来："不！你说得不对，它听懂了！你瞧它干了坏事得逞了，它在嘲笑我呢！"

这时候翁恭查干已经跑回了马群，它回过头看了看，龇着牙发出一声不轻不重的嘶叫，说不定那确实是一匹马对一个人的嘲笑呢。哈布尔也笑起来。

哈布尔脸上的羞惭和尴尬被笑声赶跑了，他对鸭舌帽说："翁恭查干虽然听不懂人话，不过我相信它准是猜出来你不怀好意。它是从来不随便乱发脾气的。现在你也看出来了，翁恭查干不是一般的马，它是绝不会同意你把它带走的。"

"也许你说得不错，这匹鬼马大概会让我倒霉的！"

"那么，现在好了，把你的钱收起来吧。"

8

鸭舌帽第二次来的时候，正赶上翁恭查干和老头马打架。哈布尔总是和鸭舌帽在一起，他在跟着鸭舌帽学习做买卖。这些日子他轻轻松松地挣到不少钱，把家里的两座破旧的小蒙古包换成了两座大的新包，结婚的准备已经弄得差不多了，迎娶新娘的日子也商定好，决定就在八月里的一天。这一次哈布尔大概跟着鸭舌帽又赚了钱，满面春风的样子，也不知道在哪儿喝了酒，脸红到了脖根，摇摇晃晃地骑在马上和并辔而行的鸭舌帽高声地谈论着什么高兴的事儿。是鸭舌帽先发现了马群中的异常情形："喂，怎么回事儿，哈布尔，瞧你的马群，"鸭舌帽敲了敲钢嘎的肩膀，伸出马鞭指了指，"好像是两匹马在打架……"

哈布尔怔了怔，通红的脸渐渐变了颜色，说道："哎呀——是翁恭查干！我知道这事儿是迟早要发生的，可是现在早了点儿，老头马还并不太老，要知道那可是个又凶残又狡猾的家伙！有两匹儿马死在了它的蹄下，肋骨被踢断，肚子被踏破，肠子都流出来了……"

"哦嗬，那真是太好了，原来是翁恭查干那匹鬼马，上次它居然要踢我，看来老头马要替我出这口气，该教训教训它了……"鸭舌帽拿鞭子把帽檐往上捅了捅，望着大声吼叫着奔过去的哈布尔喊，"喂，哈布尔，你干吗去救它？让老头马也踢断它的肋骨，踢死它好了！你不是吹牛翁恭查干能做头马吗？哈哈哈哈哈……"

哈布尔没有听清鸭舌帽说了些什么，只顾催着马箭一般地冲向马群，"呜——呜——啊——啊——"地大叫着，想用呵斥声将翁恭查干和老头马分开。可是马群中几乎没有谁注意到主人的到来，混乱的踢踏声、嘶鸣声和两匹交战正酣的马的搏击声把哈布尔的声音淹没了。激烈的战斗和骚乱把所有马的头脑都弄昏了，除非一个霹雳在马群的头顶炸响，否则它们不会清醒。翁恭查干仍仰躺在地上，它不停地左右翻滚躲避着老头马的踏击，一次次地努力着企图伺机站起来。翁恭查干毕竟是一匹不同凡响的杰出儿马，纵然是在如此被动危险的处境，它一边躲避着，一边仍然瞄准机会击中了老头马的右前腿。在老头马低头查看自己伤口的一刹那，翁恭查干连打了两个滚儿在离开老头马一丈远的地方终于站了起来！

主人的鞭子带着嗖嗖的风声把它们分开了。

随后赶到的鸭舌帽很失望地叹了一声，勒住了坐骑。骚动的马群已经平息下来。哈布尔催马靠近翁恭查干，想把它赶得离老头马远一点儿，但是余怒未消的翁恭查干瞪着一只发红的眼睛一撅屁股就照顾了他一下，差一点儿没有把哈布尔连人带马都踢断！

"翁恭查干这鬼东西到底不是一匹普通的马！在这种情况下它居然还能再站起来，真是太邪乎了……"鸭舌帽的目光中已经没有了幸灾乐祸的神情，而是充满了赞叹与迷惑。他眯着细眼睛把翁恭查干瞄了好一会儿，想出一个主意，对哈布尔说："老弟，我看出来了，你的翁恭查干确实是一匹宝马！就是出再高的价钱我也愿意买它……"

"你别说了！不然我要生气了……"

哈布尔很不高兴地跳下马背，嘴里"嘘——嘘"着走近翁恭查干，他在为它的伤势担心呢。不过还好，翁恭查干受的伤并不重，只是脖子上和左边的后腿被老头马咬破了，伤口的面积不大也不深。哈布尔长吁一口气，他后怕，倘若翁恭查干倒在地上的时候，随便被凶残的老头马踏住哪怕是一蹄子——踏住肚子，肚子得放炮，踏住腿，腿得折——那可就糟了！他自己痛苦伤心不说，阿爸为了翁恭查干，就是要不了他的小命也得剥他一层皮！要知道阿爸身体不好不能放马了，可心却一刻也没离开自己的马群，每次哈布尔回家阿爸第一句话问的总是关于翁恭查干，而且他常常拖着重病的身体忍不住亲自到马群上查看。哈布尔把马群丢在一边不管，跟着鸭舌帽到处跑买卖，为此老头子发过好几次脾气。

翁恭查干已经安静下来，老老实实地站着，让主人拿一块细羊皮擦去脖子上和大腿上的血迹，拂去身上的尘土和泥屑。它的眼睛里映出了鸭舌帽的影子，看见他提着鞭子小心翼翼地向它走来。翁恭查干不情愿见到这个人，它摆了一下头，打了一个鼻息，鸭舌帽就在五步之外站住了。

"哈布尔老弟，"翁恭查干听出来鸭舌帽说话的声音有点打战，"我说，我刚才想出一个主意……你别生气。"

"只要别提掏钱买翁恭查干的事，我就不会生气。"

"买卖当然还是要做的，你放心，我再不会提买翁恭查干的事。我说，我看出来了，你的翁恭查干确确实实是一匹了不起的宝马！我相信你的话——它将来肯定是要做头马的。"

"你说得不错。"

"我说哈布尔，我不买你的翁恭查干，我买它将来做了头马以后配种生下的孩子，这总可以吧？你不会拒绝吧？我现在就可以付定金！"

"现在说这话有点早吧？"

"一点儿不早，你该懂得做买卖要有预见性才行。我看出来了，出不了两个月或许时间会更短，翁恭查干就能把头马的位置抢到手的，那样来年夏天它的驹子就会降世的。"

鸭舌帽一步一步蹭到了哈布尔的身后，翁恭查干只看得见把儿顶端嵌着一颗水晶石的蛇皮马鞭在晃。"抽烟！"鸭舌帽为哈布尔递上烟点着，"这事儿就这么定了，价钱问题上我绝不会亏待你。不管有多少，只要是翁恭查干的驹子我都包了！"

翁恭查干看见主人在喷出一口烟之后，冲鸭舌帽点了点头。它哪里会想到就在此刻厄运诡谲的眼睛已经看中了它。

9

事情并不那么简单。第二天早晨哈布尔查看马群的时候一看到翁恭查干的样子立刻就吓傻了：它的右前腿蜷曲着吊在半空中，走路的时候只能用三条腿蹦，每跳一下脸上都现出极痛苦的表情。原来是一处他没有发现的伤口发作了，位置在右边前腿的小腿上。一夜的发作使伤处肿胀起来，导致整条腿变得有碗口粗，显然是伤着了筋骨。哈布尔试着伸手捏了捏，翁恭查干疼得身体像筛糠似的抖，嘶叫的声音也变了调。急出了一身冷汗的哈布尔发疯似的鞭打着坐骑去请兽医。中午的时候他将兽医带回了马群，可是桀骜的翁恭查干却硬是不让散发着药水异味儿的兽医靠近它。它龇着牙齿，喉咙间恶狠狠地呼噜着吓唬兽医，在兽医试着企图摸摸它的身体时，它一扭脖子几乎把兽医的手臂咬住。兽医吓得抱着药箱退开老远，对哈布尔说："这马的病我没法治，它实在太野了！"

翁恭查干一颠一颠地离开，蹦到距离他们很远的地方才站住。无计可施的兽医只好按照自己的估计给哈布留下一些治疗跌打损伤的药，骑马走了。

兽医走后不久，更糟糕的事情发生了。哈布尔刚刚给翁恭查干上完药，一扭脸就看见一个骑着铁青马的人朝这边跑来。看着看着他的脸就变白了——是阿爸！他惊慌失措地把药瓶、药包和药棉塞进怀里，去收拢马群，把所有的马都赶到翁恭查干周围把它包围起来。但是老头子像是有感应指引似的，骑着马直接就冲进了马群中央。于是惩罚不可避免地降临到了哈布尔的头上。老头子也不下马，挥舞马鞭叫骂着扑向了儿子。马群被盛怒的老牧人惊炸了群，纷纷四散奔逃。哈布尔的坐骑也不知跑到哪儿去了。没有坐骑的牧人等于失掉了腿，哈布尔抱着脑袋躲闪着老头子的皮鞭，在无遮无拦的草滩上东一头西一头地乱窜。

"你这匹不中用的孬马！兔崽子！叫你好好地照看马群……你却丢开马群不管去跑什么买卖！你知道吗！翁恭查干是万里挑一的骏马！是无价之宝！做买卖……自古以来真正的牧人就没有做买卖的……翁恭查干要是叫你毁了，我要你拿小命来换！"

毫不留情的皮鞭像雨点般地落在哈布尔的身上，直打得他身上的袍子变成了条条缕缕的布条，直到老头子气喘吁吁没了力气，这场戏才算收场。

老牧人蹒蹒跚跚走到翁恭查干眼前，把儿子给它裹的绷带上的药面统统去掉，流着眼泪，重新仔细地查验了受伤的马腿，然后命令儿子立刻回家去取来了老头自己的草药——老头子放了一辈子马，是个很好的土马医——当场把草药捣碎配制好，给马敷上。哈布尔跑前跑后小心翼翼地伺候，不敢有半点怠慢。

有一个星期的工夫，老牧人天天来马厩观察翁恭查干腿上的伤，亲自为它擦洗换药。

自那以后哈布尔日夜守候着马群，不敢离开一步。

一个月以后，翁恭查干的腿伤基本痊愈，不再用三条腿蹦着走，只是跑起来微微显得有点跛。哈布尔每天都拿一把马鬃刷子为它理刷毛皮，脖子上和后腿上的血痂早已脱落，几乎看不出痕迹，它全身的皮毛重新变得油光锃亮。

10

不久发生了一件可怕的事情，要不是翁恭查干的杰出表现挽救了马群，哈布尔放牧的马群就会全军覆没在地球上消失了。

事情发生在一个雨天的夜晚。对于草原上的马群来说，什么风啊雪啊雨啊的并不是什么稀罕的事情和了不起的灾难，它们一年四季就生活在无遮无掩的旷野上，风来了到一个避风的坡后边躲一躲，雨来了就只好闭着眼睛淋着、忍着，直到雨住云开太阳出来晒干它们的皮毛。自幼生活在草原上的马群都有着极强的生命力和适应恶劣环境的能力，唯其如此，它们才个个都体魄强健、性格坚韧。即使打雷也不怕，只要有牧马人跟群或者甚至只需要有一匹好的头马率领，马群也不会出事。

下午的时候，哈布尔就把马群赶到了一个避风的坡梁沟湾里。他从随身携带的微型收录机里听到了下大雨刮大风的天气预报。雨是无法躲避的，但是马群可以在沟湾里避风。草原上有句俗话：风和雨搅在一起就会变成一把屠杀牲畜的刀。

　　入夜的时候，翁恭查干看见主人把一件老羊皮袄翻过来毛冲外裹在身上，躺在他的坐骑肚子底下睡觉——牧人就用这种办法来对付恶劣的天气。雨点子噼噼啪啪地落下来，马匹们都闭着眼睛睡，一个个垂立着一动不动。一种本能促使着翁恭查干没有入睡，它竖着耳朵听听，耳边是一阵紧似一阵的峭厉风声；它仰着脑袋迎风嗅嗅，空气中除了正在被压制下去的下午的尘土气味和雨点子的水气，没有什么异常的味道。老头马站在半坡上，两只发光的眼睛在四下巡视——它在履行头马的责任。也不知道是一种什么力量推动着，翁恭查干走向主人，它想看看他。它听见老头马在身后打了个响鼻向它发出警告，但是它没有理睬。翁恭查干看见主人拿皮袄裹着脑袋已经睡着，有呢喃的呓语传出来。它似乎觉着不怎么放心，便用嘴拱主人的身体，于是他听见了主人很清晰的说话声："乌云塔娜，这一天终于盼来了！抱着我紧点儿……"

　　翁恭查干的脑子里映出了那个高挑个子的姑娘的身影。她袅袅婷婷地摆动着身子走向它，拍拍它的脸颊，说："哦——我的可怜的翁恭查干！都怪哈布尔！让你受了那么多苦。不过你也别全怪他，有时候是我的责任，哈布尔不在马群的时候并不都是出去跑买卖，他也常常去看我……"

　　乌云塔娜那双柔软温暖的手在它的身上抚摸。它使劲地嗅着姑娘身上那熟悉亲切的香味儿。乌云塔娜把手掌摊在它嘴边，是一块奶糖和一块奶酪。翁恭查干拿舌头卷着把奶糖、奶酪送到嘴里香喷喷地嚼着，心里感到温暖极了。不过当姑娘又要为它的鬣毛梳小辫时它拒绝了。它摆着脖子把脑袋高高扬起。它已经长大了，成熟的雄性儿马的自尊心不允许它再接受那样的事情。它洁白浓密的鬣毛已经长得拖到膝盖处，它要为自己保持雄壮威武的风度。一匹威风凛凛的儿马的脖子上拖下几根扎着红绸的辫子，会使它的样子显得不伦不类、滑稽可笑。翁恭查干只让姑娘在它身边待了一会儿，就一颠一颠地拖着伤腿走开了。受伤的腿使它感到耻辱,也使它的性格变得冷峻,它总愿独自待着。在哈布尔一步也不敢离开马群的那段日子里,姑娘来看过它三次,每次都给它带来许多美味的吃食。

翁恭查干嗅了嗅从裹着的皮袄里渗透出来的主人的男子汉的熟悉气息。雨下得更大了,雨点都连成了线,哗啦哗啦的落雨声淹没了夜的草原上的一切声响。它有点担心雨水会不会淹了主人,因为它观察到主人睡的位置地势很低。它又拱了拱主人的身体,听见主人呢呢喃喃地说:"瞧翁恭查干,今天它真是太威风太漂亮了!三年前阿爸就说,只有等我娶亲的时候才能骑它,今天终于盼到了!"

翁恭查干当然无法知道,它已经在不知不觉中走入了主人的梦境,时间是两个月后的一个阳光明媚的上午。它披红挂彩,驮载着哈布尔走在迎亲队伍的最前边。它涉过那条小河,穿过白桦树林,走到了乌云塔娜家那座白色的房子跟前……

一个闷雷隆隆地贴着马群旁边的土梁顶滚过,翁恭查干不由自主地一激灵,看见整个马群在雷声中一阵哆嗦。头马在绕着马群跑,往一块驱赶它们。密密麻麻的雨点跌落着,闪电一照,发出许多疾速下落的闪光。头马湿淋淋的身体发出油黑的光。第一声雷声滚过之后,紧跟着又有一道闪电照亮在马群的头顶,于是一声接一声的闷雷从梁顶上滚过。马群收缩得越来越紧,挤成了一团,马驹们都躲到了骒马的肚子底下。受了惊吓的马驹嘶叫起来。今夜的雷声响得有点邪乎,使翁恭查干产生了一种不祥的预感。主人还在酣睡,在两个雷声的间隙,他的鼾声很响亮地敲击着翁恭查干的耳膜。集成细流的雨水从好几个方向涌向主人,在他身体的周围积成了一个水潭,把垫在主人身下的茅草浸透、淹没了。翁恭查干又一次拿嘴去拱主人的身体,它希望主人能知道自己处境的危险。就在这时候,一个圆球似的火团从被闪电照亮的黑沉沉的浓云间跌落下来,不偏不倚,正正地在马群的中央炸响——这是一道翁恭查干从来也没有见过的球状闪电!炸了营的马群拼命嘶叫着四散奔逃。在马群逃离开的地方,一匹被雷击中的马正在燃烧,一股强烈的皮毛肌肉烧焦的气味穿过雨帘水雾钻进了翁恭查干的鼻孔。火光照亮了一大片湿漉漉的草地,很快被雨水浇灭了。

翁恭查干惊恐地嘶叫一声,拼命地踏动着四蹄,拿嘴把主人拱醒了。"怎么回事?"哈布尔迷迷糊糊地问。翁恭查干响亮地朝着一个方向嘶叫,借着闪电的光亮,主人终于看清了正在向远处逃去的马群。翁恭查干立刻抛开醒来的主人去追赶马群。跑出一段路它回头看看,见主人慌慌张张地翻身上马,却并没有翻上马背,而是滚落在了坐骑的肚子下面,慌张间哈布尔忘记了收紧肚带。等哈布尔紧好了马肚带重新翻上马背的时候,马群已经看不见了。哈布尔滚到马肚子下面的时候,翁恭查干趃回去跑了一段,当它再去追赶马群时,感到一阵钻心的疼痛从痊愈的伤腿传上来。那疼痛使它明白,受伤的腿其实并没有真正完全恢复。

大雨哗哗地下着,冷峭的东北风裹挟着雨点子抽打着翁恭查干的脸颊和身体,在黑黢黢的草原上,滂沱大雨倾泻而下,它看不见一匹马的踪影。翁恭查干直竖着双耳,从充斥耳间的风雨声中捕捉到一个沉重而遥远的声音,它立刻就判断出那是群马奔跑的声音!它忘记伤腿带来的疼痛,疾如流星似的在雨夜的草原倏忽闪过,很快便把主人远远地抛在了后边。

翁恭查干毕竟是一匹天才儿马,它健美匀称的身体,它细细的腰身、长长的上肢和老虎似的前胸,在这紧急的时刻都顺应着它的意志,充分发挥了它们的作用。它浑身上下的每一根血管、每一条筋络、每一块肌肉都在奋发着、推动着它的身体向前。渐渐地,像一块迅速前移的黑色板块似的马群出现在了它的目光中。马群缩得很紧,尽管是在仓皇奔逃中,但马群仍保持着高度的整体性,这说明奔逃的马群是由头马率领着,也说明黑色的老公马是一匹称职的头马——它在奔跑中将七零八落的马匹都集合起来了。

马群的轮廓越来越清晰,越来越大,可以看见像波浪似的翻滚着的马的水淋淋的脊背。地势发生了明显的变化,越来越多的丘冈代替了坦缓宽阔的草滩,在翁恭查干前面狂奔的马群时而隐没在丘冈的后面,时而出现在丘冈的顶端,已经可以分辨出马蹄的杂沓声和乱七八糟的喘息声。一个接一个从胯下向后闪过的丘冈越来越陡。翁恭查干感到蹄下不停颤动的草原是那么的熟悉，从水淋淋的空气中它嗅到了亲切的马兰花的香气。涉过一条小河，穿越一片白桦林……翁恭查干脑子里一道闪电滑过，突然将它的记忆照亮——这是乌云塔娜家乡的草原！

逃避着死神的马群还在朝着一个方向狂奔。在它们直直地冲上一座高高的达坂的时候，它们之中任何一匹马甚至是领群的老公马一点儿都不知道，它们在摆脱了后面的死神的追逐的同时，正在扑向前面的死神的怀抱。那死神正狞笑着在达坂尽头的悬崖处等候着它们呢！

此刻只有跟在后面的翁恭查干知道马群的危险。它拼命地嘶叫着，企图唤回马群，但是被死神吓昏了头的马群中没有一匹理睬它。悬崖下面那幽幽的峡谷和悬崖尽头处那块赭红色的巨石，不停地在翁恭查干的眼前闪动，它感到自己的心脏已被焦灼和恐怖点燃呼呼地燃烧起来。马群跃入深渊的残酷幻象使它全身的每一根神经都紧绷起来，就像一只巨手在撕扯着，眼看着就承受不住，眼看着就要绷断了！给我力量吧！苍天！翁恭查干呼唤着，动员着全身的每一个细胞、每一块肌肉、每一条筋络、每一根血管，把它的身体推向前，再推向前！翁恭查干进入了一个完全忘我的境界。水花在它的身后飞溅，草滩向它身后疾闪，一匹又一匹狂奔的马从它身边闪过，一块真实的赭红色的巨石突兀兀地出现在它的眼前！翁恭查干拼尽全身的力气冲上去，用自己老虎似的前胸一下子把不顾一切地向死亡扑去的黑色头马撞出了有三丈远，倒在了地上，此时响起了成百上千只马蹄锉地的摩擦声。失去了灵魂的马群一匹匹抬起头，在幽深的夜的背景下，出现在它们惊愕目光中的是浑身洁白、闪着水淋淋光泽的翁恭查干！翁恭查干横着身子站着，它的身旁就是那块赭红色的巨石。

11

翁恭查干终于成为整个马群的领群儿马。老头马在被翁恭查干撞倒在悬崖边缘后便一蹶不振，它好像是内脏受了什么创伤或是神经受了过分强烈的刺激，一天到晚郁郁的，打不起精神。它自动放弃了领导马群的责任，奔跑的时候它只是挤在马群的中间随波逐流，对于翁恭查干在距它很近的地方与年轻的枣红母马调情做爱，它也无动于衷。其他几匹觊觎头马位置的儿马更不是翁恭查干的对手，一经搏斗全都败在了它的蹄下。

在翁恭查干成为头马的那一天，它的母亲——豹花母马被鸭舌帽带走了。鸭舌帽幻想着豹花母马会为他生出无数匹像翁恭查干一样的马。翁恭查干伫立在一座梁顶上，望着豹花母马渐渐远去的身影，一颗心就像是被丝线牵拽着隐隐作痛。强烈的依恋之情促使它身不由己地朝着那云团般飘忽的身影跑去。但是，它没有跑出多远就收住了蹄，它听见了牧马的主人尖利的呼哨声和马群慌乱的骚动声，感到主人和整个马群都在注视着自己的一举一动。翁恭查干本能地意识到了自己正面临着一个不同寻常的重要时刻，它仿佛听到一个声音在召唤它："翁恭查干，你已经长大，如今你是马群的首领，头马的责任不允许你有一刻离开自己的马群！"翁恭查干仰天长啸！薄云蔽日的天空在它湿润的双眼中变得模糊不清。它狂躁地高举起两只坚硬的前蹄，一次次地敲击着脚下的土地，觉得自己心中对母亲的依恋与柔情在它的铁一般的蹄下顷刻间被踏得粉碎！一声凄然长鸣之后，翁恭查干猛地转身跑回马群。它毫不留情地照着那些离群稍远的骒马、儿马和马驹子们的肚子猛踢，龇着牙恶狠狠地咬它们的脖子和脊骨，然后选择了与母亲离去的相反方向扬蹄疾驰而去！

群马愣怔片刻，都呼啸着跟在翁恭查干的身后奔腾起来。数百只强有力的马蹄同时敲击着草原大地的胸膛，马蹄声汇集成的巨大轰鸣犹如贴着地面炸响的沉雷，震撼着草原大地。马群在翁恭查干的率领下如狂涛般席卷而过，尘埃被马群远远地抛在了后边。翁恭查干像白色的闪电在草原上划过，它在忘我的奔驰中、在如雷的轰鸣中、在大地的震颤中、在众马一心的拥戴中，获得了新的无穷力量，在风驰电掣般地奔跑中享受到了崭新的快感体验。

12

翁恭查干带领着自己的马群,在家乡的草原上奔腾游弋、徜徉休憩,自由自在地生活。在阳光盎然、万物勃发的春季里,它将自己的力量与美同它澎湃的激情,注入一匹匹心爱的骒马腹中,在纵情的欢悦中与骒马们共同创造着新的美好生命。

13

老牧人很少见地出现在牧场上。他穿着一件干干净净的蓝色袍子,身后背着那把描云的马头琴。翁恭查干绕着老牧人跑了一圈儿后又回到马群中间去,它注意到在老牧人的脸上挂着掩饰不住的喜气。哈布尔与父亲并辔而行,他今天没穿袍子,长长的腰带把他强壮的腰身扎得格外精干。他的一只手里晃动着套马杆,显出一副喜洋洋的神气,另一只手里抱着一套崭新的鞍鞯。

"阿爸,您坐得稍微远一点儿,"翁恭查干听见哈布尔说,"我怕它发起脾气来踢伤您……"

"不会的,你放心好了,翁恭查干它再凶再犟也还是通灵性的神骥,它是不会伤害主人的。"

老牧人在马群旁边下了马,弹弹身上的灰尘,盘腿坐下来,将描云的马头琴夹在膝盖中间,于是嗡嗡淙淙的琴声就伴着老人的歌声响起来。那久违了的歌声、琴声使翁恭查干心头一阵激动,它情不自禁挪动四蹄靠近了老牧人。

哈布尔拿着套马杆、骑着杆子马,绕着马群跑起来。翁恭查干没有注意他,这是常有的事情——主人或是要把马群中的某一匹马卖掉,或是要查看哪匹骒马受孕的肚子;何况黄金八月到了,打马鬃的季节来了,每匹马都要被捉住由主人为它剪马鬃。只是这事与翁恭查干无关——头马的鬃毛是从来不剪的,自古如此。可是出乎意料的是,哈布尔绕着马群跑了两圈之后,套马杆的绳索却是不偏不倚地落在了翁恭查干的脖子上！它愣愣怔怔不知发生了什么事情。哈布尔一点点收紧套杆，当翁恭查干醒悟过来，明白了主人的意图时，就发起了脾气：它一侧脖子前腿举起，嘶叫一声猛地向前冲去，没来得及收紧套马杆的哈布尔被它陡地一拽，拖下马来。哈布尔倒仰着身子拼命地拽着套马杆，两只马靴的后跟在草地上犁出了两条深深的槽。发起脾气来的翁恭查干是谁也制服不了的，只要再过一会儿哈布尔就会坚持不住。但是，老牧人的歌声一阵阵地钻进它的耳朵，那歌声比套马杆的力量要大得多，渐渐让翁恭查干安静下来。从小听惯了的歌声不停地在它耳边响着，那是真情赞美它的歌声。琴声消失了，歌声显得更加温柔。翁恭查干看见老牧人一步步朝它走来，哈布尔也跟着唱起来，浑厚赤诚、优美玄妙的歌声灌满了它的耳朵。歌声使翁恭查干像着了魔似的一动也不能动。不知不觉中嚼头套在了它的嘴上，背上也有了东西，是鞍鞯和马鞍。它极不习惯，极不舒服，但是因为歌声，它没有反抗，只是不情愿地扭了扭身体。

老牧人附在它的脸前不停地唱着，手里捉着它的缰绳。哈布尔神不知鬼不觉地翻上了它的脊骨。它大怒，跳了一下，想把背上的主人摔下来。老牧人巧妙地牵着它走起来，歌声依旧在耳边回响，抚摸着它暴躁的心。在老牧人的牵引下，翁恭查干绕着马群一圈一圈地走。渐渐地，骑在背上的哈布尔不再显得沉重，不再让它感到难受。

傍晚的时候，翁恭查干被驯服了，哈布尔骑着它一直走回了家。它高高地仰着脖子，缰绳拴在马桩的顶端。它被整整吊了十天。

第十天的早晨，来了许多客人，老人、孩子、小伙子、姑娘，他们或骑马或坐车，未进包前总要先走到翁恭查干的跟前，指着它对主人说："嗬咿，瞧瞧吧，这就是翁恭查干！命运的神马要升腾了，漂亮的新娘要迎进包了……"

主人一家满面春风向客人们屈身作揖、寒暄问好。客人们的骑乘都围在翁恭查干的周围好奇地看它。欢歌笑语不断从蒙古包里传出来。翁恭查干隐隐地有些激动，有些感动。

夕阳西下的时候，翁恭查干看见身穿新袍、头戴呢帽、脚蹬崭新锃亮的皮靴的哈布尔跨出蒙古包，被一群人簇拥着来到翁恭查干跟前。翁恭查干也被披红挂绿打扮起来。所有的人和牲畜的目光都集中到了它的身上，一个穿戴整齐的陌生汉子站在它的旁边唱起了颂歌：

> 金丝纺织的马缰，
> 响铃缀饰的嚼环，
> 象牙雕刻的鞍座，
> 紫檀精制的马鞍，
> 载绒裁剪的马褥，
> 蟒皮缝连的鞍垫，
> 金鹿皮拧成大鞯，
> 锦制的两条肚带，
> 铜铸的一对镫盘，
> 各种奇珍异宝饰的银色神骏哟，
> 我把圣洁的奶酒向你轻弹，
> 哦，圣洁的白马翁恭查干……

日薄黄昏，金色的阳光为翁恭查干雄壮洁白的玉色身躯镀上了一层金辉。它已成熟的内心完全能理解陌生人唱给它的新的赞歌，并且从中体会到了一种与做领群头马不同的新的责任。

迎亲的马队出发了，大家簇拥着翁恭查干和它的主人。不久它便知道，它们正行进在它从小就熟悉的那条道路上。坦缓的草原渐渐为越来越多的丘冈代替，空气中开始飘散着马兰花的香气。现在它知道要到什么地方去了，于是翁恭查干兴奋起来，也没有得到主人的命令就奔跑起来。马队都跟着它跑，一片马蹄嗒嗒，一片笑语欢歌。翁恭查干尝到了与带领自己的马群所不相同的新体验。它抖擞着过膝的浓密鬃毛连连嘶叫，它觉得自己的身体有一种从未有过的轻捷——它不知道这是忍受了整整十天吊马之苦的收获，跑得越来越快。这是它自幼跑熟了的道路啊，乌云塔娜袅袅婷婷的亲切身影仿佛就出现在它的眼前。它的脑子里闪出一匹白色的儿马在草滩间奔跑，脑袋后面的十二根辫梢上扎着的蝴蝶结像红色的蝴蝶在飞舞。

翌日午后，迎亲的马队返程。加上送亲的队伍，马队有七八十号人马，浩浩荡荡。一路上翁恭查干不管不顾，总想凑向骑着一匹枣红马走在它身边的新娘子，嗅她身上散发出来的马兰花的香气。它不知道自己的举动使它的主人新郎官哈布尔陷入了尴尬，许多小伙子姑娘为此一次次地掀起哄笑。翁恭查干只是觉得有趣。在一次哄笑中，哈布尔抻了抻缰绳，低声训斥说："干什么，翁恭查干？你老实点！"

"既然翁恭查干喜欢我，那干脆让我来骑它好了，"它听见乌云塔娜说，"何况你早就答应过的，从今天起它就是属于我的了。"

"那么好吧……"

乌云塔娜咯咯地笑着，和哈布尔就在马背上交换了坐骑。

乌云塔娜身体轻盈，使翁恭查干觉着背上好像没什么东西。十多天没有放开四蹄奔跑，翁恭查干总有一种难忍难耐的奔跑的冲动。天遂人意人遂马意，就在这时它接收到了缰绳传递的命令，猛地扬蹄奔驰起来。

"乌云塔娜，你要小心——"翁恭查干听见身后传来主人的喊声。

"没关系！"是乌云塔娜纤细清脆的嗓音。

整个马队很快就被远远地抛在了后面。乌云塔娜微微前倾着身体，每一个动作都是那么娴熟简练，正符合翁恭查干的心意。人马配合十分默契，仿佛连成了一个整体。亲切的马兰花的香气微散着，使它似有淡醉。翁恭查干永远也忘不了这一次，它跑得酣畅淋漓！

下 篇

14

　　乌云塔娜的到来，使主人家发生了很大变化。首先看护马群的不再是哈布尔而是换成了乌云塔娜。这让翁恭查干感到意外的欣喜，它原以为大家热闹一场，完了乌云塔娜还会回到她那片布满丘冈的草原去，而事实上姑娘天天都与它在一起。它不明白，主人在将乌云塔娜姑娘娶回来之后，就把她放在牧场上看护马群，他自己则放开手脚和鸭舌帽跑买卖去了。哈布尔肯定是赚了钱，他把自己骑惯了的铁青色杆子马放回了马群，换上了一个屁股冒烟儿、跑起来突突怪叫的铁家伙。那怪家伙速度快得邪乎，哈布尔骑着它和翁恭查干赛跑，在十里路的距离内几乎没被它超过。

　　乌云塔娜不舍得骑翁恭查干，她在马群中选中了年轻俊美的枣红母马，把它训练出来做自己的骑乘。乌云塔娜照顾马群竭尽全力、细致入微，该吃草、该饮水、该哒盐，从不耽误，全不像哈布尔有时候一连几天不见他的踪影。对翁恭查干，乌云塔娜更是给予特别的照顾，每隔三天总要拿一块香喷喷的黑豆饼专门喂它，对它身上偶尔沾上的一根草屑也绝不放过，总将它的皮毛梳理得干干净净，使它保持清洁光亮；有时候她还会把鸡蛋磕破在掌心里让它舔。闲暇的时候，乌云塔娜坐在草地上，一边唱着翁恭查干爱听的歌，一边将杂乱的羊毛、驼毛、马鬃、马尾编成一团团的绒线和绳索，哈布尔吃惊地喊起来：

　　"嚙，这么多呀！什么破烂到了我媳妇手里都会变成财富啦！"

　　乌云塔娜说："这些东西是能卖不少钱……可是你整天还跑什么买卖！"

　　"你不懂，跑买卖来钱容易！"

　　"来钱容易，我看你要变成财迷了。挣钱固然好，但也要看挣的什么钱，昧良心的钱可不能拿。我知道的，现在跑买卖的人有不少是骗子。"

翁恭查干没听懂他们的谈话，那时候它正伸着脖子舔乌云塔娜手掌里的鹌鹑蛋，它看见她鲜嫩红润的小嘴噘着，它知道她是对哈布尔不满意。

翁恭查干与骡马们交配生出来的马驹全都是由乌云塔娜接生的。干这活儿乌云塔娜娴熟又有耐心，没有一匹马驹和它们的妈妈在她的手里出过问题。这些继承着翁恭查干骨血的小生命，尽管性别不同、毛色各异，然而每一匹都活泼健壮，个个都腰长腿细，在乌云塔娜的周围追逐嬉戏，和她保持着十分亲密的关系。

有一天鸭舌帽又来了，他带着一辆大卡车，直接把车开到了马群跟前。是主人哈布尔带他来的。哈布尔跳下去，对乌云塔娜解释说："他是来拉马驹的。"

乌云塔娜说："干什么要拉走马驹？"

"凡是翁恭查干配下的马驹都拉走，这是它们还没有生下来的时候，在翁恭查干还没有做头马的时候就说好的事情。"

"可是它们还太小……"

"大小都一样，反正给的钱一点儿不少，"哈布尔说，"咱们替人家养着也是白费力气，搞不好天灾人祸马驹受了损失还得由咱们负责。"

翁恭查干竖起双耳注意着他们的每一句话，话它听不懂，但它从鸭舌帽贼溜溜闪光的眼睛中猜测出他此来不怀好意。它警惕地跑了一圈，将马群往一块拢拢，思忖着是否带着马群走开。它看见鸭舌帽拿手捅了捅哈布尔，目光指着马群说："喂，哈布尔，注意你的翁恭查干，得把它赶走才行。不然它肯定要捣乱的，我已经看出来它敢……"

哈布尔操起一根哨棍挥舞着，把翁恭查干与马群隔开了。翁恭查干闻到一股强烈的酒味儿。

"弟兄们，快点动手！"

汽车车厢上的四五个汉子在鸭舌帽的指挥下纷纷跳下车，从不同的方向扑向马群。这些人都是对付牲畜的行家里手，眨眼的工夫便把七八匹马驹装上了车。汽车的车厢四周都用胳膊粗的榆树杆做成了加高的棚栏，马驹们挤在一起浑身哆嗦着,发出可怜兮兮的嘶叫。焦急的翁恭查干不停地来回跑动,想绕过主人接近汽车,但是每次都被哈布尔嗖嗖带响的哨棍截住了去路。最终,它的马驹全都被装上了车,那四五个汉子重新爬回到车厢上,鸭舌帽指挥着汽车发动起来,自己站在驾驶楼的脚踏板上,一手扶着半开的车门另一只手挥动着喊:"哈布尔老弟——再见!"

然而事情并没有结束。载着马驹的汽车没有跑出多远就停住了。鸭舌帽和司机惊愕地发现,雄壮的翁恭查干早已追上来,将它那威风凛凛的身体横在了汽车的前面。它一双发红的眼睛怒视着汽车,暴怒地嘶叫着,举起前蹄砸汽车的翼子板,尥着蹶子踢汽车水箱前面的挡脸儿。汽车连连后退,翼子板和挡脸上还是被翁恭查干踏出了许多深陷的凹坑。汽车几次试图改变方向,都无一例外地被愤怒的翁恭查干截住。后来,翁恭查干在鸭舌帽一侧的车门上也踢出了好几个大坑。水箱开始滴滴答答地漏水。鸭舌帽气得大叫:"哈布尔!快来——管住你这匹疯马!哈布尔!"

又是主人哈布尔把翁恭查干和汽车隔开了。哈布尔骑上了他的杆子马,挥着哨棍一次次地凶狠地抽打它的脑袋:"翁恭查干!你知道这汽车值好几万哪!踢坏了我赔不起的……"

载着马驹的汽车在哈布尔的掩护下逃掉了。从汽车水箱漏出来的水在草地上拉出了一条线。在翁恭查干的记忆中,这是它第一次挨主人的打。翁恭查干的心里第一次产生出憎恨哈布尔的感情。

乌云塔娜骑着枣红马追上来,她指着哈布尔的鼻子说:"哈布尔你疯了吗?你卖掉吃奶的马驹,你还折磨神圣的翁恭查干……你算什么牧人!"

翁恭查干看到乌云塔娜激动的双眼中泪水盈盈!

15

一下子失去了许多小马驹的马群显得毫无生气、冷冷清清,被带走了驹儿的骟马们一副惶惶然、失魂落魄的样子。它们不肯吃草,整天慌慌地跑过来跑过去,不时地冲着载着马驹的汽车逃走的方向悲鸣,夜里也不肯安静。

翁恭查干沉默着,脾气变得暴躁易怒,动不动就大发雷霆,一匹独自离群的儿马被它追住打倒在地,几乎踢了个半死。每天它都要无望地向汽车逃跑的方向追出去老远,然后默默地无精打采地踱回来。有时候它跑到默默呆坐的乌云塔娜跟前,与主人无言地对视一会儿,又焦躁不安地走开。越来越多地出现在它脑子里的是备感亲切的老牧人的影子。老牧人已经很久没有来看马群了。它多想听听老牧人拉着描云的马头琴为它唱的赞美之歌!每当老牧人的影子出现的时候,它的身体里就会升起一股酸酸的、辣辣的、热乎乎的气流,堵在嗓子眼儿,使它憋得难受。

这天的下午它实在忍不住,就向老牧人的家跑去。它围着蒙古包打转,拿蹄子一次次刨着土地,咴儿咴儿嘶鸣。过了很久才从包里传出一个变得陌生的苍老声音:"是翁恭查干吗?"

当用哆哆嗦嗦的双手扶着蒙古包门框的老牧人出现在翁恭查干的面前时,它的双眼一下就被泪水模糊了。形象变得模糊的老牧人怀抱着马头琴——描云的马头琴——慢慢在包前的地上坐下。"没有多少日子了……也许是最后一次唱给你听……"嗡嗡淙淙的琴声响起来,嘶哑苍老的声音又唱起了它从小就听惯了的赞美之歌。翁恭查干敛声静息,想把那每一个颤抖的音符都吸收到自己的身体里。它想起,从小到大老人从没打过它一次,没舍得骑过它一次!它多么想将老人驮在自己的背上哪怕是在草原上走一圈也好。翁恭查干慢慢跪下来,像一条乖觉的狗似的将自己庞大的身躯卧在老牧人的身边。老牧人终于理解了它的意思,他放下琴,哼哼着爬上了它的背。

"是的,翁恭查干,在我临死之前应该骑你一次……"

翁恭查干小心翼翼地先支起前腿再支起后腿,一点点站起来。它高抬腿、轻放蹄,驮着老牧人慢慢走着。草原是一片深沉的苍绿,喷薄的晚霞在草原的尽头燃烧着。老人仿佛和翁恭查干铸成了一体。晚霞给翁恭查干拂地的长鬃和扎眼的鬃毛、雄壮的洁白形体,给老牧人的苍苍白发和浓密的猫胡须,都镀上了一层耀眼的金辉，无声的赞歌在翁恭查干的耳边萦绕。

过了不久，翁恭查干发现在哈布尔和乌云塔娜的臂上都出现了黑纱。从那不祥的黑颜色和乌云塔娜悲戚的脸上，翁恭查干嗅出了死亡的气息。每天它都要跑到老人的包前哀鸣，但是不管它怎么呼唤，老牧人再也没有出现。因为失去了心爱的马驹，失去了慈祥的老牧人，失去了老牧人的歌声，翁恭查干不思饮食，一天天地消瘦下去。

16

像流水一样的时间熨平了翁恭查干心灵上的伤痛。在乌云塔娜的精心照料下，翁恭查干又变得精神饱满、英气勃勃。草木茂盛的秋天，一批新的马驹又在马群中诞生。像从前的马驹一样，它们个个都是腰长腿细、活泼健壮，一眼就能看出是翁恭查干的种。

乌云塔娜打了一个呼哨，翁恭查干立刻就颠颠地向女主人跑去。经过了痛苦磨砺的翁恭查干性格变得成熟起来，不再像过去那么倔强和难以接近。乌云塔娜指着身边的半口袋磨碎的黄豆，对它说："好好吃，争气露面的时候到了，你还是第一次参加那达慕呢……"

哈布尔在一边收拾着乌云塔娜编好的驼毛绳，有一大捆，他把驼毛绳绑在摩托车的后架上，说："你先准备吧，赛马的事咱们还说不定能不能参加呢。"

"为什么不参加？这可是旗里举办的大型那达慕，五年才办一次呢！"翁恭查干听得出来乌云塔娜很不高兴。

"我知道这是几年难遇的机会，咱们的翁恭查干只要参加肯定能得第一名。"哈布尔说，"你要知道，五年才办一次，方圆几百里的牧人都要来参加，这是个好机会，我正要进一批货，在举行那达慕的时候肯定赚钱……"

翁恭查干听见摩托车猛地吼叫起来。哈布尔跨上车座，手在把手上拧着，回过头说:"到时候再说吧,我怕忙不过来。再说翁恭查干也得训练,比赛的规矩它一点儿不懂。"

翁恭查干的双耳唰地竖了起来,停止了咀嚼,在摩托车的轰响中,在主人的谈话声中,它灵敏的耳朵捕捉到了一个陌生的声音。远远的坡梁上出现了一个小黑点,迅速变大,是一辆草绿色的吉普车,正向这边开过来。

哈布尔熄灭了摩托车,静下来的草原上传来吉普车的轰轰声。

"噢——是鸭舌帽!"哈布尔说,"我认出他的车来了,是他今年春天新买的吉普车。"

乌云塔娜立刻变了脸,说:"他为什么又来找你?你不是答应我不再和他来往吗!这小子不地道……"

"我是没搭理他,现在我做买卖都是独自干的,与他没关系!"

"那他干吗还来找你?"

"鬼知道,也许是路过吧。"

"别搭理他!真正的牧人没有几个愿意和他来往。"

翁恭查干叫了一声,跳开去,急急忙忙把散落的马群归拢起来,带着它们跑开了。它们在不远处的梁后站住,翁恭查干自己站在梁顶上朝汽车警惕地望着。尽管离得远,那尖削的耳朵还是能够听到主人的说话声。

吉普车在主人身边停下,跳下一个人,果然是鸭舌帽,翁恭查干一眼就认出了他。

"你们好哇!"鸭舌帽说。

"好,好。"乌云塔娜的回答很冷淡。

"马群好吧?"

"好。"

"新生的马驹好吗?"

"好。"

"还有……翁恭查干好吗?"

"好。"

"它虽然踢坏了我的汽车，"鸭舌帽朝翁恭查干这边望了望，"不过我不忌恨它。这是一匹少有的好儿马，是匹值钱的马……"

"你有什么事吗？"哈布尔问。

"没什么事，我是路过。"鸭舌帽说。他掏出香烟递给哈布尔一支，用打火机为他点着。他还在朝马群这边看。

"买卖好吗？"哈布尔抽着了烟问候客人。

"还行。"鸭舌帽说，"新的马驹生出来了？"

"你放心，我们一匹马驹也不出卖！"女主人很干脆地截断了鸭舌帽的话。

"哦——你误会了，我现在不倒卖牲畜了，我在做风力发电机的生意。听说你也进了风力发电机，是吗，哈布尔？"

"不错，是进了风力发电机。"

"有眼力，哈布尔好好干吧，这旗里的那达慕五年才举办一次，机会难得。买卖人在那达慕上挣不了钱就什么钱也别想挣了。"

"……"

"那么你去参加赛马比赛吗？我是说翁恭查干。"

"我怕到时候忙不过来……"

"不，一定要去！翁恭查干是方圆几百里上千里内都有名的骏马，它不参加比赛赛马有什么意思？你若是忙不过来可以让乌云塔娜骑着它去参加比赛，谁都知道乌云塔娜也是远近闻名的好骑手。"

"是的，参加赛马比赛是牧人和马获得荣誉的机会。"乌云塔娜说，"我们当然是要参加的。"

"那就对了，不然的话就简直成了罪过——草原上最优秀的马不去参加比赛。"

"你放心好了……还有什么事吗？"

"没有了……"鸭舌帽有点没趣地丢掉烟头，拿靴子拧了拧。

哈布尔说："好吧，咱们那达慕上见。"

鸭舌帽钻进吉普车，又探出脑袋说："你们可一定带着翁恭查干去啊！"

"一定!"

"好,再见!"

吉普车沿着来路开跑了。

"鸭舌帽这家伙是不是吃错了药?"乌云塔娜说,"翁恭查干参加不参加那达慕关他什么事?"

"不管他,"哈布尔很兴奋的样子,把拳头在空中砸了一下,"反正我要趁那达慕的机会狠狠地干他一下,肯定能赚大钱!"

17

翁恭查干从来没见过这么多的人、这么多的车——大汽车、小汽车、拖拉机、摩托车、毛驴车、勒勒车、自行车,这么多的房子——平房、楼房,这么多的旗帜标语,简直让它目不暇接。高音喇叭里播放着变了味儿的牧歌和音调极怪诞的流行音乐;街市上的人摩肩接踵、熙熙攘攘、人声鼎沸。这一切都使它感到新鲜刺激,它早已经过了见着什么都害怕的年龄了。道路也那么奇怪,像铺着一条又长又宽又黑又亮的大毯子,踏上去感觉却是硬的。这使它很不习惯,步子变得犹犹豫豫,腿抬得很高。不时有车或者人擦着它的身子过去,不能不使它有些紧张,它生怕自己碰着了谁或是别的车马碰撞了它,脑袋一扬一扬地左顾右盼着。

女主人紧紧抓着缰绳走在它的身边,轻柔的手在它的脖子上摩挲着,嘴里"嘘嘘"地安慰着它。它在主人的带领下就这样穿过一整条街,来到一片草地上。草地上搭着一个高大的台子,台前聚集着很多人。也有很多马,都佩着漂亮的鞍鞯。马的主人也都像乌云塔娜一样小心地牵着各自的坐骑。翁恭查干懵懵懂懂地跟着女主人走,突然听到一个声音在问:"喂,女骑手,难道说这就是有名的白马翁恭查干吗?"它很奇怪,在这陌生的地方怎么还有人认识它?它看了看,是一个留着山羊胡子的老牧人。

"不错，是翁恭查干。"女主人很和气地说。

不少人都朝翁恭查干挤过来，七嘴八舌头地嚷："嗬，这原来是翁恭查干呀！早就听说过的呀！"

"来，让我见识见识……果然相貌不凡！"

"真的是浑身上下一根杂毛也没有吗？"

"当然是没有杂毛啦……"

"真是了不起，我还会唱翁恭查干的歌呢！"

"既然翁恭查干来了，我的马看来只能争取第二名了……"

翁恭查干从包围着它的许多双惊羡的目光中体会到的是善意、敬意，它一点儿也不紧张了，很受用地听着。在它的家乡以外的草原上居然有这么多的人认识它、喜欢它，真是出乎它的意料。很快它就适应了新的环境，它甚至主动地伸出嘴巴嗅了嗅站在旁边的几匹骏马的身体。

翁恭查干很轻松地参加了比赛。出来前主人又把它的缰绳高高地拴在马桩的顶端吊了它十天，只喂它很少的草饭、很少的水，使它的身子变得轻了，步子更灵了。它又感到背上骑着女主人就像什么都没有一样。十公里的比赛它身轻如燕，除了在起步时别的马听到发令的枪声都箭一样地冲出去而它却在原地转了一个圈犯了一个小小的错误外，以后再没发生失误，它很快就追了上去，一直追上了跑在最前边的马，最后是第一个返回了起跑的地点。第二名足足被它拉下有半里远。在一片"翁恭查干！翁恭查干！"的欢呼声中，女主人牵着它走向主席台。一个胖胖的上了年纪的男人给它的脖子上挂了一块奖章，又帮着女主人把一个大纸箱子放在它鞍前的背上，并且仔细地捆住。它不知道那是一台奖给它的二十英寸的三洋牌大彩电，但它明白背上的纸箱子里装的是荣誉。它几乎是扬扬自得地走出了赛马场，神态自如极了。"你真棒！"走出人群之后，女主人把她的脸在它的脸颊上贴了贴，"翁恭查干，你已经名扬四海啦！我今天真高兴！走，咱们把好消息告诉哈布尔！"

一个骑马的姑娘走过来，很客气地向女主人问了好，说："它肯定就是翁恭查干了！"

"谢谢，你猜得不错。"女主人说。

"那边有很多人，想请您和翁恭查干过去一下。"

"有什么事吗？"

"大家都想看看翁恭查干，他们没有看到赛马比赛。在卖马市场。"

女主人犹豫了一下，答应了。

马市的一个角落围着很多人，一根马桩上拴着七八匹漂亮的一岁口马驹，翁恭查干一下子就认出了那是一年前鸭舌帽从它的马群中拉走的马驹！它叫了一声，扑过去一匹挨一匹地嗅它们。它们的身体已经长得很长，个子也高了许多，一看就是骏马的架子。女主人当然也看出来了，她把激动的目光从马驹身上移到旁边的鸭舌帽脸上时，脸色变得像冰箱一样冷。"我们走！翁恭查干！"女主人使劲抻了一下缰绳。

"干吗走呀！"鸭舌帽说话了，"再让大伙仔细看看翁恭查干……大家看见了吧？这就是翁恭查干配出的马驹！我没有说谎吧？翁恭查干的驹子两千块的要价难道还算高吗？"

"既然是翁恭查干的马驹，那么这匹灰驹子我要了！"

一个粗壮的汉子很爽快地掏出钱交给了鸭舌帽，动手去解灰马驹的缰绳。

"谁还要买？就这几匹，晚了可就没有了！"

又有一个人把钱交给了鸭舌帽。

"走！"女主人狠狠抻了一下缰绳，将翁恭查干牵出了人群。

在一个行人稀疏的地方，翁恭查干和女主人找到了哈布尔。哈布尔抱着脑袋蹲在地上，翁恭查干和女主人走到了跟前他都没发现。哈布尔的旁边停着他的摩托车，摩托车旁边的一辆卡车上堆放着很多铁家伙，每一个上面都有一个带叶片的风轮。

"哈布尔，简直气死人了！"女主人跺着脚说，"鸭舌帽去年从你手里三百块钱一匹买去的那些马驹，你知道他现在卖多少钱一匹吗？"

"多少钱？"哈布尔睁着一双迷惘失神的眼睛，无精打采地问。

"两千块！一匹马驹卖两千块！"

"啊？我又上他的当了……"哈布尔沮丧地低下头，狠狠地揪着自己的头发，"我真浑……啊！"

翁恭查干看见哈布尔的手像发疟疾似的在抖。

18

远远地翁恭查干就闻到一股酒气。哈布尔骑着他的杆子马，手持套马杆疯了似的冲向马群。翁恭查干还没有醒过味儿来，套马杆上的绳套就又一次地落在了它的脖子上。

又一批马驹被主人卖掉了。在失去马驹的哀伤中，翁恭查干精神恍惚，早没了往日的精神和风采。哈布尔很轻易地就给它戴上了马嚼。

"哈布尔！你又要干什么？"

女主人冲过来，抓住翁恭查干的缰绳。

"我现在还能干什么？我要拿翁恭查干去挣钱！"哈布尔睁着一双血红的眼睛吼道。

女主人眼泪滚滚，嘴唇哆嗦着："你把所有的马驹都卖掉了……"

"我没有卖给鸭舌帽！"

"反正都一样，它们都是吃奶的驹子，没有了马驹马群怎么发展？"

"只要翁恭查干在，就不愁没有好驹子！"

"可是翁恭查干被折磨成什么样子了！它是一匹通灵性的马，它也有自己的心和感情，你不能为它想想吗？丢掉了驹子它心里难过啊！连草料都不肯吃，短短的两个月它瘦成了什么样子，它还是原来的翁恭查干吗？现在你又成天把它租出去配种，你这是成心毁掉它！"

"可是你让我怎么办？我欠下三万多元的债务拿什么去还？债主们整天上门讨债，他们扬言要拿翁恭查干抵债呢！你又不是不知道！"

"我们想别的办法……"

翁恭查干嗅到一股发腐的马粪的陈旧味道。

"就在这儿老老实实地待着，"它听见鸭舌帽说，"天已经黑了，咱们明天再说。"

一阵湿透了的皮缰捆在拴马桩上的咯吱声。

一阵皮靴踏在泥地上的呱唧声渐渐远去，消失。周围是一片雨后的寂静。

翁恭查干鼻翼频频抽动，在酸臭的酒味儿、陈腐的马粪味和雨后泥土的腥味儿中，它还捕捉到了一股生疏又熟悉的奇怪气味。那气味很容易就勾起了它对过去生活的回忆：在阳光下闪烁着浅蓝色光芒的草原上，那时候它还是一只不足一岁口的马驹，无目的地撒欢、打滚、追逐，肚子咕咕叫起来，它就脆叫一声，直奔到豹花母马的腹下，由于急躁，它拿嘴头使劲捅母亲的乳房，豹花母马肯定是被它的莽撞弄疼了，扭回头在它的胯下轻轻咬了一下……

然而疲累、愤怒与沮丧磨钝了它的神经，翁恭查干没有来得及细细地品味它捕捉到的异常气味，更没有把这种气味与遥远的回忆联系起来，便昏昏沉沉地睡着了。在它入睡前留在它头脑中的唯一感觉是，不远处有一座马厩，马厩内站着一匹马，仅此而已。

天亮以后，鸭舌帽开始逼着翁恭查干做配种的事情。那家伙响亮地咳嗽着，把一团腥臭的痰唾在它的蹄前，动手解开了缰绳。被雨淋湿的眼罩仍旧蒙着，黏黏糊糊的，使它觉得十分难受。一只狗哼哼唧唧地围着它打转。它听到一个清晰的女人的声音在说："造孽呀！佛爷会惩罚你的……"空气中有一种可怕的东西在游动，不祥的预感又像幽灵似的出现了。翁恭查干听从着预感的警告，它锉抵着四蹄，一步也不肯随那家伙往前走。于是皮鞭嘶嘶狞叫着一次次裹住了它的脑袋。伴着恶毒的咒骂，坚硬的皮靴一下就踢在了它肋骨后面脾脏跳动的软肚子上。剧痛像毒火似的沿着翁恭查干的经络与血脉燃烧起来，疼得它几乎晕倒。鸭舌帽是个专门会折磨马的行家，他知道马的什么部位最不经打。毒打的结果是翁恭查干被牵进了马厩。它晕晕眩眩地嗅到了强烈的血腥气——嘴角又淌出了血。它自己身上的血腥气把马厩内所有的其他气味全都掩盖了。

出现了短暂的寂静。它清楚地听见一匹马距离很近的不安的鼻息声。一阵玻璃器皿的轻微撞击之后，翁恭查干感到有针刺似的痛感在它臂部升起。

"别着急，等着好戏瞧吧，"鸭舌帽呼哧呼哧地喘息着，"等打完这一针，用不着我来揍你，你自己就会干的……"

头脑中是一片黑乎乎的沉重，浓雾似的弥漫着、扩散着。渐渐地，一种异样的感觉开始在它身体的某个部位毒蛇似的涌动，像点着了一把邪火，使它身体发热，使它心绪变得烦躁不安，后来那邪火便在体内肆意地发展起来，翁恭查干被那灼热弄得难忍难耐。"吁——吁"，鸭舌帽在引导着它、诱惑着它，翁恭查干身不由己地向另一匹马靠近。此刻，发泄的欲望像洪水似的把它的所有感觉都淹没了。马厩内响起另一匹马的凄然叫声，还有马蹄踏在木桩上的钝响。马厩在震颤，但是翁恭查干没有感觉。它不知道那匹母马是被绑在一个像双杠似的架子里的，在恶魔般的欲望的驱使下，它嗅着一种气味寻了过去……一个短暂的过程结束了。

19

眼罩摘除，眼前是比黑暗更加黑暗的明亮。恶魔似的欲望在它身上得到满足之后已经遁去，属于自己的感觉渐渐回来，它觉得那匹母马的惨叫声让它胆战心惊、毛骨悚然！白色的黑光慢慢退去，一匹豹花皮毛的母马在它眼前显现出来！翁恭查干像筛糠似的颤抖着——它终于认出来这是它的生身母亲！刹那间，翁恭查干呆痴的眼睛中迸射出了疯狂的火星。白光迸射，黑光飞溅，蹄下的大地摇摇欲坠……马厩内猛然间炸响了猛兽似的咆哮！鸭舌帽被翁恭查干的咆哮吓得连连后退，缰绳从他手里滑落了。翁恭查干一冲，把他撞倒在地上。长长的鬃毛猝然耸起，浓密的尾巴钢鞭似的抽响，翁恭查干举起前蹄砸出去。凄苦阴湿的冷风从后边吹过来，刮散了翁恭查干浓密的银色尾巴，一绺绺地兜在了它的屁股上和大腿沟弯里，长长的鬃毛掩盖了它的面颊。

此刻，那个制造灾难与罪孽的家伙正歪跨在马背上，远远地站在翁恭查干的身后朝它看。弯月形的伤口在他的左脸上正流淌着肮脏的黑血——那是翁恭查干拿愤怒的铁蹄给他烙下的可耻印记。只是因为他躲闪得快，不然按照翁恭查干的原意，那霹雳似的凌空砸下的铁蹄是要掀掉他半个脑袋的。

与那个邪恶的鸭舌帽在一起的是翁恭查干的由骑手变成了酒鬼和财迷的主人哈布尔。开始是鸭舌帽，后来不知道从哪儿蹦出来的哈布尔骑着摩托车也加入了，他们在草原上整整追逐了翁恭查干一个下午。直到来到这里的悬崖边缘，他们不敢再向它靠近。翁恭查干没有看见，有一道锯齿形的闪电从乌云密布的天空劈下来，利剑似的照亮了主人和鸭舌帽惨白扭曲的人脸。它只注意到，在它的面前，那黛色云海的边缘有鲜嫩活泼的暖色在突然强大起来。

这时候，翁恭查干猛地听到一声呼唤，那倍感亲切的战栗的声音使它不由自主蓦回了头——是乌云塔娜追来了，她骑的是翁恭查干心爱的枣红母马！

20

白马翁恭查干终于跑到了悬崖的尽头。它在崖头上一块赭红色的巨石上迎风驻足，宛若一尊玉色的大理石凿就的雕像。遒劲的旷野之风拂弄着它银丝般的鬃毛，掠去它背腹上珍珠似的汗滴，抚慰着它狂躁焦渴的心。此时在它棕褐色的双眼中，再也看不到暴怒、疯狂与绝望的神情，有的只是如水般超拔脱俗的怡静。翁恭查干在等待着，一个庄穆神圣的时刻正在向它走来。

此刻，它既不属于过去也不属于未来，它是站在两者之间的临界点上。它棕褐色的目光刺穿蹄下的云层，落在了一片绿茵如毯的草原上——那里曾经是它依恋过、热爱过的家乡，而在即将到来的时刻之后，它将不再属于故乡，故乡也不再拥有它。故乡于它将不复存在。

翁恭查干朝着虚无缥缈的云彩奔驰而去，它把自己融化在了清澈的空气中。

黑牡牛

1

半夜里，我突然被一阵巨大的骇人的声响惊醒。我简直不知道该怎么形容那种声音，只感到头皮发麻，头发唰的一下就乍了起来。那声音就像山崩地裂，就像雷公吼叫，就像山洪咆哮。在寂静的深夜里，那带着死亡气息的令人毛骨悚然的声音是那么的瘆人，让我立刻就想到了九头魔王黑芒斯。

完全被求生的本能支配着，我一下就钻进了母亲的被窝。那年我才十岁，又是一个女孩子。

"妈妈……我怕！"

"别……别怕，别……怕……"母亲把我紧紧搂住，声音哆哆嗦嗦地叨念着，"神佛……神佛保佑我们……"

要是我的爸爸活着就好了，他是一个顶天立地的男子汉。可惜爸爸已经死了。如今灾难降临了，我们可怎么办哪？我把脸紧贴着母亲的肩胛窝，大气都不敢出一声，更不敢哭。

后来，那声音又响了两次，我终于听清了，在那恐怖的巨大的声响中还裹挟着牛羊的惊慌失措的变了调的嘶叫声。村子里的其他牲畜，马啊、猪啊，还有狗啊什么的也都叫成了一片。

那时候，母亲为村子里的乡亲们放牧集体羊；我呢，负责照看着自己家的两头牛——凶猛强健的黑色大牝牛和它的孩子花花。

在一片混乱之中，我忽然听到牛犊子花花嘶哑的绝望的尖叫声。我敢说，即使有一万头牛同时在叫，我也能立刻分辨出哪一个是花花。它分明是在喊救命！一定是黑芒斯掐住了它的喉咙（我当时确确实实认为就是黑芒斯来了），花花的呼救声猛然间中断了，我的心像被什么打了一下，紧缩成了一团。

"妈妈，这是花花在叫……巴尔卡呢？它在干什么？该死的！"

巴尔卡是我们家养的一条纯种的乌里雅苏台巨獒。那时候我们那里把高大的狗都叫作獒，巴尔卡凶猛高大，它曾咬死过三条恶狼。可在这危急的关头巴尔卡到哪里去了呢？我真生它的气。除了巴尔卡，这种时候我们还能指望谁呢？

我望着母亲，多么希望她能想出个办法来搭救花花。但是，母亲一句话也不说，两只失魂落魄的眼睛像木剑似的一动不动地盯着屋子外面黝黑的夜空。

有什么东西突然撞在了屋门上，发出哼哼唧唧的声音，我怎么也不会想到，居然是巴尔卡！它的声音哪里像狗叫，干脆就是一只懒猪在哼唧。巴尔卡一个劲儿地在门上蹭，我知道它是想躲进屋里来。看来巴尔卡也被黑芒斯震慑住了。连巴尔卡都吓成这个样子，花花肯定是没救了。我绝望了。

那个可怕的深夜啊，我真不知道是怎么一分一秒地熬过来的。后来，母亲摸索着下了炕，赤着脚、没有一点儿声响地走到窗前。母亲毕竟是一个勇敢的女人。她回到炕上的时候，我悄声问："是黑芒斯吗？"

母亲脸色惨白，把手指咬在嘴里，半响才像失掉魂魄似的说："是……山神！"

2

山神就是老虎。那时候，我们土默特的蒙古人还有许多汉人都是信奉喇嘛教的，认为只有释迦牟尼才是世界上的真神。我不知道老虎是什么时候被人们封为神的，也许它是那些不信奉喇嘛教的汉人的神？反正我不知道。

天已经大亮了，这时我和母亲才敢走出屋子。在我们院子的周围围着许多乡亲，一个个神情紧张地低声议论着。显然昨天夜里的事大家都已经知道了。

牛圈的门口有一大摊血，都已经凝固了，变成了黑紫黑紫的颜色。牛圈里只有黑牤牛，牛犊子花花不见了。

黑牤牛两只眼睛泪花花的，伸长脖子朝着群山不住地哀号着。夜里花花那绝望的惨叫声又像闪电一样在我的脑子里划过，我心里一酸，"哇"的一声就哭了出来。黑牤牛是在叫它的孩子呢！啊——可怜的花花，你现在在哪儿？

"是牛犊子遭难了……"有人叹息着说。

母亲呆呆地看着眼前的悲惨景象，眼神木木的，看来她还没有从山神的袭击中清醒过来呢。

巴尔卡不声不响地跟在我的身旁，低着头嗅地上的黑血。

"滚开——你这没用的东西！"我狠狠地朝它的肚子踢了一脚，"你为什么见死不救？！你为什么不去和山神打仗？！"

"唉，傻孩子，巴尔卡它只不过是一条狗呀，你不能怪它。要知道这是山神！狗见了山神就连骨头都变酥了，还能打什么仗！唉，自古以来就是这样。"村子里最年长的老人在为巴尔卡辩解。

有人惊呼起来，是发现了什么。大家都围了过去，在一片虚土窝上印着山神的几个大得吓人的爪印，每个都有海碗那样大。惊恐的情绪像一面看不见的大网，把整个山村给牢牢地缠住了。有经验的长者说："山神是路过的，我们大青山上没有茂密的森林供它藏身，也没有足够的小动物供它吞噬，所以山神不会长住下来，它过些日子就会走的。不过这些日子，不管是人还是牲畜，都不要离开板申里，以免遭遇不测。"

从早晨一直到深夜,母亲不吃不喝,跪在神龛前不停地叩头祷告。

谁也没有注意到,不知道什么时候,黑牤牛不见了!我找遍了板申里各个角落,哪儿也没有。后来我顺着黑牤牛的蹄印打踪,一直找到板申口外,我不能再往前走了。正是春天的时候,旷野上空荡荡的,不管是人和牲畜,连一个影子都没有。黑牤牛的蹄印告诉我,它是到山里去了。这是什么时候,它居然敢往山里走!我望着幽深的充满恐怖气息的群山,着急地直跺脚!

3

黑牤牛整整走了一天一夜,第二天黄昏的时候我终于在板申口迎住了它。自从它走了以后我急得连一口饭都吃不下,看到它回来我是又高兴又生气,拿柳条子狠狠地在它的脑门子上抽了两下。像往常一样,黑牤牛在我教训它的时候只是闭了闭眼,一动不动。我心软了,扔掉柳条子抱住它,一边数落它一边为它梳理皮毛。

"黑牤牛,你呀,也真是太不懂事了!山神还没有走呢,它一下就会把你吃掉的……"

黑牤牛默默地不动也不叫,好像在反省自己的过失。我知道它能听进我的话。我的黑牤牛是一头非常高大强健的公牛,它身上隆起来的肌肉就像岩石一样坚硬。它不但有力气而且机警灵活,村子里总共有二十八头牤牛,顶架的时候没有一头是黑牤牛的对手。但这真也没少给我找麻烦,黑牤牛顶架的时候特别凶,常常把别人的牤牛给顶伤,受了伤的牤牛的主人就牵着牛来找我们。黑牤牛一惹事妈妈就骂我,真没办法。

话又说回来,黑牤牛还是最听我的话。每当它起了性子要打架的时候,只要我在场,不管它的脾气发得有多么大,我都能喝住它。甚至在它低杵着头瞪起眼睛向对手冲过去的一刹那,只要我在它的前面,它立刻就扭头颠着细碎的步子逃到一边去了,就像是一个顽皮的孩子。没事的时候我躺在草地上,把盐末铺在胳膊上让黑牤牛舔食，它那细嫩、柔软、热乎乎的舌头使我感到特别舒服。

为了防止黑牤牛再到处乱跑，母亲请村子里的乡亲们帮忙，把牛圈的门重新修好，用结实的老榆木加固了圈门，把圈墙也加高了。我们的村子就在大青山脚下，盖房垒圈都用被洪水从山上冲下来的大圆石头砌墙，也不用垫泥，只是干碴，垒起来的墙却特别结实，百年不倒。

也不知怎么的我在为黑牤牛整理皮毛的时候，在它的犄角上发现了很小的一撮金黄色的毛。那毛非常柔软，有的在中段还带有褐色的黑点子，显然不是牛毛——牛毛又粗又硬，我一下就能认出来。过去黑牤牛和别的牤牛斗架时就常常把对手的毛弄到自己的犄角上。

这种金黄色的毛是从哪儿来的呢？难道这是山神的毛吗？难道说黑牤牛走了一天一夜，是找山神去打仗了吗？我这样一想，再看黑牤牛时，发现它浑身湿淋淋的，沾了那么多的泥土和草屑，两只眼睛通红通红的。是的，这完全是狂怒的激愤造成的。

我的猜测很快就得到了证实。村子里的长者们把我拿给他们的金黄色的软毛仔细辨认了一番之后，断定那确实是老虎的毛！

真是把人吓死了——黑牤牛它真的是去找山神打仗了！这真是……当然黑牤牛的心情我是明白的，它要为死去的孩子报仇。可是要知道这不是狼呀什么的野兽，它是山神，是百兽之王。

黑牤牛和山神打仗的事又一次引起了整个村子的激动和不安。很多人都认为黑牤牛是自己去找死。也有少数人，比如哈达叔叔——一个烈火一般性子的汉子，就说："这事也说不死，山神要想吃掉黑牤牛也并不容易。要是弄得巧，说不定……"

大家都不相信天不怕地不怕的哈达叔叔的话。他小的时候跟父亲进山打猎，曾经向山神开过一枪。据说那也是一只过路的山神。他的父亲用刀子在他的胳膊上留下一块伤疤——要他永远记住，猎人是永远不准打山神的，要是偶然遇上了也必须赶快躲开。

不管别人怎么说，我是不能让黑牤牛再和山神去打仗了。天还不黑，我就把黑牤牛撵回了圈里，在老榆木的门上拧上了粗铁丝。

夜里，从牛圈里传出来一阵"喊——嚓！喊——嚓！"的声音，我立刻就听出来，这是黑牤牛在磨犄角。那声音一阵比一阵坚定，一阵比一阵有力。说实话，这复仇的声音一下就使我激动起来了！一想到被山神残害的牛犊子花花，我真恨不得立刻就把黑牤牛放开，让它去把山神挑死！我相信板申里被山神的袭击弄得神经异常紧张的人们，都听到了黑牤牛那响亮的磨角声。不过我还是控制住了自己，我知道黑牤牛不过是一头牛，牛是斗不过山神的。为了防止意外，我决定以后就是白天也不放黑牤牛出圈了。

早晨，当我跑到牛圈那儿去看黑牤牛的时候，被眼前出现的情景惊呆了：老榆树的圈门虽然完好无损，黑牤牛却无影无踪了。一二百斤重的大石头在牛圈外面滚得到处都是，大石头碴起来的圈墙被扒开了一个大口子。在一块石头旁边，我捡到黑牤牛的半截子犄角。

看来黑牤牛为了复仇是不顾一切了……

4

"佛爷，求求您老人家降临显神吧，保佑我的黑牤牛平安无事！保佑它……"

我捧着黑牤牛的半截犄角，扑倒在神龛前不停地磕着等身头，我的头都碰疼了。爬倒站起，站起来又爬倒，不一会儿我就感到眼前直冒金星。我的脑子里只有一个念头，那就是保佑黑牤牛平安无事。只要神佛显灵，即使让我磕一万个等身头，磕得头破血流我也愿意！说真心话，那时我从心底里是虔诚地信奉喇嘛教的，所以也就相信心诚则灵。

也不知道磕了多少个头，也不知道做了多少遍祈祷，真神果然显灵了——我的黑牤牛到底回来了。它又走了整整两天两夜。这次黑牤牛可不像头一次那样轻松,它被山神抓伤了,伤得很重。在它左边的后胯上耷拉着一块一尺多长的血淋淋的皮肉,黑红的干结了的血挂满了整条腿。胯上露出了吓人的白森森的骨头,简直叫人不敢看。仅仅两天的工夫,使它看上去就像是经过了一个缺少草料的严冬,消瘦了许多,两只眼睛更红了,红得就像要滴血。

我把黑牤牛带到板申里的土兽医那儿,紧紧抱住它的脖子,掉着眼泪看着上了年纪的土兽医用缝口袋的大针穿着羊肠子线给它把伤口缝好。黑牤牛它真是懂事,伤口总共缝了十二针,它竟没吭一声!有一会儿它好像是忍不住疼痛了,扭动着身体想要挣脱,但是我呵斥了它两声,它就立刻又服服帖帖了,再不乱动。它越是这样,我就越感到伤心。

"你听话吧,黑牤牛!不要再找山神去报仇了,它是山神,你是打不赢它的。小犊子花花已经死了,你不能再去送死了!"我抽泣着劝说黑牤牛。

我一边哭着,一边把黑牤牛往圈里赶。圈墙已经重新碴好了。在圈门口,黑牤牛用悲悲切切的眼光望着空荡荡的牛圈,怎么也不肯往里走。是啊,这本来是好端端的一家"人家"呀!几个月的时间内老乳牛和小乳牛就都死了,如今只剩下黑牤牛孑然一身,怎么能不让人心酸呢!

黑牤牛低着头拼命在地上嗅着。我立刻就明白它在闻什么,那儿有花花的血,用土掩埋住了。不管是用土埋还是用石头压,黑牤牛都是能闻出来的,要知道那是它亲生孩子的血呀!

我不忍心让黑牤牛继续闻下去了,也不敢让它继续闻了,花花的血会刺激得它发狂的,甚至会使它发疯——有过这样的事。可是不管我怎么吆喝它、推它,黑牤牛就是一步也不肯走。它的分成两瓣的坚硬的黑蹄子像钉在了地上一样,硕大的头颅痛苦地摆动着,亮晶晶的泪水从它血红的眼睛里扑簌簌地落下来,挂在了脸颊上。后来它"哞——哞"地低吟着,拼命用蹄子刨起土来,刨得越来越快。它的这种疯狂的情绪使我明白了,对于花花的死,它是绝不会善罢甘休的,而且我隐隐约约体察到,黑牤牛把老乳牛的死也记在了山神的账上。

"哞——"

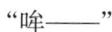

黑牤牛愤怒地踏着蹄子，猛然间昂起脑袋，长吼一声。它那满含着愤怒、悲怆的咆哮在村子的上空隆隆地滚动着，传得很远。它的吼声撞到了大青山上引起了更大的回响。在它那高高隆起的肩脊上，肌肉扭打着在黑色的皮毛下翻滚，聚集着力量；喉管里响着低沉的恶狠狠的"呼隆、呼隆"声，燃烧着的眼睛喷射着灼人的火焰。青灰色的透着棕红色花纹的犄角只有一只是完好的了，折断的那只从中间露出一个深褐色的窟窿；但是不管完整的还是折断的，都倔强地耸向天空，我仿佛听到了血液在它血管里奔流的澎湃声！

黑牤牛那只伤残的犄角深深地刺痛了我，我开始后悔，当初不该把它圈起来。要知道它是根本圈不住的，它是一定要找山神复仇的。要是它有两只完整的锋利的犄角，这一次也许不至于受这么重的伤。

第二天黑牤牛没有走，一天到晚都不断地吃草料，看样子它是累坏了。哈达叔叔来看黑牤牛，手里提着半口袋黑豆，对我说："碾碎了，喂它吃。"

"黑牤牛还会去找山神打仗吗？"我问哈达叔叔。我不知道自己为什么会这样问他，其实对于黑牤牛的动向我是比谁都清楚的。

哈达叔叔摸着黑牤牛的脊背，沉默着点了点头。临走的时候他突然提高嗓门说："黑牤牛才是真正的男子汉！"

我整天都陪着黑牤牛，用一块石头为它磨修那只折断的犄角，心里无限悔恨地重复着一句话："要是这只断角也像那只完整的一样尖利该多好，它一定会在和山神打仗的时候挑得更狠；要是它的犄角能像刀子一样锋利，它一定能把山神挑死！"

黑牤牛静静地卧着，慢慢地倒嚼，望着我，眼睛流露出哀怨的神情。我觉得它在埋怨我。

黑牤牛休息了几天，渐渐地养起了精神，又开始变得焦躁不安起来。它一天到晚不停地在圈里来回走动，停下来的时候就在石头上磨自己的犄角。谁都能看出来，黑牤牛这是又要去和山神决斗了。从早到晚牛圈旁边一直都围着许多人，人们纷纷议论着，村子里的空气又开始紧张起来。

长者们说，山神本来是路过，吃了一头小牛就会走的，可是黑牤牛总是缠住山神不放，这样山神就不走了，而且恐怕就要住下来；还说山神在别的村子里也叼走了牛羊牲畜，这都要怪黑牤牛。

其实直到现在我也不明白，黑牤牛是怎么在山里找到山神的，它又是怎么和山神约好了，选择什么地方决斗的。一定是动物也有它们自己能够相通的语言，不然怎么办呢？

母亲又急又气，当着大家伙的面把黑牤牛狠狠地抽了一顿，她毫不怜惜地照着黑牤牛肚子上肋条后面的一小块柔软的跳动的地方猛抽。牛最害怕打那个地方。有时候因为顽皮我用指头轻轻地弹一下那个地方，它立刻就疼得跳起来。后来我才知道那是牛的脾脏。打完了，母亲扔掉鞭子命令我："给它穿上鼻环，拴上缰绳。你看着它，从现在一步也不准离开牛圈！要是有什么差错就找你算账！"

黑牤牛疼得出了一身汗，两只后蹄不停地倒动着，低着头用眼睛怯怯地瞅着大家，哀号着向母亲告饶。

我为黑牤牛揉揉肚子，然后就穿鼻环。那时候我们那里的牛都不拴缰绳，虽然也都刺过鼻环眼，但很少用。那刺过的环眼慢慢又长在一块儿，又像生眼了。我下不了手。

母亲发疯似的一把推倒我，夺过鼻环，只一下就刺穿了黑牤牛的鼻子。鲜红鲜红的血"哗"的一下就淌了出来，一会儿就溢满它的唇豁，把它的牙齿都染红了。可怜的黑牤牛疼得一个劲儿地哀号。

说老实话，那一会儿我非常恨母亲，更恨那些不讲道理的长者。

夜里，黑牤牛不停地号叫着，声音跟哭一样。母亲叹着气对我说："过几天，等山神走了以后就放开它。"

半夜我偷偷爬起来溜进牛圈。黑牤牛正在用犄角挑围墙上的石头，缰绳抻得紧紧的。围墙已经被掘开一个挺大的缺口，如果没有缰绳黑牤牛只要一跳就可以越过去。但是它办不到，小小的白蜡鼻环连着它的皮肉。牛鼻子是最细嫩敏感的地方。

黑牤牛认出是我，把脸在我身上蹭着，一个劲儿地呜咽，就像一个嘤嘤啼哭的孩子，可怜极了。它那庞大的身体激动地颤抖着，像钢鞭似的尾巴抽在围墙的石头上，"啪！啪！"地响。

"黑牤牛，你受委屈了……"

我抚摸着它坚硬的脊背，不由得心里一阵激动。黑牤牛你这样一个庞然大物为什么要怕一只恶虎？！你和恶虎斗过了，你的犄角曾经挑着老虎身上的毛，说明老虎并不那么可怕。既然这样，要是你的犄角再尖利一点，像牛耳尖刀那样……对了！我为什么不能帮助你，给你的犄角上绑上刀子？这样一来，只要你能像上次一样挑到老虎的毛，就能把老虎挑死！一个坚定的决心迅速地在我心里形成了。我在黑牤牛的犄角上结结实实地绑了两把闪亮的牛耳尖刀，解开缰绳放它走了。我为自己这个大胆的举动感到自豪！黑牤牛一声不响地冲向黑暗，向着那阴森森的群山奔去。夜幕下，牛耳尖刀闪着雪一样的寒光！

5

啊——山神真可怕！它的头像磨盘一样大，血盆大口里呼呼地喷着浓烟烈火，从头到尾足足有三丈多长。山神吼了一声，震得整个群山都摇晃起来，山上的石头像山洪似的"轰隆、轰隆"往下滚落。黑牤牛和山神比起来就像是一条小狗站在了牛的跟前。不过我的黑牤牛虽然小却毫无惧色，它瞪着血红的眼睛向山神冲过去。真奇怪，山神会上树，它竟像猫似的一蹿就跳上了旁边的一棵大柳树。黑牤牛不会爬树，在树底下转来转去急得哞哞直叫，眼睁睁地看着没办法。

后来大柳树就着起大火来，可山神并不怕火，它从树上走下来，用两只后腿像人一样站着走。它还会笑，呵呵呵的。山神拿一只巨大的前爪向黑牤牛压过去，黑牤牛一点儿也不知道躲闪。我急出了一身汗，大喊："快跑，黑牤牛！"

山神终于发现了我，猛地大吼一声朝我扑过来。眼看着我就要丧生在山神的巨爪之下……

"啊——妈妈！"

我绝望地呼喊。眨眼间山神不见了，黑牤牛也不见了，树、山……什么都没有了，只有释迦牟尼在凝神端望着我。

原来是个梦，天已经麻麻亮了。昨天深夜放走黑牤牛以后我就为它祈祷，不知不觉就趴在神龛前睡着了。

早晨，母亲一醒来就发现黑牤牛不见了。"黑牤牛呢？"母亲问我，急得脸都白了。

"不知道。"我心里感到很害怕，就撒谎了。

当然母亲很快就发现了黑牤牛逃走的秘密，她从牛圈里走出来的时候拿着我解开的缰绳和鼻环。

"是你放它走的？"

"是我！"这回我勇敢地承认了，"我要让黑牤牛去挑死山神！我在它的犄角上绑了两把牛耳尖刀，这一次黑牤牛一定能把山神挑死！"

"啪！"母亲一个耳光就把我打倒在地上。

"小妖孽！你是怕死掉一头牛犊还不够吗？还要把黑牤牛也送去喂山神？！你是要给整个村子带来灾难，给整个土默特带来灾难！你为什么非要和山神作对呢？！"

"山神不是神，山神只不过是一只老虎！释迦牟尼才是神。真神是会保佑我们的，我们是人，人是不应该怕老虎的。"

我把这几天在脑子里形成的坚定思想一股脑儿都讲给了母亲。母亲似乎觉得我的话也有道理，说："我也不知道我们是从什么时候开始把老虎尊为神的，也许你说得对。可是你要知道，你放黑牤牛去和山神决斗，乡亲们知道了会怪罪我们的。那样一来我们就会成为罪人，整个村子都会起来反对我们的。"

"不会是整个村子，妈妈，哈达叔叔会支持我们的。你忘了那天他说的话了吗？"

"唉，我一点儿主意也没有了，要是你爸爸活着他会有办法的。去，孩子,去把你哈达叔叔喊来,请他帮咱们想个办法吧。"

也不知道是哪个好事的人,早晨一起来就跑到我家的牛圈跟前看。于是黑牤牛去找山神决斗的消息就像风吹树叶簌簌响那样很快就传遍了整个村子。没过多久,我家院子周围就聚集了许多人,为首的是板申里的几位长者。我拉着哈达叔叔回来的时候,看见一位长者正跺着脚指责母亲不懂得管教孩子,还说:"黑牤牛这样缠着山神不放,山神不但要吃掉它,而且还会在咱们这一带常住下来的!那样,我们就不敢走出村子去放牧、种地,更不敢上山砍柴……灾难可就大了!"

母亲含着泪在给各位父老乡亲赔罪,答应这次黑牤牛若是回来,立刻就把它宰了,保证以后再也不会给大家惹事了。为了给大家解气,母亲当着大家的面揍了我。

"干什么打孩子?"站在我旁边的哈达叔叔一把抓住母亲的胳膊,对大家说,"难道是孩子的罪过吗?你们为什么这样糊涂?本来有罪的是山神,是山神抓走了我们的牛犊。可是你们不敢找山神算账,却反过来惩罚自己的孩子和黑牤牛!圣主成吉思汗要是知道了你们做的事都会害羞的。要我说,黑牤牛才像个真正的男子汉!"

"那么哈达,你敢去找山神算账吗?"

"我既然这样说,就是要去找山神算账的!"哈达叔叔举起手里的伯格登枪,向大家晃了晃,扭身就走。

"哈达,你不能去!"母亲紧紧抱住哈达叔叔的胳膊不放。所有在场的人都愕然了。

哈达叔叔默默地看着大家,用一只手掰开母亲的手,说:"我一定要把山神杀死!"

他头也不回地走了。

6

中午，我和母亲都怀着很沉重的心事默默地吃饭。母亲坐在锅台旁边的炕沿上，把一双筷子使劲儿咬在嘴里，眼泪"吧嗒、吧嗒"地掉进碗里。我的心像被一根马尾丝拴着吊在了嗓子眼儿，似乎不再跳动了。我一口饭也吃不下，就端着碗来到院子里。春天的强劲的风在阴霾的天空下"呜——呜"地刮着，大青山阴沉着脸，使人感到有一种不祥的预兆正在悄悄潜来。村子里静悄悄的，所有人都在期待着……

下午太阳快要落山的时候，忽然从板申口传来一阵沉重而急促的脚步声，我的心不由得一阵狂跳。说实话，那不是激动和高兴，而是害怕。"完了……我的黑牤牛和哈达叔叔……都完了！"在那一瞬间我就是这样想的，我的脸一定白得像死人一样！我稀里糊涂地跑到大门口，看见哈达叔叔朝我跑来，也不知道自己是在梦中还是清醒着。哈达叔叔的身后跟着很多人。

"你妈妈呢？"哈达叔叔气喘吁吁地问。

不知道为什么我一句话也说不出来，只是用手往院子里指了指。

这时候妈妈已经出现在屋门口，她把整个身体都倚在门框上。巨大的精神压力就要把她摧垮了，要不是倚着门框她立刻就会摔倒。

"山神……它死了！"哈达叔叔气喘吁吁地抓住母亲的肩膀大声告诉她。

母亲吃惊地张大嘴巴，愣怔怔地盯着哈达叔叔看了好一会儿，后来就把两只手捂在脸上，"呜——呜"地哭起来。

"山神死了！——山神死了！"我拼命地喊叫着跑遍了整个村子。

所有人都从院子里跑了出来。那些步履蹒跚的长者用狐疑的目光看着我，问道："这是真的吗？"

山神死了的消息像一阵旋风似的，把男女老少都聚集在了我家院子周围。也不知道是谁喊了一声，人们都簇拥着哈达叔叔、妈妈和我一起向山上跑去。很多人的手里都拿着铁锹、钉耙什么的，好像是还需要和死山神大战一场似的。

其实山神确实死了,我亲眼看见了,它就躺在那里。人群远远地围着。我紧紧地抱着哈达叔叔的一只粗胳膊,把身子藏在他的背后。

死山神虽然不像我梦见的那样可怕,可也实在不能算小了,它从头到尾足足有一丈多长。死山神的两只金棕色的眼睛圆睁着,闪着骇人的目光,在它的肚子上,斜着被豁开一道二尺多长的口子,肠肠肚肚流了一地。血把好大一片泥土都染红了。

人们纷纷问起哈达叔叔他是怎么帮助黑牤牛把山神杀死的。哈达叔叔被人群围在中间,一个劲儿地摆着手说:"这里面没有我的事,全是黑牤牛的功劳!真的,我连枪都没有放成,什么也看不清楚。它们两个斗得天昏地暗,尘土扬起有几丈高,我躲在一块峭石后面只能模模糊糊地在遮天蔽日的尘埃中看见一个黄团和一个黑团滚来滚去。牛吼虎啸的声音震得我耳朵都疼。真的,我装好子弹,瞄了好几次总也无法开枪。你们看看吧,这方圆几十亩的地方就是它们的战场。"

在哈达叔叔指画出的那片土地上,到处都布满了黑牤牛那分成两瓣的蹄印和山神海碗大的爪印。

人们感叹着,唏嘘着,而我们的英雄——黑牤牛,却不知道为什么孤单单地躲在一个陡峭的山崖下面。我高兴地喊叫着向黑牤牛奔过去。跑到跟前我愣住了:在黑牤牛面前的是一个血肉模糊、裹满了尘土的牛头,上面像乌云似的爬满了一层蚂蚁……这是我们可怜的花花!黑牤牛悲切地哼哼着,拿蹄子使劲儿地刨着泥土。我陪着黑牤牛流了一会儿眼泪,后来哈达叔叔拿来一把铁锹,帮我挖了一个坑,把花花的头颅埋起来了。

7

虽然我们的村子就在山脚下,可我长这么大还是第一次进山呢。山里真好,牛最爱吃的碱草在这里长得又密又高。低矮的榨树丛和白色的桦树林那么稠密，人钻进去一下就看不见了。过去，我只能远远地向山里望，山里有狼，妈妈不让我进山。这回她大概可以放心了，黑牤牛都能杀死山神，还用得着害怕狼吗？以后我要天天带着黑牤牛来这里吃草。

山神死了。缠着村子的那张神秘、恐怖、散发着死亡气息的无形巨网被黑牤牛彻底撕碎了！人们又开始正常地出外放牧、下地干活儿、上山砍柴了。

黑牤牛在和山神决斗的时候把左前蹄的踝骨崴了，兽医每天都要为它按摩好几次，像对待人一样耐心细致。每天都有很多人给黑牤牛送来黄豆、黑豆，有一个老奶奶还端来一箩筐鸡蛋，让我掺在碾碎的豆子里喂黑牤牛，说这样的吃法特别养"人"。很短的时间里黑牤牛就恢复了精神，肌肉又像隆起的石头似的饱满起来，黑色的像缎子似的皮毛重新放出了光亮。村子里的那些长者也都来看望黑牤牛，他们谁也不再埋怨责备它了。其中一位考过秀才的白胡子老者拍着黑牤牛那像岩石一样的脊背，摇头晃脑地说："真乃神牛也！"

可是意外的事情突然发生了……

那是一个恬静惬意的黄昏，我带着黑牤牛从板申外往家走。快到家门口的时候黑牤牛突然站住了，两只又短又尖的耳朵唰的一下就竖了起来。这事也怪我，我万万没想到是搭在石头上晾晒的虎皮刺激了它。如果当时我能早一点儿发现黑牤牛激动的原因，哪怕只是那么几秒钟，也可以防止这件悲惨事情的发生。而事实是等我搞明白发生了什么事的时候，一切已经晚了。在那一瞬间，黑牤牛长哞一声，猛地往后退了一下身体，杵倒头一阵旋风似的冲了过去。一阵沉闷的巨响，犄角折断的嘎巴声，骨头破碎的声音，接着是大地的震颤，尘土飞扬……

所有这一切在眨眼的时间就结束了。我连吆喝一声都没有来得及，痴呆呆地定在那里,不知道哭也不知道说话。被异常的巨大响动吸引来的男女老少惊愕地看着这场意想不到的悲剧，很多人都掉下了眼泪。

我的黑牤牛就这样死了。

乡亲们主动捐出了好几头牛羊，请来乌素图召庙里的呼图克图喇嘛，念了三天经，为黑牤牛超度亡魂，在板申口外的一块向阳的高坡上为黑牤牛选好了墓地。我们把黑牤牛安葬了。墓碑上清清楚楚地写着：黑牤牛之墓。

这么多年来我一直把黑牤牛的半截子犄角珍藏在身边，那是半截青灰色的透着棕红色花纹的犄角。你们看，多漂亮！

鸟 誓

1

  晴朗的日子里，草原是浅蓝色的；阴霾的日子里，草原是幽绿色的。

  在洒满七彩阳光的草原上，那只百灵鸟独自能把这片宁静、单调的草原唱成一个无比繁闹的世界。它啁啁啾啾地从早唱到晚，学着紫燕娇痴的呢喃声，学着鹌鹑憨直的嘁咕声，学着麻雀细碎的喳喳声，甚至学着羊羔的咩咩叫声。不管学什么它都学得惟妙惟肖。

  这只百灵鸟给这片草原的主人带来了无尽的愉快。要知道，在这片方圆几十里的草原上只孤零零地立着他家的两座蒙古包。他的孩子都在百里以外的苏木寄宿学校读书，只有星期六才回家来住；他的妻子每天清早起来就要忙着挤奶熬茶，然后就背着红柳筐到很远的地方去捡拾牛粪，她也不能时时刻刻陪着他。于是他在一个人放牧或打草的时候就常常感到孤独，而陪伴他的只有这只愉快的百灵鸟。当他在草地上坐下来休息的时候，就一边抽着烟，一边欣赏百灵鸟那美丽的歌声。有时候他也能看到百灵鸟展翅飞翔的灰褐色身影。他知道当它急匆匆地像支箭一般地从空中蹿向某一处草丛时,那儿准有一只可食的虫子等待着它。多数情况下,它是由一处草丛蹦跳着蹿向另一处草丛。吃饱了它就在低空翻飞,做着各式各样的优美动作。偶尔它也飞到很高很远的地方。有几次他真担心这只百灵鸟飞走了就不再回来,因为他看到它飞得是那么高,那么远,它灰褐色的身影慢慢地就像化成了水似的溶进了远处的蓝色天幕。但是不管它飞得多么高,多么远,最终它还是要飞回他这儿来的。他知道这儿有它的家,他知道百灵鸟的家就在附近一片长满茂密针茅草的草丛里。

有一天,这片草原的主人从城里回来,带回一只铁制的鸟笼子。那只鸟笼子漂亮非凡,每一根铁丝都闪闪发光,在笼子的边上还吊着一个像酒盅似的精美的铜制小水槽,鸟笼的顶上弯着一个月亮形的吊钩。这片草原的主人打算捉住百灵鸟,让它整天都住在他为它购置的精巧漂亮的笼子里。他找来一些绵绵的细沙铺撒在鸟笼的底上,又从井里打了清凉的净水盛在铜制的小水槽里,同时还买来了绿豆和鸡蛋清(不要蛋黄),准备喂百灵鸟吃。

一切准备好后,他就把百灵鸟捉回来了。

看起不看落。他知道百灵鸟是很聪明的。为了防备天敌的侵袭,百灵鸟每次回来总是在离它的窝很远的地方就从空中落下来,然后在密密的草丛弯弯曲曲地绕行,最后才回到自己的窝里。但是百灵鸟的智慧终究比不过人,这片草原的主人发现百灵鸟每次从空中落下来的地方总不是它的窝,而它每次起飞的那个地方却准是它的窝。

于是他很轻易地就把百灵鸟捉住了。他把它放进了精美的笼子里,并对百灵鸟说:"以后你就住在这里,日夜陪伴着我。寒冷的冬天或是刮风下雨的日子我就把你拿到毡包里去,免受风霜雨雪之苦。唱吧,唱吧,随便唱个什么给我听听。"

但是百灵鸟没有为他唱歌。它狂躁地在铁笼子里飞扑着,小小的尖爪紧紧抓着铁丝摇撼,用它的喙啄笼壁的铁丝。当他用一根草棍逗弄它时,它就用喙从他的手里把草棍夺过去,咬成碎截丢在爪下。他发现百灵鸟像草籽似的晶亮的小眼睛里射出了一束束可怕的光束。

这天夜里，这片草原的主人把铁笼子吊在自己的蒙古包里。然而整整一夜他都没有听到百灵鸟鸣叫一声。它只是在黑暗中不停地扑腾，只有翅膀打在铁丝上的声音。

早晨起来，他发现铁笼子里到处都是百灵鸟散乱残折的美丽羽毛。百灵鸟已经不再扑腾，它蜷缩在一个角落，头低低地垂着。当百灵鸟听到动静抬起头的时候，他惊骇地看到，百灵鸟的尖喙紧闭着，颔下有黏稠的血，一小块鲜嫩的粉红色肉团挂在它的喙边。在百灵鸟抬起头来的时候，那一小块肉团就晃悠开来，只有一条线似的肉还和喙里的什么连着。他痴呆半晌突然明白，挂在喙边的那一小团粉红色的肉就是百灵鸟的半截舌头！这时候，这片草原的主人那庞大的身躯就像一片树叶似的轻轻颤抖起来。

他打开鸟笼把百灵鸟放走了。从此，这片草原就总是幽绿色的。

2

草原上很少看到树，不过在这两座蒙古包的旁边长着一棵又高又大的老榆树，或者说是在这棵高大的榆树旁边住着一户人家。

有一天，主人发现有两只黄褐色的麻雀在老榆树的枝丫间飞腾跳跃，叽叽喳喳地叫着，后来就看见在老榆树顶端的一个枝丫上出现了一个用细树枝和草叶搭成的小小的鸟巢。那鸟巢毛毛茸茸，在枝丫上随着风悠来摆去——草原就像大海一样是经常有风的。再后来，主人发现麻雀的叫声变成了一片。仔细一听才知道，原来在鸟巢里已经有好几只小麻雀降生了。有多少只他不知道，他只看见老麻雀来来回回飞得更勤了。每当老麻雀飞回鸟巢的时候，小麻雀们的叫声就异常热烈。

突然有一天刮起了大风——草原上也是经常刮大风的。狂风啸叫着，把老榆树吹得东倒西歪，树枝狂乱舞动。不知怎么的，一只小麻雀从鸟巢里掉了下来，它大概快要会飞了，但是还不会飞。小麻雀喳喳尖叫，张皇失措地扑扇着两只还没有长全羽毛的翅膀,像一片树叶似的飘落在了地上。这时候,主人家的一只猫——一只像老虎一样的大猫,翘了翘尾巴便像箭似的从毡包里蹿出来。

小麻雀眼看着就要丧生猫口,它拼命地扑扇翅膀,想要飞起来,但是它那还没长成的翅膀无论如何也带动不起它的身体。小麻雀大概知道自己死定了,它张着黄灿灿的大嘴向空中发出绝望的号叫。死到临头它在呼唤它的妈妈。

这一切都是在一瞬间发生的,就在像老虎一样的大猫扑向小麻雀的一刹那,老麻雀飞回来了。老麻雀喳喳地发出一连串骇人的尖叫。猫愣了一下,还没等它明白过来,老麻雀就像一阵旋风似的从空中直向猫疾速俯冲下来,气势凶猛,锐不可当。老麻雀用翅膀在猫的大脑门上狠狠地扇了一下,当猫抬起爪子抵挡时,它早飞开了。但是没等猫清醒,老麻雀的迅猛攻击又一次逼到它的眼前。老麻雀不断地向猫发动攻击。猫慌慌张张地拿两只爪子招架着,一步一步往后退,一直退到了毡包的门口。后来,猫莫名其妙地看着愤怒的老麻雀,又望望地上尖叫的黄嘴小麻雀,脸上是一副讪讪的复杂的表情。终于,猫伸出舌头舔了舔嘴边的毛,最后看了一眼小麻雀,扭头退回毡包里去了。

放牧回来的主人当时正在关羊栅的门,他被这一幕惊心动魄的活剧震慑了。主人把一只大手放在胸前握了半天,然后举到空中猛地挥了一下,叫道:

"嗨——"

驼 王

"巴特……驼王，它是真的不行。"温都尔苏声调喑哑地说道。

他也不看坐在篝火另一边的巴特，眯着一只眼睛躲避着灼人的烟气，只管用食肉刀削羊肉干。羊肉干一条一条地划出漂亮的弧线飞进吊在篝火上面的铜锅里，在滚沸的水面上溅起一朵又一朵水花。

巴特不说话，棱角分明的嘴紧绷着，呆呆地望着噼噼啪啪燃烧的干驼粪出神。他的手里玩弄着一根粗壮的枯艾蒿，过了一会儿他却把那根艾蒿扔进了火里。他的目光注视着艾蒿在火焰中痛苦地挣扎，嘴角的肌肉不由自主地跟着抽搐起来。很快那根艾蒿在火焰中就变得通红，像一条红色的蛇弓起了腰，随后"啪"的一声断成两截。一小股清灰色的烟雾便从那断口处冲出，正好滋在了巴特的手臂上。他知道那讨厌的烟雾烧掉了他手背上的一小片汗毛，烧死了他的许多细胞，并在他的皮肤上留下了一个很长时间都不会消失的褐色斑点。但是巴特动都没有动一下。

巴特抬起头，目光越过温都尔苏的头顶，越过跪卧在温都尔苏身后的驼王，朝空旷寂寥的芨芨滩上眺望。峭厉的冷风嗖嗖地打着呼哨，阳光下，驼群散落着正在安闲地啃食着苜蓿草。骆驼是没有心事的，它们只知道此时抓紧时间进食，中午一过就又要身负重载踏上旅途。在那漫漫的驼道上，它们需要粗糙的苜蓿草变成能量来支撑自己的腿力与背力。这时候，巴特竟对那些没有一点儿心事的骆驼生出了羡慕。

驼群周围有几只体格高大健壮、性情凶猛强悍的狗在警惕地巡游着。这些护卫狗历来忠于职守、尽心竭力。有它们在，主人完全可以放心地在篝火旁吃饭，在帐篷里睡觉。可是奇怪，怎么不见黑狗巴尔卡？巴特又仔细看了半天，还是不见巴尔卡的踪影，就喊："巴尔卡！——巴尔卡！"

"呜——汪，呜——汪！"巴尔卡应了两声，跑到主人跟前。巴特忘记了，原来巴尔卡从一开始就没有到苜蓿滩上去，它一直就卧在驼王的跟前，陪伴着它身体庞大的老朋友。

巴特心里一阵酸楚，忍不住又朝驼王走过去，黑狗巴尔卡目光哀哀怨怨，围着驼王打转。驼王无精打采地跪卧着，它身体的每一个部分都明显地表现出了老态：巨大的骨架支撑着松塌的皮肉；棕色的毛稀疏凌乱，没有一点光泽；两只驼峰软塌塌地左一个右一个倒斜着；灰褐色的眼睛蒙着一层翳晕，半睁半闭；深棕色长眉稀稀拉拉耷拉在眼睑上。在它的跟前放着一只羊皮口袋，里面是磨碎的黄豆。羊皮口袋敞着口，一层薄薄的黄沙土罩在上面。巴特提起羊皮口袋抖了抖，往驼王跟前挪挪，又把口袋的口子向外翻了翻。"吃点吧……"他央求驼王说，同时觉得嗓子眼儿直堵。

驼王听见主人的声音，睁开疲惫的毫无光彩的眼睛看了看，嗅嗅那黄豆，又闭上了眼。巴特无可奈何地摇摇头，默默地站了一会儿，在驼王跟前坐下，一根接一根地抽起烟来。

温都尔苏知道巴特在想什么。他不想打扰巴特。削完肉干后，他从放在身旁的塑料袋里抓了几把棋子（一种油炸面食）扔进锅里，又放了盐和味精。现在一切都做完了，再过一会儿等肉干和棋子煮软和一点儿，他们就可以开饭了。温都尔苏感到嗓子痒痒，他很想说点什么或者干脆打开收音机听听音乐。但是他不能。他又看了看闷着头抽烟的巴特。他知道巴特心里难过。他想，也许巴特正在考虑把驼王扔在这儿。

其实这次出来的时候温都尔苏就劝阻巴特,不要带驼王,巴特不肯,说从旗里食品公司来了个采购员,他担心阿爸会把驼王卖给那个家伙。巴特当然知道驼王已经老了,迟早躲不过一死,但是他无论如何也不忍心他的驼王被人宰了吃。他宁愿驼王空着身子走,也要把它带上。

那天在苏木盐场,驼列就要出发了,驼王却卧在那里怎么也不肯站起来。巴特又吆喝又拖拽,它还是一动不动,眼睛瞅着那白花花的盐,嗷嗷地叫。巴特犹豫半天,还是给它上了驮,并且仍然让他走头驼。起程之后,驼王和过去一样,步履稳健,充满自信。一尺长的铜制的驼铃坠在它的脖子上,发出"叮当、叮当"有节奏的声响,清脆悠扬。

那一会儿,巴特甚至觉得驼王并没有老,更忘记了它会死。

温都尔苏和巴特合伙经营驮运已经有五六年了。他们横穿巴丹吉林沙漠,把盐和碱从沙漠北边运往沙漠南边的C城,再从C城驮上茶叶和其他日用百货,运往东北方向的草原小镇乌兰诺尔浩特,从乌兰诺尔浩特趸回家乡的时候就驮上当地产的优质煤。这样一个三角行走下来,少说也有三千公里,自然挣到手的钱也十分可观。现在他们正在由C城往乌兰诺尔浩特的路上。

驼王毕竟老了,起程时的稳健步式与奕奕神采只不过是一种假象。没有走出两程,它的速度就渐渐慢下来,并且越来越慢。等到返程的时候更是明显地表现出体力的不济,常常弄得温都尔苏的驼列不得不停下来等它。经过戈壁滩的时候,驼王又在一块卵石上崴了蹄,脚踝肿胀得老大,走路一瘸一拐,跛得非常厉害。每走一步,疼痛就逼着它蹦跳一下。巴特只好将驼王驮的驮子拆开,将货物分散给其他骆驼。尽管这样,固执的巴特仍旧让驼王走头驼。结果是三天的路程他们用了五天还没有走完。

"吃饭吧,巴特。"温都尔苏招呼着巴特,把盛了饭的木碗放在篝火旁边的沙地上。

"我真浑!我为什么要让它驮货呢?!不然它是不会弄成这样的……"巴特用拳头擂着自己的脑袋走到篝火旁。已经两天了,只要他说话就只是这一句。

温都尔苏默默地嚼着羊肉干，没有搭理巴特，巴特的话他已经听腻了。不过他吃饭吃得很慢，牙齿嚼肉干时发出的"咯吱咯吱"的声音很响。他在等待巴特。巴特吃得更慢。

"扔了它吧，巴特。就在这儿。"过了许久，温都尔苏小心翼翼地说。

他仍旧不看巴特，眼睛盯着木碗里漂浮上来的泡涨的棋子。

巴特没有反应，牙齿撕咬肉干的声音"咯吱咯吱"响。那声音狠狠的，似乎在下着一个决心。

温都尔苏没再说什么。吃完饭他们就到茇茇滩上去吆骆驼，然后给骆驼披上驼屉，上面。这一切他们都做得很干脆利落。正是年轻得力的时候，两百斤重的驮子用胳膊一夹，肚子一腆，"咳"的一声便稳稳当当放到了驼背上。护卫狗吠叫着帮助主人驱赶骆驼，预感到就要起程的骆驼们情绪激动起来，"嗷——呜，嗷——呜"地直叫。人们的吆喝声和喘息声汇成一片，一时间寂寞的沙原喧嚣起来，弥漫着一片忙忙乱乱的紧张气氛。

受伤的驼王被热烈紧张的气氛鼓动着，从一开始就挣扎着要站起来，结果是每次努力都归于失败。那只受伤的腿因为用不上力，驼王身体失去平衡，重重地跌倒了。伴随着它的庞大身躯的跌落，是它那令人揪心的痛楚嘶叫。直到驼队一切准备停当，就要出发了，驼王还在那儿苦苦地挣扎。黑狗巴尔卡焦急地吠叫着，围着它转，徒劳地用嘴拱它的身体。

巴特走过去，用手抚摸着驼王的头。驼王那哀哀的目光正望着他。

"走吧，巴特！"温都尔苏很担心地叫了一声。他已经把驼列的缰绳缠在了手上，扭头看着他的伙伴。

巴特犹犹豫豫地把手伸向驼王的鼻扦，在那一瞬间他的目光与驼王的目光相遇了。巴特的手抖了一下，垂落下来。"走吧，我的老伙计……只要你能站起来。"巴特抱着驼王那只受伤的腿，帮助驼王站了起来。他把它牵到驼列的前面，第一次把空驮架放在它的背上，又动手将最前面骆驼的缰绳拴在了驼王的空驮架上。

"你要干什么，巴特？"温都尔苏扔掉手中的缰绳奔过来，抓住了巴特的手腕子，"你以为驼王它还能走吗？"

"放开我……"巴特哀求说，眼睛望着自己的靴子。

"驼王它真的不行了，我早就看出来了！"温都尔苏牢牢抓着巴特的手腕子，目光寻找着巴特的眼睛，"扔了它吧！巴特，就在这儿。每一峰骆驼都有这么一天的，死亡是谁也躲不过的一道关卡。"

"不！我不能！——你放开我！"巴特用另一只手攥着温都尔苏的手腕子一拧，把他甩开了。他到底还是把缰绳拴在了驼王背上的空驮架上。

温都尔苏的手腕子上留下一道红印子，这叫"戴手镯"，是狠厉的一手。那道"手镯"火辣辣地疼，温都尔苏仔细看了看自己的手腕，再抬起头来的时候目光中便隐透出愤怒的怨气。他扑上去，一把就扯开了拴在空驮架上的缰绳，把缰绳抓在了手里。

"你是糊涂了吗，巴特？难道你忘记了，已经整整五天了，我们才走出一百多里地！再拖下去，我们带的水就不够用了！我们会困死在沙漠里的！"

"走开！"巴特根本听不进去温都尔苏的话，阴沉着脸说，"我不要你管，你自己走好了。"

"不，这不行！我们不能分开……"温都尔苏把缰绳藏在身体的一侧，"我知道你不忍心丢下它，但是你要知道，这样走下去不但驼王活不了，连我们整个驼队都得死！你知道吗？我们的水不够了！水！水！"

"把缰绳给我！不然我要动手了。"巴特逼近温都尔苏。

"你疯了吗，巴特？"温都尔苏根本没来得及想，巴特一拳就把他打倒在地上。

"你走吧！"巴特说，"所有的水都归你。"

温都尔苏愣怔了半天，不明白怎么回事，腮帮子针扎似的疼，他摸了一把，发现嘴角出了血。他把带血的痰恨恨地啐在地上，骂道："疯鬼！那么你就陪着你的驼王去死吧！我可不愿意。我自己走。"

温都尔苏真的很生气了，他从地上跳起来，把皮囊里带的水匀给巴特，带着自己的驼列独自走了。

驼铃声渐渐远去,沙漠又恢复了寂静。巴特的驼列与护卫狗感到一种无形的威胁正向它们袭来,一个个变得焦躁不安。有一只黄皮毛的狗向前面跑出去很远,朝着温都尔苏远去的驼列狂叫了半天,似乎是想把他们唤回来。

"让他们走吧……走吧……"巴特嘟囔着,也不知道是要表达什么意思,牵着驼王慢慢走起来。对于他和他的驼列眼下的危险处境,他似乎一点儿也没察觉。

驼王一颠一颠地走着,它走得很慢,每走一步那受伤的脚踝引起的疼痛都要逼着它闭一下眼睛,长长的眉簌簌地抖着。巴特睁着茫然的双眼,缰绳在他的手里耷拉着。他的脑子里是一片麻木的空白。

温都尔苏驼列的离去,使巴特驼列上的骆驼都失去了耐性。它们被缓慢挪步的驼王阻在后面,纷纷急躁地嗷叫起来。

也不知道走了多久,远远的地平线尽头出现了一座馒头形状的山。巴特明白湖道地区就要到了,于是他听见自己的心"咯噔"响了一下。

湖道地区的自然景观简直是奇异得让人难以理解,它会让每一个初到这里的人感觉到,这一切都不是现实,而是一个不可理喻的神话:在几百平方公里的沙漠上,造物主用他那巨大的手垒起了许多圆形的沙山,大大小小,散布开来;沙山的中间则是坦缓的沙地——长满芨芨草的王国,雨水好的年份芨芨草能长到两米高,而且茂密非常,人骑着骆驼在中间走只能露出一个脑袋。

"该扔掉它了,驼王过不了沙山……"巴特在心里对自己说。

忽然驼王激灵地一跳,巴特几乎被缰绳拽倒在地上。他从沉思中惊醒,急忙去骆驼架上摸枪——他以为驼王是看见沙漠狼或是别的什么凶猛野物。他警惕地巡视了一周,才发现什么危险也没有,连护卫狗都没有叫。驼王还在惊恐地躲避着什么,巴特终于弄清楚使驼王受惊的是一堆骨头,一副完整的骆驼的骨架。那白花花的骨头闪烁着死白的光。巴特心里一紧,心脏像是被锤子猛击了一下。在驼道上,一副副的骆驼骨架本是司空见惯的,驼王从来没有怕过。然而今天它害怕了,它是知道自己要死了。

大概是刚才惊悸的一跳过多地消耗了体力的缘故，此后驼王走得更慢了，也更艰难了。每迈出一步，它那庞大的身体都要跟着笨拙地跃一下。

在第一座沙山的跟前，巴特站住了。受了伤的驼王是肯定爬不过去的，巴特知道它的生命在此已是到了终点站了。停下来的骆驼和护卫狗在窄窄的沙山小道前挤成一团，该有的脚步声骤然停止，出现了一阵奇怪的寂静。

驼王意识到了什么，神色哀戚，两只灰蒙蒙的眼睛直直地望着主人。巴特把脸贴在它的毛茸茸的长脸上，两只手在它的头上不停地抚摸。终于，他下了最后的决心，动手从驼王的鼻子上卸下了鼻扦，随着鼻扦的轻轻脱落，巴特看到泪水一下就从驼王的眼睛里涌了出来。那泪水像是等了很久很久，汹涌异常。巴特觉得那眼泪就要把他淹没了。

那是一只雕刻着精美的鳄鱼图纹的镀银鼻扦，上面带着驼王的体温，潮乎乎的。巴特把它紧紧攥在手里，他听见自己的指关节在"嘎巴嘎巴"直响！他不敢再看驼王，一扭身，牵着驼列踏上了沙山小道，逃似的走了。新的头驼是一峰性急的年轻公驼，它从一开始打头就步履迅疾。被拖了一路的骆驼都拖躁了性子，一个个也走得飞快。

在半山腰转弯的地方，巴特回头看了看：驼王正挣扎着试图爬上沙山那陡峭的小道。自然它每一次努力都失败了，巴特听到了驼王笨重的身体倒在地上时发出的沉闷的声响，它的忠诚的朋友——黑狗巴尔卡围着它急急地打转，哀怜地吠叫着。

巴特转到了沙山的背面。他神情恍惚，眼前出现了他十二岁那年骑着驼王参加旗里举办的那达慕的情景。他骑着驼王参加骆驼十公里赛，得了第一名，然后在人群狂热的欢呼声中骑着驼王走向领奖台。那时候，驼王还是一峰只有四颗牙的软蹄子骆驼（即没驮过货做其他役用的骆驼），它高大雄健，双峰肥厚，鬣毛浓密，威风凛凛。巴特骑在双峰之间，就像坐在一个温暖巨大的摇篮里一样。许多照相机在他和驼王的前面闪着一道道蓝色的光。

也不知道什么时候黑狗巴尔卡突然出现在巴特的面前，它呜呜哀号着，用牙齿揪扯主人的袍襟，两只发红的眼睛望着他，充满哀怜的神情。巴特当然明白巴尔卡的意思，它分明是在向他喊："不要丢掉驼王……把它带上！"

巴特像根木桩似的杵着，任巴尔卡揪扯，一动不动。这时候，巴特猛地看见在沙山下边不远处有一串黑色的点停在那里——是温都尔苏的驼列，他的好朋友正在等待着他。巴特恍恍惚惚地照着巴尔卡的肚子踢了一脚，继续向山顶爬。对于巴尔卡尖叫着滚到一边他连看也没看。

巴特记不清有多少次，他和温都尔苏带着驼列跋涉在茫茫的戈壁滩上，头顶是火盆般蒸烤着的太阳，眼前一缕缕闪光的蜃气或隐或现，飘飘摇摇地散开，无边无际的鹅卵石被太阳灼烤得像火炭一般滚烫，穿着靴子的脚就像焖在蒸笼里一样。巴尔卡伸着红红的长舌头哼唧着在主人跟前蹦来蹦去，它的小爪子被卵石烫得每一着地便痉挛似的紧缩成一团。这时，巴特就把巴尔卡抱起，放在驼王的背上。驼王的眼神里充满了温情，像个懂事的大哥哥一样驮着巴尔卡走。后来巴尔卡与驼王混熟了，当戈壁上的卵石烫得它受不了的时候，它就围着驼王又蹦又叫，这时候，驼王就弯下长长的脖子，让巴尔卡跳上它的脖子爬到背上去。

在沙山的顶上，巴特站住了，他要向老驼王做最后的诀别。从沙山顶上看，样子十分模糊的老驼王还在沙山脚下不停地蠕动着。已经看不清楚什么了，但是巴特清晰地感到了老驼王那绝望的深情！他的心在隐隐作痛。老驼王的身旁有一个小黑点蹿来蹿去，那是巴尔卡在陪伴着它。

天空中出现了几只苍鹰，慢慢盘旋着。它们是上天的使者，就要带着驼王到天边去！

"巴尔卡——"

太阳已经快要沉落，巴特呼唤着失去理智的狗。

巴尔卡听到主人的召唤，愣怔了一会儿，很快就狂叫一声，像箭一般地朝沙山顶上跑来。它跳过盘山小道，踏过许多坚硬的沙块，眨眼间就直直地冲上了山顶。巴特刚要迈步，便被巴尔卡死死拖住。巴尔卡咆哮着，拼命用牙齿扯着巴特的袍襟，企图拖着主人向后走。巴特木桩似的站着，巴尔卡就把他的袍子撕扯成条条缕缕，破烂不堪，直到最后巴尔卡跃上去在巴特的手臂上咬了一口。看到鲜红的血从主人的手臂上淌下，巴尔卡似乎才清醒了，它停止了咆哮、撕咬，呆呆地望着主人滴血的手臂。巴尔卡的目光中充满着绝望和无限的哀怨，它不再吱声了。

突然出现了死一般的寂静，把整个沙山死死地笼罩住。

苍鹰在空中盘旋，它们飞得越来越低。

巴特从驼架上取下猎枪，冲着天空漫无目的地开了一枪。

巴特觉得沙山、湖道，连同那灰蓝色的天空，都在枪声的轰然炸响中摇晃起来……

黄羊鸣

1

在彤云密布、大雪弥漫的草原上，我曾经听到过一阵可怕的雷鸣。

这事儿许多人都不相信。他们说，冬季里是不可能打雷的，违反科学。

我说，现在许多事情不合理，科学就是解释不了，可它们又确确实实存在。

单位里的人闲时聊些奇闻逸事解闷，聊得上了劲儿都挺认真的，于是人们就去找那次和我一起去围猎黄羊的司机小靳、老柴，还有枪手段进发和呼延彤去证实。

小靳和段进发都说没听见，只有呼延彤说，他当时只顾忙着照顾我和老管，没注意，好像听到过一声响雷，又好像没有。这话等于没说。只有老柴说听到了，不过后来又反悔说他那会儿也许是自己的耳朵出了毛病。

还有一个重要的当事人，那就是老管。可是关于那次围猎黄羊的事老管讳莫如深，对任何人都不提一字。

如此一来，关于冬天里的雷声的事便只能存疑。哪想到存疑却产生出更意想不到的效果，其中的神秘引发了越来越多人深究的兴趣。因而这话便具有了某种永恒性，经久不衰。

但有一件事是确凿无疑的，那就是在那次围猎中我将一双宝贵的耳朵丢在了冰雪覆盖的草原上。这事所有在场的人都亲眼看见了。那时候我和老管死里逃生被伙伴们救回去以后，冻得浑身都失去了知觉，我像烤羊腿似的把自己的脑袋不顾一切地伸在了篝火上面，在感到脑袋暖和了一些的时候我想起了耳朵，伸手去摸，只是一碰，两只耳朵就像被枪击中的鸟儿一样扑棱棱滚落在雪地上……奇怪的是当时我没有一点痛感，好长时间我呆立着，不知道发生了什么事情。我的两只耳朵薄薄的、脆脆的、圆圆的，就那么躺在我的手掌里，在篝火的映照下，它们呈半透明状，看上去就好像塑料制品。过了好一会儿我才终于知道，握在我手里的两个像塑料制品似的小巧的玩意儿居然是长在自己脑袋两侧的耳朵！于是十分惊骇，心里想应该大哭一场才对。就在号啕声还在喉咙里翻滚的时候，我听见了一声低沉威严的雷鸣从草原的胸膛轰轰隆隆地滚过。我没来得及哭出来。我被那雷声震慑住了，痴呆呆地盯着雷鸣滚过的地方——那里，在冰雪草原上堆积起来的云团像个膨胀到无极大的巨人，正铁青着脸顶天立地地站着。

2

没有痛感，没有记忆。我清清楚楚地看见，待一排机枪子弹扫出之后，雪地上扑扑通通倒下了十三只黄羊。那会儿我双手冰凉，紧紧攥着驾驶室前面比我的手还要冰凉的方向盘。我感到自己浑身僵直，两只眼睛瞪得直发胀。我完全能够想象得出来，眼前这从未见过的新奇惨烈的场面将我的面部表情刺激成了一副什么怪模样。从三个方向射出的汽车灯光交织成一片惨白，像死神的巨大阴影笼罩在数以千计的黄羊头上。黄羊们褐色的脊背像湖水似的翻滚着，它们的身上闪跳着许许多多深棕色的斑点。一左一右两辆解放牌卡车在灯光后面的黑暗中像怪兽似的蹲踞着。从左边那辆汽车的顶上射出的第一梭子弹是在我旁边的老管的指挥下完成的。老管把一只手臂伸出吉普车的车窗外面，做了一个果断下劈的动作，清脆响亮的机枪声即刻就把寂静的黑色夜空打成了漏筛一个！而在这之前，黄羊们就光知道大睁眼睛，傻乎乎地往骤然间出现在它们头顶上的汽车灯光下聚。这些憨厚善良、头脑简单的四足动物，一点儿也没意识到死神已经降临。我看见在老管的手臂向下劈去的同时，有一团橘红色的火团从左边那辆车的车顶上喷吐出来，而后才是轰然炸响的机枪声；接着，我们右边那辆汽车顶上的机枪也"嗒嗒嗒嗒"地叫起来；同时，老管手里的半自动步枪也响了。老管把枪架在摇下了玻璃的窗框上，一只脚踏着汽车的座椅，很不舒服地弓着腰，臀部像顶架的公牛的屁股来来回回、笨拙地扭动着。一粒粒金黄色的弹壳从他的肩膀前面飞出去，冒着烟蹦落在汽车的仪表盘上、风挡玻璃上，叮叮当当地砸出了阵阵脆响。硝烟顷刻间将整个吉普车装满，密集的子弹把凝冷的空气打得吱吱哑哑直叫。大部分子弹都扑扑哧哧地钻入了黄羊们的肉体，少部分子弹打在冰雪层上，溅起一簇簇雪白的浪花。没有仇恨与愤怒，也没有垂死的绝望号叫，大大小小的黄羊便一只挨着一只扑扑通通地倒在了汽车的灯光里。

在距离我的吉普车很近的地方，一只大约只有半岁的黄羊羔傻乎乎地歪着脑袋朝汽车的大灯看，在它短暂的一生中大概从来也没有见过这种怪物，一双棕蓝色的清澈的眼睛中充满了迷茫与好奇。一梭子弹很集中地打在了它柔软光滑的肚子上，暗紫色的黑血从它被打得稀烂的肚皮上迸射出来，溅落在泛着瓦蓝色光泽的雪地上，结着黄色油脂的绿色肠子哗的一下流淌出来。黄羊羔在倒下去之前，两只毛茸茸的腿放在胸前像祷告似的举了好一会儿，终于跌跪下去。小黄羊死得没有一点痛苦。在命悬一线的最后时刻，小黄羊似乎是发现了我——尽管我明明知道这是不可能的，小黄羊在强烈的灯光照射下是什么也看不见——它的目光与我对视了一会儿，好像是问我发生了什么事情。它棕蓝色的眼睛直到最后也还是只有诧异与迷惘。小黄羊就在我的目光中倒下了。冒着袅袅热气的血将它身体周围的一片白雪染成了黑色。

几乎是在小黄羊中弹倒下的同时,在交织的火网中,一只身体硕大的黄羊蹿出了盲目挤撞的黄羊群,直冲向小黄羊。那只大黄羊的身体线条十分柔和。我一眼就认出那是一只母黄羊,并且凭着直觉断定——它就是死去的小黄羊的母亲。是的,除了血肉相连的生命关系之外是没有任何力量能使它在这样的危急关头做出这种不顾一切的举动的。枪声一下变得遥远,眼前的一切都模糊起来。只有那死去的小黄羊和它可怜的母亲几近疯狂的画面在我的眼前浮现着。我感到自己十八岁的男子汉的心脏像是被一只无形的巨手狠狠捏了一下,痛感尖锐难耐。然而母黄羊没有能够来到死去的小黄羊身边,一粒子弹在半道截住了它。它在奔窜中像跳高似的突然跃了一下,前腿一屈栽倒下去。一股仓皇逃命的黄羊群洪水般冲过来,将它与死去的小黄羊淹没了……老管怀里的半自动步枪依旧像亢奋的猎狗似的欢叫着,拖着红色弹道的子弹追逐着四散奔逃的黄羊。

从第一声枪响响起到最后一声枪响消失,前后没有超过五分钟,一场成功的杀戮便宣告结束。

这当然是几十年前的事情,我们五个年轻人在老猎手老管的率领下,带着两台解放牌汽车、一台吉普车、两挺机关枪、一支半自动步枪和两千余发子弹,在茫茫草原上进行这场屠戮的时候,每个人的脑子里都飘扬着一面旗帜,那旗帜上写着两个面带菜色的大字——饥饿!为了工厂几千名职工和他们近万名家属的饥肠辘辘的肚皮,我们冒着零下三十度的严寒跟踪这群黄羊达三十九个小时之久。现在我们终于如愿以偿。眼前躺在雪地上的几百只大大小小的黄羊的尸体就是对我们辛劳的报偿。这件事情发生的准确时间是一九六〇年的初冬,那个被饥饿扼住了咽喉的可怕年头。那时候,从南到北、从东到西,在数千平方公里的草原上,一年四季都有成百上千像我们这样的队伍在猎杀黄羊。大家都是为同一个理由——饥饿,饥饿的旗帜高高飘扬!疯狂的猎杀正在每一个白昼与夜晚在每一块有黄羊出没的土地上进行着。

3

"小伙子们！下车——打扫战场！"

老管是军人出身，他理所当然地把他的每一次猎杀都当成是一场战斗。他率先跳下汽车，把半自动步枪斜背在身上，枪托吧嗒吧嗒地敲打着他的屁股，积雪在他的脚下呻吟。

将打死的黄羊归拢在一起。

燃起一堆篝火。

熄掉汽车的车灯。

老管将一只死黄羊拖到篝火跟前，说："小伙子们，今天咱们吃烤黄羊肉！还有酒。吃饱了喝好了，咱们就装车，回家！"

老管摸出刀子叼在牙齿中间，两手扭着死黄羊的后腿将其翻个个儿，琢磨着从什么地方下手。火光一闪一闪地映出死黄羊肚子外边的一大团肠子，正是那只被子弹打烂了肚子的小黄羊。小黄羊一只青瓷似的眼睛正冲我看，瞪得溜圆，依然是只有迷惘与诧异。

我从老管的牙齿间抽出刀子，拿肩膀将老管扛在一边，说："杀鸡焉用宰牛刀！——我来。"

不久前小黄羊的死在我心中引起的怜悯早已荡然无存，我正为这成功的猎杀而激动着。我将小黄羊的皮剥掉，掏去内脏，大卸八块后递给每个人一块，开始放在篝火上烧。

篝火噼噼啪啪的燃烧声在静谧的旷野上显得特别响亮。血红色的火舌舔食着墨色的夜空。小黄羊很肥，大滴大滴的油脂嘶嘶叫着跌落在篝火里。愈来愈浓烈的肉香散出来渗透到浓黑的夜空中。一只军用水壶在大伙儿的手里传递着，大家轮流喝酒。每个人的肚子里像藏着只鸽子，咕咕噜噜直叫。三十九个小时里我们每个人只啃过几个冷馒头，饥饿把手从每个人的嘴里伸出来去抓那半熟的烧黄羊肉，一片嘎嘎吱吱的撕咬声，没有谁顾得上说话。火光在深夜的雪野上映出六张半疯狂的男人的脸。

就在这时，猛然间从黑乎乎的旷野深处传来了一声凄惶悠长的鸣声！那声音猛地击了我一下，一块火一样烫的黄羊肉便停在口中不动了。我看见其他五个人也都不约而同地停止了咀嚼，大家一起向蒙蒙夜幕笼罩下的雪夜深处瞭望。

在混乱一片的旷野深处，亮着两盏灯，棕绿色的，散射着暖色的微光。我立刻就想到了小黄羊的母亲！这肯定是那只在陡然间从天而降的灾难中失去了孩子的黄羊母亲的悲凉的哀鸣。夜风遒劲凄清，将母黄羊的鸣叫声一阵阵传送过来，如泣如诉地颤抖着，震慑着每个在场的人的灵魂。我身不由己地扭头看了看像山一样堆积起来的黄羊的尸体，感到一股冷气在灵魂深处蹿起，心里涌起一种毛毛躁躁的感觉。我看见老管神情紧张地将手伸向旁边的半自动步枪。

"这是什么声音？"小靳朝旷野深处直愣愣地望着，声音中有掩饰不住的惊慌与恐惧。

没有人回答小靳的问题。似乎所有的人都在凝神谛听中仔细辨析着那只黄羊的鸣叫声中所包含的深刻内容，一个个神情专注得怪异。

老管眉头紧蹙，望了一会儿，慢慢将半自动步枪放下，说："小伙子们，没事，不用怕，只不过是一只黄羊在叫。咱们继续吃吧，吃饱了装车，走人！来，喝酒！"

大伙儿又接着吃，但都吃得没心没思的，一副六神无主的样子，边吃边频频往旷野深处望。空气中也有一种说不清道不明的什么东西在飘忽，携带着不祥之兆。后来我想，如果那声音是狼嚎或豹子吼，我们反倒不会怎么害怕的，都是二三十岁的汉子，正是天不怕地不怕的年纪，再说还有经验丰富的猎手老管，点着篝火，还有两挺机枪、一支步枪和三辆汽车。可是不然，那只是一只毫无反抗能力的黄羊，是一只可以说是任人宰割的弱小动物。它对付这个世界的唯一武器就是奔跑。正是这样一只软弱的动物，它时断时续的哀鸣搞得我们全都人心惶惶，不知怎么办好。

司机小靳第一个承受不住了，他将手里啃了没几口的黄羊腿往地上一放，说："我看咱们还是早点装车走吧……老管！"

"怎么？你不吃啦？"老管望着小靳放下的那只黄羊腿问。

"我吃饱了。"小靳说。

呼延彤也放下手里的黄羊肉说："我也吃饱了。"声调都有些变了，眼睛老往旷野深处瞅。

老柴和段进发没说话，都像急着赶火车似的匆匆忙忙咬着手里的黄羊肉，眼睛紧盯着老管的脸，生怕把他们丢下似的。

"怎么回事？"老管咕咕嘟嘟地灌了几口酒，拿袖子抹抹嘴，说，"你们是不是都害怕了？"

"怕？有什么好怕的……"小靳躲躲闪闪地说。

"不害怕那为什么没吃几口就嚷嚷着要走？"老管来了蛮劲儿，又咕咕嘟嘟灌了两口酒，"谁怕谁先走！反正老子得吃饱喝足了再说，饿了一夜一天了……"说完只顾自己吃不再搭理谁。

大伙儿都不说话了。

我说："小靳，再吃点儿，回去的时候好几百公里的路呢，别人都能在路上睡，咱们开车的连个盹儿都不能打，没精神咋能行！"

老柴也说："吃吧，小靳。晚上全靠咱们了，饿着肚子顶不下来的。"

"哼！一只黄羊叫都把你们吓成这样，有什么好怕的，真是连兔子胆都不如！"老管嘴里嚼着肉嚷嚷着说，转头又问我，"小安，你害怕了吗？"

这时候那黄羊的叫声又响起来了，颤抖的声音就像是一个人在哭，声音也更悠长凄厉了。

我注意到这次老管也停止了咀嚼，侧着脑袋聆听，眼睛中分明有异样的东西在闪动。自然其他几个人包括我在内都不再继续吃，一起支棱着耳朵听。空气不由得又紧张起来。

"妈的！"老管听了一会儿忽然跳起来，把手中的肉往地上一丢，说，"看你再叫！这回老子非打死你！"

老管抓起枪，朝黑乎乎的旷野中那两盏棕绿色的灯放了一枪，连瞄也没瞄。

那两盏灯在老管的枪声中忽地熄灭了，叫声也没有了。大家听着枪声在夜幕下一波一波地向外扩散，最后消逝。

老管又站了一会儿，盯着那两盏灯光熄灭的地方看，后来扔下枪说："这回没事儿了，吃吧！吃饱了装车走。"

大家又继续吃，都匆匆忙忙的样子。

吃就吃，心里仍旧是直犯堵，我不由得又往黑暗的旷野看，总觉得那两盏棕绿色的灯还会亮，那黄羊还会再叫。

果不其然，没过多长时间那黄羊的叫声又响起来，比刚才更加凄惶也更加刺激人。

这一回老管冒火了，把一块黄羊肉从脑袋后头扔出去，叫了一声："小安！发动车——非打死这只鬼黄羊不可！"

4

假如我那会儿拒绝了老管的命令，就不会有后来的悲剧发生了。但是我没有。十八岁的正处在成熟与未成熟之间的男子汉的自尊心逼着我乖乖地跟在老管的身后，跳上了吉普车。

吉普车像一匹发狂的野马轰轰隆隆地吼叫着，向黑暗中的那两盏棕绿色的灯冲了过去。老管把半自动步枪伸出车窗外，哗哗啦啦地推上了子弹，做好了随时射击的准备。但是在估计达到射程之内的时候，老管却失去了射击的目标——两盏灯消失了。

"怎么办？"我撒了油门问老管。

老管恨恨地骂了一句，说："开慢点儿，不然咱们会上当的……这只鬼黄羊，找找看，它跑不了多远。"

吉普车扭成弓形慢慢向前滑行，汽车的大灯形成扇面在雪地上左右扫射。过了大约一刻钟的样子，没有发现那只黄羊的影子。我正纳闷，突然听老管喊:"在那儿!"我顺着老管的手势一看,果然看见一对棕绿色的灯在吉普车右边的黑暗中闪烁,距离并不很远,幽幽地闪着光,一动不动,几乎让我们上当,看来这只黄羊再也不会像过去那样一见了汽车的灯光便以为是人类给它们带来了光明而傻乎乎地直往灯下凑了。不久前的血的教训足够它受用终生的了。它带着我们像捉迷藏似的在寒冷的冬夜的雪原上兜起了圈子,两盏绿灯扑朔迷离,忽而左忽而右,忽而出现忽而消失,我们向左扑去的时候它却不知怎么出现在了右边,我们向右扑去的时候它又出现在了吉普车的左边,搞得我和老管晕头转向的,后来也不知道汽车跑到了什么地方。有一阵我们在失去了目标之后只好停了车,找来找去,结果它却躲在我们汽车屁股后面的地方!仍旧是并不很远的距离,两盏棕绿色的灯在黑暗中嘲弄般地闪烁着。

总算是老管有经验,他让我熄掉汽车的大灯,尽量控制发动机的声音,慢慢地向那只黄羊靠近。

老管的这一手真的奏了效,在接近那只黄羊的时候我猛然间打开大灯,汽车的白亮灯光立刻就把黄羊罩住了。黄羊毕竟是黄羊,它开始顺着灯光的方向朝前跑。一个迅疾移动的小黑点在汽车的前面蹿跳。

"咬住它!"老管喊,声音中充满了被嘲弄激起的仇恨,"千万别让它再逃掉!"

我加大马力,汽车猛烈地颠簸着朝前扑去。冰冷的夜幕被疯狂的速度撕成条条缕缕的碎片,扔到了吉普车的身后。方向盘在我的手里剧烈抖动,像发疟疾似的,汽车仿佛喝醉了酒一般,产生了强烈的失重感,效果很好,跳跃的小黑点在忽闪忽闪的车灯下变得越来越大。黄羊那褐黄色的迅速跃动的脊背在灯光的照射下闪着鱼鳞般的光泽。我瞟了一眼仪表盘,痉挛似的抖动着的速度指示针在一百刻度左右摇摆。发动机变了声调的轰隆声震耳欲聋,好像随时都会爆炸似的。可以看得清狂奔中的那只黄羊的整个形体了,从未体验过的快感让我浑身都觉得无比舒畅。此刻只有亲眼看着这只奔逃的黄羊在一声枪响之中连栽跟头,然后倒毙在雪地上,才能将我身体中正在疾速演进的舒畅推向最后的高潮从而圆满结束。

这是猎手的快感。

"开枪吧！老管。"

"不忙，"我听见老管的声调里塞满了得意，"它逃不掉了，咬紧它！"

一个意外的发现使我大吃一惊：在时速一百公里的吉普车前面狂奔的黄羊的一条前腿并没有支撑它的身体，而是像一根曲棍似的垂吊在肚子下面——它是在用三条腿奔跑！天哪，真是令人难以置信。怪不得每次蹿跃时它的身体都不能很好地保持平衡，而是略略向一边倾斜。在那一刻，我下意识地放慢了车速。我惊异于黄羊顽强的生命力，在每次前腿着地的同时后腿蹬踏跃进的时候，它便明显地趔趄一下。那样子使人觉得它随时都会因为身体失去平衡而在跃进的时候栽倒。在它感到汽车逼近的时候，就会在高速奔跑中突然出人意料地改变方向，试图摆脱掉罩在它头顶上的灯光。每当这时候老管就在旁边提醒我："注意着点！保持距离！"

在草原上开车追猎黄羊造成翻车死人的悲剧，在参加这次追猎前就灌满了我的耳朵。似乎黄羊们都会来这么一手，前车之鉴，我自然不会轻易上当。我让汽车的灯光紧紧咬住那只用三条腿奔逃的黄羊，在一定距离上谨慎地控制着车速。黄羊突然改变方向的时候我手里的方向盘只需微微转动，便又紧紧咬住了它。灯光像绞索似的越勒越紧。只要老管的枪一响，这场疯狂的追猎就会以黄羊的毙命宣告结束。

奇怪的是老管一直没放枪。其实那只用三条腿奔逃的黄羊距离我们始终不是太远。

后来我才知道，老管之所以一直没有放枪，也是被追猎带来的快感弄昏了头。在狂奔疾驰的吉普车上，老管把头探到车窗外面，举着枪不停地瞄准，一次次地看着半自动步枪的准星圈像绞索似的套在狂奔的黄羊头上，却又一次次看着黄羊的脑袋逃离那"绞索"。如此这般，反复多次。老管就在这过程中获得了极大的快乐。有一会儿他干脆连瞄也不瞄，把枪抓在手里使劲摇晃着，魔鬼般地呜呜哇哇地吼叫吓唬那只可怜的黄羊，似乎跑在汽车前面的不是一只逃命的黄羊而是一条不遂他心意的拉雪橇的狗。那会儿我侧目注视了老管好一会儿，他给我的印象一下子变得十分陌生和可怕。他那一副凶神恶煞似的怪模样像拿刀子刻在岩石上似的，深深地印在了我的大脑沟回中。在以后的年月里，我一回忆起老管那副狰狞可怖的样子就感到不寒而栗。

其实我和他一样，只是自己没有觉察而已。我也曾不止一次想过，也许这场悲剧并非偶然……

用三条腿跑的黄羊好像意识到了自己已经到了走投无路、山穷水尽的地步，它不再尝试用突然改变方向的手段摆脱追杀，只是径直顺着汽车灯光的方向朝前跑，速度也明显变慢。它在每次用两条腿将身体撑托起来向前跃进的时候，整个身子就摇晃得非常厉害，已是精疲力竭随时会倒下去的样子。然而它每次都没有倒下！在深夜的茫茫雪原上暴露着一个顽强不息的倔强灵魂！

黄羊在飞跃过那个等待着我们的大雪坑的时候，我和老管做梦都不会想到，这场残酷的追杀实际上已经结束了。那只黄羊在距离我们也就七十米远的地方猛地腾空跃起，像是要飞起来的样子，前腿朝前极力伸出去，后腿平伸，柔和的身体做出的流畅无比的动作在一刹那美得惊人！它跳离地面有一米半那样高，身体在空中滑翔了足足有十五米，而后飘然落地。

在那一瞬间，我和老管像傻子似的欣赏着黄羊创造的优美姿势的同时，我们自己也飘飘然地飞了起来。留给我的最后印象是，灯光蓦然消失，眼前一下子变成一团漆黑，感觉似有似无，好像沉入了一个遥远的梦境。

5

我是被黄羊的长鸣唤醒的。我睁开眼睛，看见的是无数紫色的小星星在眼前飘来飘去，忽明忽暗地闪动；接着是潮乎乎的冰凉阴云汹涌着将那些紫色的可爱的小星星吞噬。汽车在翻进大雪坑的时候把我弹了出去。伸手将掩在身上的雪团拨开——幸亏雪坑并不很深——挣扎着爬起来，试试胳膊和腿，到处传来木钝的痛感，却并不碍事，谢天谢地，不幸之中的万幸，我活着并且完好无损。耳边忽地又响起一声长鸣,又是那只黄羊!不死的用三条腿跑的黄羊。它那熟悉的鸣叫声中渗出了悲悯与仇恨。我的心头一震,终于记起来发生了什么事情。我循声望去,在空寂的雪野上,一双棕绿色的灯光正熠熠闪动。黄羊离我很近!在雪层发出的微光映衬下可以清晰地看出它的身影。它的一条腿弯曲地吊起来,冲我一声接一声地叫着,如泣如诉,似怨似恨,颤颤巍巍的声音装满了阴云密布下的空旷原野。

我心里惶惶地叫:"老管!——老管!——"

我听到一阵闷声闷气的声音在哼哼。

我爬过去,把老管从雪堆里刨出来。

老管扑扑哧哧地向外吐着雪团,恍恍惚惚地问:"怎么回事,小安?"

"妈的,倒霉透顶!——咱们的车翻在雪坑里了……"

我和老管互相拉拽着爬出雪坑。周围是一片可怕的寂静。我们茫然四顾,谁也没有说话,都像在思考一个重大深奥的哲学命题,又像等待着一个什么的到来。一阵阵的冷风掀开大衣的衣襟直往身体里钻。

那只黄羊又叫起来,像是警告像是提醒,像是控诉像是哀怨。我和老管愣愣地站着,听那黄羊的叫声,听得极为专注、认真,仿佛在聆听来自上天的教诲。

眼前的景物在黄羊的鸣叫声中渐渐清晰,已经看得清楚,我们的吉普车像一头喝水的笨牛,高高地撅着屁股栽进一个雪坑里。

这一下我和老管才算彻底清醒。老管踏着积雪嘎吱嘎吱走到雪坑跟前,看了一会儿,骂道:"妈的,咱们上了那鬼黄羊的当了!"

"咱们上了那鬼黄羊的当了。"我像回声似的说。

鬼知道那雪坑有多大多深,是天然的还是人挖的。总之凭赤手空拳的我和老管,要想把吉普车从雪坑中弄出来,干脆就是不可能!

老管试着靠近雪坑想爬上车去拿点什么东西下来,结果是轰轰隆隆塌陷的积雪吓得他失声叫了起来。若不是我动作快一把扯住他的袖子,老管栽进那个雪坑还能不能活着爬上来就是很难说的事情了,想来也是不幸之中的万幸,汽车栽进雪坑的时候我俩不知怎么的糊里糊涂都被甩了出来。

"别冒险了,老管。"我对他说,"车的事儿以后再说吧,眼下要紧的是想想咱俩该怎么办。"

"可是……我的枪不见了。"

老管首先想到的是枪。

而我先想到的是如何活命。

其实都是一回事儿,后来的事实证明我们的想法尽管一致,老管的思想比我的思想要深刻很多。

零下三十度的严寒,漫无天际的黑暗,我们被那只三条腿的黄羊牵着鼻子(这时候我已经不认为是我们追猎黄羊了)在漫漫莽莽的雪野上左一头右一头地瞎跑。汽车开到了一百公里的时速,天知道跑了大半夜之后我们现在处在什么位置上,更弄不清楚我们的人在什么方向,距离有多远,晕头转向的我们在灰蒙蒙的天幕下连一点辨别方向的依据都找不到……所有这些,足以让我们这两个赤手空拳的人死上十回!沮丧与恐惧让人禁不住浑身战栗。

老管这时突然冲着灰蒙蒙的天空呵呵哈哈地怪笑起来。

"也不瞧瞧都什么时候了,你还有心思笑。"我不免有些生气。

笑了一阵后,老管捅捅我的肚子说:"小安,你说这事怪也不怪?不久前咱俩还驾着汽车追黄羊呢,那个威风劲儿,把那只黄羊撵得无路可逃,眼看就累趴下了,可转眼间只是栽了一个跟头的工夫,情形就全变了,再看看咱俩这会儿的模样,要多惨有多惨,连黄羊刚才的景况都不如!咱们和黄羊掉了个个儿,好像是老天爷有意安排的,你说怪不怪?"

怪是怪,可我没心思去想这些。不过老管这么一说倒是提醒了我个事儿,伸手摸摸脑袋,脑袋光着,我想这么冷,那个跟头栽得早不知道把帽子摔到哪儿去了。这种天气没有帽子戴,怕有三个脑袋也得冻掉了。我慌慌忙忙地猫起腰在雪地上找帽子,好在有雪的白光映着还能看得清,结果是绕着雪坑摸了一圈,我的帽子没找见,脚下却触到一件硬东西,拿起来一看,竟是老管丢掉的那支半自动步枪!

老管把枪拿在手里又呵呵哈哈地笑起来,说:"这回老子可不怕了!你知道吗,小安?这会儿咱们没什么都可以,就是不能没有枪!荒野雪地的,碰上狼群咱俩立刻就得玩儿完!这回不用害怕了,一时半会儿找不到咱们的人也不要紧,总能走出去,饿了咱就打野物吃——走!"

"可是朝哪个方向走呢?"我问老管。

"这还用问吗?"老管拍打着身上的雪末子说,"背朝黄羊那两只眼睛顺着车屁股的方向,咱们怎么来的还怎么回去。"

我看出来老管也转向了,他似乎是忘记了这样一个事实:我们在追逐那只三条腿的黄羊时忽儿向左忽儿向右,有时甚至调转车头向后跑,我们如果顺着车辙走无疑会走许多冤枉路。但是此情此景不这样又能如何?怕是再没有别的选择了。好在借着积雪的反光还能勉强辨出雪地上车轮碾过的印迹,老管背着枪在前,我高高地支起皮大衣的领子紧缩脖子随在其后。我们就沿着吉普车留在雪地上的印迹开始走。

真是来时容易去时难,混混沌沌的雪野无边无际,何时才能走到头!回头看看翻车的那个大雪坑,吉普车高高撅起的屁股隐约可见,就像在浪涛汹涌的大海上被弃掉的沉船,大雪很快就会将其淹没。环顾四野,很远很远的地方仿佛是在天边,有一些忽明忽暗的紫色微光在闪烁,透着神秘与疑惑。脚下的雪层有一尺多厚,每迈出一步都得付出努力。这样走下去或许走到天亮也找不到我们的人。我开始后悔不该一时冲动跟着老管干出这种傻事。可是我什么也没说,此刻说什么都没有意义,恐怕老管心里的后悔劲儿并不比我小。我闷声不响地跟在老管的身后走,单调孤寂的踏雪声在空旷的雪野显得非常响,也传得非常远。有老管高大的身坯子在前面为我挡着风也不用担心走散,我半闭着双眼懵懵懂懂地走,我们根本不知道,实际上老管和我正在用自己的艰难跋涉在茫茫的雪野上画着一个巨大的圆。而这个圆圆的中心正是不久前我们屠杀黄羊群的现场。

怪异的事情出现了,走着走着突然听不见老管的脚步声,我睁开眼睛忙问:"怎么回事,老管?"

"咦！这事咋整的？"老管说，"小安，你看！"

顺着老管的手我看到两盏闪闪的棕绿色的灯在我们前面不远的地方照着！我从那灯光中感受到一种说不清楚的咄咄逼人的威严与恐惧。是那只三条腿的黄羊在看着我们，它的模模糊糊的形体周围有一些淡黄色的光在闪跳。雪的颜色也有了变化，在墨黑的苍穹下泛出了一种奇怪的瓦蓝色的光泽。那只受了伤的母黄羊就站在瓦蓝色的雪地上看着我们，一动不动。我和老管像着了魔似的呆立着，一动不动地倾听着、等待着。

寒冷的雪野上，一只三条腿的黄羊与两个站立着的像是失掉了灵魂的人，在昏暗中对视着。我的脑子里一片空白，像个婴孩似的什么想法也没有。老管想些什么我无从知道，我只看到他呆立的侧影，像着了魔法似的一动不动。

后来，在母黄羊发出又一声瘆人的鸣叫之后，老管仿佛突然从梦中惊醒，迅速从肩上摘下枪，慌慌张张地冲那两只灯放了一枪。

两盏棕绿色的灯在枪声中熄灭了。

老管仍不动，端着枪朝那个地方看了好一会儿，后来似乎是怕惊动了什么，极小心地慢慢把枪收回重新挎在肩上，没弄出一点儿声响。

"走吧。"老管自语般地对我说，声调中分明有异样的东西在飘忽。

于是我们又小心翼翼地走起来。

积雪在脚下发出的嘎吱声倏忽间变得异常响亮，一圈圈向阴霾的夜空、向雪野的四面八方荡出去。

走了挺长一段时间，我们没有发现被打死的黄羊。我们是正对着那两盏熄灭的灯光去的，距离很近。神枪手老管没有打中它是确凿无疑的，奇怪的是雪地上竟没有黄羊留下的任何踪迹。

我们不敢耽误时间，老管竖着耳朵，往旷野四周简单望了一圈，说："咱们快点走吧……不然会冻坏的。"

再走起来的时候我走在了老管的身边，将纵队变成了横排，步履匆匆。

可是没有走出多远，就又看见了那两盏棕绿色的灯，就在我们前方不远的地方定定地盯着我们，像幽灵似的让人毛骨悚然。

这一回老管连看也没看，冲着那个方向"轰"地放了一枪。待那双灯熄灭后我们拔腿就走，顾不得脚下的磕磕绊绊，慌慌张张、跌跌撞撞地朝前走。可是没走一会儿，那对棕绿色的灯就再次正直地横在我们的面前，望着，伴以凄厉哀怨的长鸣，像妇人哭泣似的鸣叫，乘着夜风在灰蒙蒙的冰凉的空气中飘荡。我的灵魂禁不住一阵阵地发抖。当那双灯又一次亮起在我们前方时，我一把抓住老管的手臂，说："你别再开枪了，老管……它是打不死的！"

恐怖像寒风一样在我的骨髓间乱窜，那时候我觉得整个黑暗中的世界全都是黄羊那无限大的躯体。那双不熄的眼睛就镶嵌在它无限大的身体上的任何一个部位，每个方向都有，它有无数双同样的眼睛。

老管高大粗壮的身体像筛糠似的哆嗦着，眼睛中越来越多地迸射出那种真正疯狂的火星。他仇人似的盯视了我一会儿，吼道："放开我！老子非要打死它！"

那双灯就那么亮着，闪着微光，与我们对视着。

"不能再打了！老管！"我死死地抓住他的手臂不肯松开，"你应该明白，它是永远打不死的！"

但是老管端起枪打出了一个连击。低垂的阴云下回响着他沙哑的声嘶力竭的吼叫："老子非要打死你！你这鬼……黄羊！我不怕神不怕鬼！什么也不怕！——不怕！打死！打死！鬼黄羊！！"

老管一口气把所有的子弹都射向了翻滚的阴云与黑沉沉的夜幕。枪口喷出来的火光将他那说不准是疯狂是愤怒还是恐怖的狰狞面目一次次照亮！

在痉挛似的枪声中，在枪口喷射出来的滴血的火光中，我再一次看到血光飞溅和一排排黄羊扑扑通通倒下，冒着白色雾气的鲜血将一片又一片洁白晶莹的雪染成了黑色；我又看见那只肚子被子弹打得稀烂的小黄羊，流在雪地上的幽绿肠子冒着热气，像蛇似的蠕动着，肠子上结着白色的油脂，小黄羊睁着充满诧异与迷惘的眼睛在望着我……无情的像炒豆子似的爆响的枪声……

我跳起来，拽着老管就跑！趁着那枪声的余音还没有在苍穹下最后散尽，趁着那双不死的眼睛还没有重新亮起，朝前跑，顾不得辨识方向、顾不得察看雪地上的吉普车的辙印,像瞎子、像疯子不顾一切地拼命奔跑!我知道那双眼睛就在身前身后看着我们,但是我们不敢再看,只是低着头跑。

黑暗中到处是黄羊的眼睛,到处是黄羊那凄惨、哀怨、愤怒的鸣叫声!那鸣叫声抽搐似的、似癫似狂地滴着泪渗入空气的每一个角落。那声音让我浑身上下每一个毛孔都发胀、发酸、发痒、发痛!我们无数次地跌倒,又无数次地爬起来,用两条人的腿奔跑,像牲畜似的拿四肢爬,脑子里只记着一点——不敢停下!哪怕是一分钟也不敢停下!没有方位的概念,没有时间的感觉,只记着向前,向前,永远不停地向前跑……

6

天亮以后,老柴和小靳他们开着汽车找到了我和老管。那时候我和老管早已精力殆尽,不是跑而是爬,像两只无足的蛆虫拼着生命的最后一点力量在蠕动。天亮只是后来伙伴们告诉我们的,我和老管的意识已经失去,就连白天与夜晚也分辨不出了,只感到黄羊的躯体无限之大、黄羊的眼睛无处不在。从小靳他们惊诧万分的目光中,我知道我和老管此时一定是面目可怖、人鬼难辨。

伙伴们把我俩弄回到篝火旁边,给我们围上多余的皮大衣,喂水喂食。在我的神志稍稍清醒一点的时候,脑子里第一个闪出来的就是那顶丢失的毛茸茸的狐皮帽子。我始终知道这顶丢失的帽子对我的重要性。我叫喊着跳起来,把围在身上的皮大衣像撒渔网似的丢开去。我火急火燎地问:"我的帽子没有了,我的脑袋会怎样呢?"

小靳和其他几个人都呆呆地望着我,哑巴似的光张嘴说不出来话来。于是我就扑向篝火,把自己的脑袋像烤羊腿似的伸到了篝火的上面。在香喷喷、甜蜜蜜的焦煳味儿中,我渐渐感到脑袋在发热发胀。我把手伸向脑袋两边的耳朵,只是一碰,两只耳朵便像被枪击落的鸟儿似的扑棱棱落在了雪地上。我小心翼翼地捧着脱落下来的耳朵——两只圆圆的、薄薄的,像精致的塑料制品似的耳朵,觉得应该大哭一场才是。这时候就听见那阵从灰蒙蒙的雪原深处传来的轰轰隆隆的雷鸣!我把冲到嗓子眼儿的号啕声咽回肚子里去,傻子似的望着堆积在雪原深处的阴云,终于意识到一件不可理喻的大事正在这个世界发生。

在轰轰隆隆的雷鸣声中,老管像附魔的神汉跳着、叫着,挥动手臂狂喊:"赶快装车!赶快装车!立刻离开这里!"

雪又下起来,像小孩手掌一样大的沉重雪片急匆匆地降落,倾泻一般。在密密的雪片积起的白色帷幕后面,黄羊的鸣叫声又响起来。循声望去,我看见它正站在清冽的晨光中,三角形的脑袋高扬着,像一尊做天问之状的雕像!

黄羊的尸体堆在车上像高高隆起的小山。落雪迅速织成一块薄薄的白布将其盖住。

我和老管坐在小靳的车里。

老管安排小靳的车走在前面。

从汽车开始启动,那只三条腿的黄羊就跟着我们,它一会儿出现在汽车的左边一会儿出现在汽车的右边,用它的三条腿支撑着身体不停地奔跑。它那凄切悲怆的哀鸣中又增添了几分绝望,悲鸣在纷纷大雪的天地间回荡,久久不肯散去,仿佛整个世界都充满了它的鸣叫声。

老管坐在小靳与我的中间,不停地用皮大衣将自己的身体裹了又裹。在整个进程的路途上,他只说了一句话,就是催促小靳:"开快点!再快点!"

灵鸟与红帆

1

　　这是一个初春的下午。在苍茫的草原上空，彤云翻卷，罡风在八千米的高空悄悄地刮过，草原上的人们没有听到它呼啸的声音。有一种看不见的力量从上到下地压迫着草原，使人心里产生莫名的慌张。一只灵鸟张张皇皇地飞，盘旋在乌云之间。一股强劲的冷风从后边向它袭来，将它的灰色毛翼吹得纷乱，纷乱的羽毛下暴露出了紧贴着肌肤的细柔光润的白色绒毛。浆形尾翼几乎失去作用，它用两只翅膀支撑着极力保持身体的平衡，但它还是被风吹在空中一连翻了好几个跟头。灵鸟恐怖地感到了寒风中挟带着的阴森森的死亡气息，于是它慌不择路地拼命扇动翅膀，试图逃离寒风的侵袭。

　　灵鸟多么想念太阳，想念太阳那温暖的七彩光芒。它的灰褐色眼睛射出的亮光刺穿了翻腾集聚着的阴云，它看到太阳挣扎着，要把一束炽热的光芒投向被白雪覆盖着的草原。然而太阳没有能够成功，它的光芒与热量在半路被汹涌潮湿的阴云吞噬了。厚重冰冷的阴云肆无忌惮地侮辱了太阳的光芒，使那光芒变得苍白冰冷、软弱无力。寒风啸叫着与越聚越浓的阴云汇合，它们用粗莽的嗓音歌唱着，铺天盖地而来。

灵鸟战栗起来。它本能地感到了恐惧与孤独。它拼命地啁啾着，褐色的目光不断地向四面八方扫射。它希望找到另一个生命，哪怕像自己一样孱弱娇小，也可以作为一种依托。然而四野茫茫，雪原上只有风与阴云，它们一层一层、一团一团涌浸着主宰了一切。灵鸟一次又一次地失望了。

它糊糊涂涂地扇动着翅膀，心里只有一个信念：找到另一个生命与它依傍在一起。它知道在这种时候只有生命之间的相互依傍与支持才是最可靠最重要的。

也不知道过了多久，灵鸟终于看到在灰蒙蒙的雪原上一张红色的帆正向着它徐徐飘来：是一张红帆！灵鸟欢喜地鸣叫起来，它不顾一切地朝着那个生命扑过去。

2

这是一辆赭红色的长途汽车。车厢里坐满了人，发动机嗡嗡地叫着，暖洋洋的气息在车厢内融融弥漫，有人在轻松地聊着天打发旅途的寂寥，也有人在唱歌。司机是个年轻的小伙子，蓄着一抹黑色的髭须。他嘴唇间叼着一支烟，烟早已经熄了，随着他的双唇在颤动。司机听着乘客的歌，心里在唱着另一支歌。那是一支歌唱爱情的歌，他在自己心中的歌声中思恋着即将成为新娘的女友。

但是年轻司机的心思瞒不住灵鸟，灵鸟知道，就在昨天傍晚司机还与自己的女友在城里的街道上徜徉。那时候，柔和的白炽路灯照着青色的柏油马路，街道上空空寂寂，尽管夜风峭厉，可是他们并不觉得冷。去年冬天残留下来的积雪被风堆积在路边的树坑内和楼房的犄角处，一对情侣踏着积雪咯咯吱吱地走在一个路灯的阴影里。他解开皮大衣将女友揽进怀里；她哆哆嗦嗦，瞳仁闪动着黑色的光亮，后来她就慢慢踮起脚把两瓣凉盈盈的嘴唇送给他。长长的热烈的亲吻使他和她都感到自己身上青春的血液像野马似的奔突起来，浑身上下燥热难耐，羊皮袄散发出热烘烘的羊膻味儿。他问女友："还冷吗？"

"我都要热死了！"她回答说。

他感受到了她的声音的那种难以抗拒的诱惑力。他身上的每一个毛孔都在激动。于是他就更加用力拥抱她。

"你就像甜美的酥油！"他的声音激动得直打哆嗦。

"酥油都快要融化了！"她呢呢喃喃地说。

后来他们又沿着路灯照亮的道路走起来了，残冬的积雪在他们的脚下咯吱咯吱响。

"明天你又要出车了……"

"是的……我真不想走。真的。"

"别说傻话了，去吧，我等着你。"

"如今汽车是我们自己的，我必须付出辛苦才能赚到更多的钱。"

"我明白……"女友说，"我们不是已经说好了，你跑完这趟车回来我们就结婚。"

"是的，我知道。可是这时间也太长了。"

"不长，才一个星期。"

"可是，这不是普通的一个星期……"

"再忍耐一下……"

"是的，我知道……"

汽车马达发出的嗡嗡声伴随着司机的回忆。

年轻的司机嘴角上挂着酥油一样的微笑，熄灭的烟卷在他唇上激动地颤抖着。

"哥哥，你在想什么好事？"坐在副驾驶座上的弟弟问道，他一直在观察着开车的哥哥。

司机没回答，他朝弟弟看了一眼后把目光转向车窗外面。

弟弟会心地笑笑不再问了。弟弟比哥哥更年轻，一眼看上去简直还是个孩子——实际上他也只有十七岁，刚刚中学毕业不久。弟弟的眼睛与哥哥的一样是棕黄色的，闪动着热情与好奇的光亮。仅仅两个月前他还手里握着套马杆，与父亲一起纵马跟在波涛汹涌的马群后面奔驰。当转业军人出身的哥哥买了一辆汽车在草原上开始跑长途客运的时候，弟弟立刻就改变了主意，丢掉了套马杆，跟着哥哥学起了开汽车。他像一颗不肯安定的行星一样，离开了祖祖辈辈习惯了的生活轨道，给哥哥当了助手。其实他跟着哥哥在草原上跑客运并不只是为了挣钱，他并不很看重钱，他是为了看看比草原还要宽广的世界。他最为向往的是热带地区的海南岛，向往海岛上的椰树林，向往那围着海岛的像草原似的蓝色大海。当然他心里还常常怀念自己放牧过的波涛汹涌的马群。

灵鸟欢快地迎着汽车飞来，由于激动它的眼角渗出细碎的水珠。寒冷的空气把水珠固定在了它的眼角上，那水珠闪闪烁烁诉说着它的心境之悲凉。它叽叽喳喳地喊道："你们好啊！——你们好！"把小小的灰色翅膀拍打得"啪啪"直响。

但是年轻的司机好像根本就没有看见它一样，只顾开着汽车从它的身体下面疾驰过去。汽车兜起的旋风使得灵鸟折了一个跟头。灵鸟哪里会知道，开车的小伙子此刻正沉湎在那首描写爱情的歌曲里面。车上的其他人也似乎对灵鸟的出现不以为然，或许是他们根本就没有看见它。只有无所事事的弟弟注意到了灵鸟，他紫红色的脸膛上浮出笑意，冲着它摆摆手，噘起嘴唇打口哨模仿着它的叫声。

汽车从灵鸟的身下一闪而过，兜起的风把弟弟的口哨声撕扯成条条缕缕、块块片片，扔进了路边残雪消融的草地里。灵鸟返身追上了汽车，它扇动翅膀与汽车并排前进。灵鸟叽叽喳喳地叫着挨近司机，隔着车窗玻璃冲哥哥喊："灾难就要降临了！你不知道吗？"

司机用一阵欢快的口哨回答灵鸟。

"你还在瞎高兴吗？笨蛋！"灵鸟叫道，"赶快想办法躲避灾难吧……"

司机根本不理睬它，他被自己心中的爱情之歌迷住了。

司机眼里散发着酥油一样的微笑,他什么都看不见,他心里除了酥油一样甜蜜的女友什么也装不进。想到一天以后司机将怀抱着小小的录音机,录音机里播放着他的女友为他唱的歌,他就在那歌声中死去,灵鸟感到心里特别悲凉。它一边吃力地跟着汽车飞,一边大声地鸣叫提醒着司机。但是无济于事,司机仍旧是不理睬它,他甚至眼皮也不朝它撩一下。后来灵鸟看到弟弟向它勾了勾手指,就飞到汽车的另一边去了。它在靠近弟弟那边的车窗外边飞着,有一阵企图拿小爪紧紧抠住车窗玻璃的槽沟。但是它没有成功,汽车兜起的风直把它往后抛,它冻得几乎飐不住了。

"进来吧,可怜的小鸟!"

说话的工夫弟弟就摇开了车窗的玻璃。灵鸟在车窗打开的一瞬间便被风兜进了车厢。弟弟张开一双粗糙的大手接住,灵鸟跌跌撞撞滚落在了那双手掌上。弟弟用手抚摸着灵鸟,把它被狂风吹乱的羽毛理顺。他的动作轻柔得像个大姑娘,黑色的眼波中流溢着令人感动的爱怜神采。灵鸟大受感动,它瑟瑟缩缩,眨着草籽似的晶亮眼睛,表现得十分乖巧。

"哦,可怜的小鸟,你一定冻坏了……"

灵鸟用啾啾的叫声回答。

"来吧,我让你暖和暖和。可怜的小鸟。"

弟弟撩开皮大衣把它揣进怀里,立刻暖烘烘的热气就把灵鸟包裹起来,它感到从未有过的温暖和惬意。灵鸟把小脑袋伸到皮袄的外面,听弟弟用口哨和自己聊天。

灵鸟在自己身体刚刚暖和过来的时候,就急急忙忙地从弟弟的怀中钻了出来,使命感促使它迫不及待地向弟弟发出警告:"灾难就要降临了!"灵鸟大声对弟弟说。

但是弟弟根本不懂鸟的语言,他只会吹着口哨对灵鸟说:"你好……真是一只可爱的小鸟……"

弟弟的脸上是一副无忧无虑、天真无邪的愉快表情。灵鸟急得要死!它又叫又跳,猛烈地扇动翅膀对弟弟说:"你们都会死的!死神就在前边不远的地方等待着呢！"

弟弟还是不理解它，尽管它的小眼睛由于焦急激动而涌出了泪水，他还是一个劲儿饶有兴味地重复着他仅会的一句鸟的语言："你好……"

"你们就要死了！"灵鸟朝着车厢里所有的人喊。它的声音中已经透出一种压抑不住的恼怒。

没有人听得懂鸟的语言，当然也就不知道灾难的预言。轻松愉快的气氛伴随着车厢内所有的乘客。

3

汽车的发动机嗡嗡轰轰地响着，一如以往愉快安闲。有位姑娘在低声唱歌，歌声颤颤巍巍，与发动机的轰鸣声合辙合韵。乘客们都百无聊赖，一个个似睡非睡似醒非醒。每个人的耳朵都支棱着，小心翼翼地捕捉姑娘的歌声。整个车厢内气氛和谐平静。人体散发出的热气、草原上无处不在的羊膻味与燃烧过的汽油辛辣呛人的气味融合在一起，厚重、温馨。

灵鸟也被美妙的歌声吸引了，暂时忘掉了等候在前面的灾难。它安静下来，略略侧过一点脑袋，用目光寻找那位唱歌的姑娘。歌声引导着它，于是它就看到一位身穿猩红羽绒衣的漂亮姑娘。那姑娘坐在车厢中部一个靠窗的座位上，额上的刘海疏密有致、漆黑发亮，羽绒衣的连衣帽搭在脑后。姑娘望着车窗外面，嘴角上埋着一丝笑。呼呼嘶叫的风就在她身旁的车窗外边吼叫扑打着，姑娘对此毫无所动，只顾沉浸在自己的歌声中。她的歌声感染了旁边的一位胖墩墩的姑娘，那姑娘也跟着哼哼起来，憨憨的目光斜睨着唱歌的姑娘笑，胖乎乎的手在膝盖上打着节拍。

姑娘的歌声越来越响亮。车厢里所有的人都在聆听姑娘的歌声，他们都知道姑娘的歌声很美，但是他们谁也听不出那歌声中掺和着的失望和郁闷。只有灵鸟知道，这个唱歌的姑娘在想什么。她连续考了三年大学都没有考上，最让她遗憾的是去年,她仅以半分之差而被淘汰。当她拿到自己的成绩单时,她痛痛快快地哭了一场!她伤心极了,跺着脚喊道:"我下辈子再也不考什么鬼大学了!"

结果是春节刚过,她又急不可耐地坐上了这辆汽车赶往前边的那座城市。那座城市有一个很有权威的高考补习班,她下决心要做第四次冲击,她相信自己这一次一定能够成功。此时此刻在她的白日梦境里,梦中的她胸前戴着一枚白色的校徽,正散步在全国著名的首都某大学的校园里,身边有一位高个头戴眼镜、风度潇洒的小伙子陪伴着。他们在校园内的林荫道上漫步,喁喁情话随着徐徐爽风悄悄飘远。

曾经前后有五个小伙子追求唱歌的姑娘,她答复他们说:"我要等考上大学以后才考虑这件事情。"这是一种回绝的方式。现在,唱歌的姑娘即使做一百个白日梦也不会梦见,死神正在前面不远的地方等待着她。

一阵清脆的男高音打断了姑娘美妙的歌声:"在那遥远的地方,有位好姑娘……"

"是谁在捣乱?不要打断姑娘的歌声!"

"对不起……是我的大哥大。"一个瘦小的年轻人站起来向大伙道歉,"我接个电话。"

之后,那年轻人接电话用的语言车上的人谁也听不懂了。

两位姑娘交换着揶揄的目光低声议论道:"他说的什么话啊,一句听不懂?"

"我知道,是广东话。"

"你怎么知道?"

"我去过广东。我真羡慕他的大哥大,我要是有一个就好了。"

"哇!吓死我了,那得多少钱啊!"

两位姑娘虽然听不懂那年轻人说的话,目光却始终没有离开他手中的大哥大。这是一个精瘦的年轻人,长着一副表情丰富且变幻极快的长脸,你可以在这张脸上读到贪婪狡诈和许多冒险的经历。这个人的身体像个还未发育成熟的孩子，干瘦的屁股只占据着座椅的三分之一。灵鸟看到过他好多次，他手里提着一个满是油污的破塑料兜在草原四处游荡。年轻人有一个最突出的特点，就是不管走到哪儿，手里总是紧紧攥着一个大哥大，好像那玩意儿是他的命似的。他专门收购牛鞭，略略加工后就运回南方去卖。他倒卖牛鞭发了大财，把他的钱分成八份，用八个名字存在八个银行卡里。

牛鞭贩子刚开始跑这买卖的时候对自己说，挣够三十万后就洗手不干了。现在他早已挣够好多个三十万了，可倒卖牛鞭这买卖却是越干越上劲儿，就连春节他都是在寒冷的草原上度过的。

两个姑娘还说了些什么灵鸟已经不再关心，年轻的广东人打电话的声音灌满了它的小耳朵。

灵鸟为这位会唱歌的漂亮姑娘感到万分的悲哀。但是两个姑娘一点儿也不知道灾难即将降临，正悄悄地说私房话呢。

"你真的很喜欢那个大哥大吗？"

"当然，你没见吗？手里抓着它有多潇洒。将来等我参加工作挣的第一份工资我就给自己买一个大哥大。"

"为什么要等将来呢？"

"怎么，现在怎么会买得起呢？"

"用不着自己去买，也用不着自己去挣钱。"

"你有什么好办法？"

"办法当然是有的……你想听吗？"

"想。"

唱歌的姑娘勾勾手指头，胖姑娘把耳朵凑到同伴的嘴边。她只听到三个字整个脸就羞得绯红，说道："你真坏……"

胖姑娘拿巴掌在同伴的肩膀上拍了一下。

"怎么，你是不愿意吗？"

"你才愿意呢！"胖姑娘回敬道，"你去嫁给他吧。"

两个姑娘笑起来。车里的人都被她们的笑声吸引了，纷纷把探询的目光投向她们。一个小男孩被她们的笑声吸引得跑到了她俩跟前。两个姑娘相互交换着目光，觉得很不好意思。

唱歌的姑娘对小男孩说："过来，姐姐给你糖吃。"

"我有奶豆腐……"

胖姑娘匆匆忙忙在挎包里翻着，找出一大块奶豆腐塞到小男孩的怀里。小男孩满意地跑开了，一场尴尬就此化解。

4

姑娘的歌声消失了，牛鞭贩子的电话也接完了。车厢里一下子变得异常安静，人们都还沉浸在姑娘的歌声带来的意趣中，没有一个人说话。谁也不愿意破坏这种美妙的氛围。

车厢里突然响起一个粗重浑浊的男人的声音："讨厌……你怎么总是往我这儿挤？那边点！"

灵鸟看到嘟嘟囔囔恶声抱怨的是一个上了年岁的肥胖男人。灵鸟记起这个肥胖的男人曾是这一片草原上的一个很大的官——副盟长。它知道昔日的副盟长刚刚办了离休，作为他离休的条件，他提出让他的大儿子做盟公署计委主任，二儿子做盟教育学院副院长。他的要求都得到了满足。机关为他的离休赠送了两件礼物：一件是在办离休手续的同时为他连提两级，二是在草原南边的那座城市里为他花几十万元购买了一套四室一厅的单元住宅。

灵鸟不知道这位昔日的副盟长还有什么不满意的——从罩在他肥胖脸上的那一层惨灰色的阴影里可以看出昔日的副盟长并不高兴。灵鸟知道，假如昔日的副盟长没有生气的话是肯定会坐机关派给他的伏尔加轿车的。这一点很重要，虽然只是一个细节。昔日的副盟长正是因为伏尔加汽车生气的。本来是说好了用公署新买的豪华型蓝鸟来送他的，可事到临头，新上任的副盟长却坐着蓝鸟去一个什么地方开会去了，给他派的是一辆破旧的伏尔加。昔日的副盟长觉得自己受了侮辱、受了戏弄。那个接替他的职位的家伙！昔日的副盟长恨透了今日的副盟长，他在心里愤愤地骂今日的副盟长是小人、是狗。他望望停在门外的伏尔加，突然拍拍自己的脑袋对前来送行的公署秘书长说："哦！你瞧瞧我这记性，这么大的事情居然忘得干干净净！"

秘书长赶忙问："忘记了什么事，副盟长？"

昔日的副盟长说："哦，个人的事，个人的事。你们先回去吧！我得再留两天办办这件事。"

实际上他已经气得七窍生烟了。

秘书长又说了一番废话便钻进了伏尔加，临关上车门的时候一扭脸，看见昔日的副盟长脸上结了一层重霜。于是秘书长什么都明白了。

昔日的副盟长冲着伏尔加渐渐远去的屁股骂了一句，也不要什么人送他，就自己提着兜子上了这辆赭红色的长途汽车。昔日的副盟长只是为了赌气，却不知道自己在赌气的时候已经自觉不自觉地选择了死亡。

在一路的颠簸中，他反反复复地咒骂盟公署那帮昔日的下属都是有奶便是娘的忘恩负义的小人。

5

昔日的副盟长紧紧皱着眉头，胸腔里带着臭味的郁恶之气从他肥大的嘴巴、肥厚的耳朵以及被肥厚的脂肪紧夹着的眼缝里喷射出来。那郁恶之气被颠簸的汽车翻腾着迅速膨胀，越胀越多，取之不尽用之不竭。昔日的副盟长的郁恶臭气渗入空气中，与随处不在的羊膻味儿、女人身体散发的香脂味儿和燃烧过的汽油辛辣的怪味儿混合在一起，使得空间不大的车厢里的空气越来越沉重，越来越污浊。

受到昔日的副盟长斥责的正是刚才用大哥大打电话的那个牛鞭贩子。这辆赭红色长途汽车的顶上放着他的十几个麻袋，鼓鼓囊囊的全都是新收来的上好牛鞭。他的脚下是一个满是油污的破牛皮提兜，里面装着的却都是钱，一沓沓都拿废报纸包着。提兜被随随便便丢在座椅下面。牛鞭贩子打盹的时候只拿一只眼睛看着那个提兜。他知道这趟买卖跑下来能赚多少钱，他知道人们普遍的心理，谁也不会想到那样一个破破烂烂的兜子里面居然包着那么多的钱！那兜子里是他倒卖茶叶挣来的钱。往草原上来他卖茶叶，返回南方他带走牛鞭，双程的买卖让他发了大财。

昔日的副盟长正是因为牛鞭贩子肮脏油腻的破牛皮袋子蹭到了他的皮大衣才提出抗议的。

灵鸟听见牛鞭贩子亮起公鸭似的嗓子争辩说："我并没有占你的地方！不信就请大家来看看，实际上正好相反，不是我占你的地方，而是你占了我的地方，两个人的座位你一个人占去了三分之二！"

牛鞭贩子并不示弱，他不知道坐在他身旁的这位胖子就是昔日掌管着半个草原的副盟长。他只知道副盟长是绝对不会来和他这样的人一起挤长途汽车的，尽管昔日的副盟长那张胖脸上的表情也非常傲慢和蛮横。

于是他们就争吵起来。

昔日的副盟长恶声恶气地说："是你的破提兜挤了我！"

牛鞭贩子说："你已经占了座椅的一大半儿，若不是我的破提兜挡着，你会把我从座椅上挤下去的！"

昔日的副盟长说："真不讲理……简直是忘恩负义！"

牛鞭贩子说："你才不讲理！有本事，嫌挤就坐小汽车去！宝马车那才舒服呢！还有更舒服带空调的奔驰、皇冠、凯迪拉克！可惜你不配！"

"你以为我坐不起小轿车吗？"

"差不多！"牛鞭贩子嘟囔道，"既然能坐得起宝马又何必和我们这些人挤这破大汽车。"

"谁说我们这是破大汽车？"弟弟听不下去了，"这是我们新买的大上海汽车，是空调车！"

牛鞭贩子闭嘴了。

但是昔日的副盟长心中的怒气还没有消失，他只会批评和斥责那些唯唯诺诺的下属，对于吵架并不在行，他被牛鞭贩子的连珠炮顶呛得说不出话来，霍地从座椅上站了起来，盯着牛鞭贩子，两只眼睛里冒着火星，脸上的颜色由红变白、由白变黑，好半天才说出一句话："你……你……你混蛋！"

"你才混蛋呢！"

牛鞭贩子嘎嘣脆地就把昔日的副盟长顶了回去。昔日的副盟长翻了翻眼珠子一句话也说不上来了，站在牛鞭贩子前呼哧呼哧地喘着粗气，像头败下阵来的牛似的。

副盟长气急败坏的样子引发了一阵嘿嘿呵呵的笑声。灵鸟循声望去，看见的是一个眼睛又黑又亮的小男孩。男孩四五岁的样子，穿一件草绿色的仿军小棉大衣，正站在座椅间的通道上看牛鞭贩子和昔日的副盟长吵架，两只胖乎乎的小手放在胸前拍巴掌。

小男孩的母亲——一个文文静静的妇女，扯了一把孩子的衣服，把他拽到自己的怀里，小声责备儿子："看吵架还拍什么巴掌？多没礼貌……又不是看大戏。"

灵鸟想，如果昔日的副盟长和牛鞭贩子知道他们不久就会死在一起，现在肯定没有兴趣吵架。最简单的道理是，吵架能够使大量的热量消耗掉。要知道每一点热量对于被严寒扼住喉咙的人而言是多么的宝贵啊！他们肯定会后悔的。

"不要吵吵啦！座位每个人占一半。"司机的弟弟站起来，冲牛鞭贩子和昔日的副盟长摆摆手，"不然就请你们下车！也真是的，天这么冷还有心情吵架……"

不知道是真的怕被赶下车还是怎么的，昔日的副盟长望望车窗外边呼啸的风雪，嘴里嘟囔着坐下去了。昔日的副盟长的嘟囔像没有制好的酸奶似的，他说道："现在的世道……哼！真不像话！"

牛鞭贩子也嘟哝，说："真不像话……现在的世道……"

灵鸟很奇怪，一对吵架的人为何对当今世道都不满意？他们一个是享受着国家优厚待遇的退休公务员，一个是在市场上大走财运的精明商人。灵鸟想，其实他们都应该感谢这个世道才对啊!

乘客中除了那个小男孩没有人对牛靴贩子与昔日的副盟长吵架感兴趣,大家在汽车的颠簸摇晃中昏昏欲睡。当一阵猛烈的风吹来的时候,每个人都不约而同地往紧裹了裹衣服。谁也不再说话,车厢里又安静下来,可以清楚地听到汽车轮胎辗压在雪地上发出的咯咯吱吱的声音。

6

"要变天啦!"

灵鸟听到一个隐透着惊慌的暗哑的声音。灵鸟看到说话的是一位坐在车尾的老牧人,蓄着深棕色的大胡子。灵鸟知道这位老牧人是去城里看望他的大儿子的,可惜他搭错了车。本来老人是可以坐在他宽敞的新蒙古包里颐养天年的,儿孙们都长大了,家里几乎什么活都用不着他干。他的工作就是抱小孙子,如果他愿意的话,大可以喝着奶茶、抽着香烟、看着电视。然而他丢开了这些,慌慌忙忙地踏上了死亡之路。老人毕竟是有经验的,在所有的乘客中他是第一个感知到天气要骤变且对灾难有所预感的人。

就在老牧人说要变天的当口,汽车的发动机"咔"的一下突然间停止了工作!人们听惯了的发动机的"轰轰嗡嗡"的声音猛然间消失,汽车轮胎碾压雪地的咯吱声骤然变得单调突出,让人胆战心惊。

所有人的心里都随着发动机的停止"咯噔"响了一下。

年轻的司机心中歌唱爱情的歌声中断了。

奇怪的寂静笼罩了整个车厢。接下来是长时间的沉默。

"怎么啦?"一个年轻女人的声音在问。

回答她的是沉默。

灵鸟的心变得冰凉!只有它知道,它的预言就要变成可怕的现实。

汽车在惯性的作用下向前滑行着,速度越来越慢。

雪层在车轮下吱吱嘎嘎地狞笑。

汽车终于停住了。

司机扔掉方向盘，跳下车，慌慌张张地揭开机器盖。热乎乎的雾气腾的一下就从发动机的机体蹿上来，他把手伸到雾气里摸了一会儿，抬起头来的时候灵鸟看到他的脸上罩了一层死一样的惨白。灵鸟知道，这是发动机上的一个重要零件损坏了，而这个零件既没有备用也无法拿别的什么来替代，更无法修复。

汽车的突然熄火让毫无经验的弟弟很是紧张，他扑到哥哥跟前大声问："是机器出毛病了吗？"

"没什么大……事，"哥哥犹犹豫豫地回答说，"小事一桩。"

但是弟弟注意到哥哥像傻子似的呆坐在驾驶座上，连机器盖儿也忘记了盖上，任由腾腾的热气弥漫开来。热气扑到车窗玻璃上立刻就结了厚厚的一层霜。重霜把车窗外面的景物遮挡得严严实实，什么也看不到了。

乘客中有人开始喊叫起来："这是干什么？"

"味道太难闻了……"

"快把机器盖儿盖上吧！"

乘客中居然没有一个人对机器故障提出什么问题，这让灵鸟很是纳闷。

弟弟看到有一层铅灰色沉重地罩在了哥哥的脸上，心里似乎明白了什么，他把灵鸟交给了身旁的小男孩儿："你玩吧，小弟弟。"

弟弟站起来，也没有征求哥哥的同意就把机器盖儿放了下来。他自作主张地打开工具箱，也不知道该取什么工具，他问："要修车吗？"

哥哥摇摇头，用沉默代替了回答。

弟弟被哥哥的沉默击了一下，心里一下就慌了，他把嘴唇咬在牙齿中间想了想，转过身体放大声音对乘客们说："汽车出了点儿小毛病，很快就会修好的，请大家不要着急，休息一会儿吧。"

小男孩接过灵鸟捧在手里，噘着嘴想吹出鸟叫的声音来，结果把气全吹在了灵鸟的身上，什么哨音也没吹出来。灵鸟不忍心告诉小男孩死亡即将到来的消息，它在小男孩的手掌上蹦蹦跳跳，叽叽喳喳地叫出一串好听的声音，逗小男孩开心。它想，在小孩子走向死亡的最后时刻最好不要让他知道什么是恐惧与痛苦，让他笑着在玩耍的愉快中结束自己可怜的小生命吧。灵鸟不停地蹦跳着引逗小男孩，还扇着翅膀做出各种好看的姿势。开始它只是在小男孩的手掌中跳，后来它就飞到他的肩上头上，拿喙在他的头发上、耳朵上轻轻地啄。小男孩被灵鸟逗得嘿嘿哈哈大笑！他张开手臂捕捉灵鸟，他拙笨的小手把灵鸟碰疼了。灵鸟并不在乎，只是在心里一遍又一遍地祈祷：让小男孩高兴吧！让他笑吧！

小男孩把灵鸟抓在手里，他抓得很紧。灵鸟听见小男孩的母亲说："小心些，别碰坏它！"

"我知道。"小男孩很自信地说。其实他并不知道，灵鸟被他抓得很疼。要是换个别的什么人灵鸟肯定会狠狠地啄他的。灵鸟忍着，依旧叽叽喳喳地叫，逗他开心。

小男孩找出一块奶豆腐用手揉碎喂灵鸟吃。他觉得奶豆腐是世界上最好吃的东西。但是灵鸟不吃。

"鸟是不吃奶食品的。"坐在小男孩旁边的一位年轻的军官说。

在一个上午的旅途中，军官已经成了小男孩的好朋友。一路上，小男孩在军官怀里的时候要比在他母亲怀里的时候还要多。小男孩攀在军官的身上数他肩章上的星，他逼着军官告诉他两条杠、两个星星是什么官儿。军官告诉小男孩，是中校。年轻的中校是军事学院的毕业生，面庞白净，十分和气。他非常喜欢孩子，十分耐心地回答孩子提出的每一个问题。

年轻的中校打开提包的拉锁，取出一个面包掰了一块在手里揉碎，交给小男孩说："你喂它这个试试，准吃。"

小男孩说："是——中校！"

灵鸟歪着头瞅瞅面包屑，真的啄起来。小男孩高兴地喊起来："它真的吃了！中校！"

年轻的中校笑了笑，得意地冲小男孩挤挤眼睛。中校说："我来给你把这只鸟画下来，怎么样？"

"画在哪里呢？我没有笔和纸。"

"我不用笔，就用指头画，画在玻璃上。"

于是年轻的军官就用指头在结了一层厚霜的玻璃上很快地画出一只鸟来，圆脑袋、圆眼睛、翘翘的尾巴，画得像极了！

小男孩高兴地拍着巴掌，将灵鸟丢在了一边。

7

灵鸟的心情又沉重起来。它的脑子里一次又一次地闪过未来的悲惨情景。它看见司机与弟弟揭开发动机罩，将整个身体都探了进去，企图修复那个根本不可能修好的零件。白色的冷空气趁着他们修车的工夫从发动机的缝隙钻进了车厢。乘客们都一遍遍地往紧了裹自己的衣服。

胖姑娘和唱歌的姑娘决定下车去找个地方撒尿。她们和车上其他的乘客并没有认识到大家正遭遇着一种危险的不正常的现象。那时候灵鸟顺着车座下边的地板跳到了两个姑娘的眼前，它看见两只俏俏的棕色长筒靴互相嘚嘚嘚地磕着。胖姑娘说："真冷，早知道这样我宁肯穿一双皮大头靴。我的脚会冻坏的。"

"我更冷。我比你瘦，热量少……"

唱歌的姑娘说这话的时候牙齿开始咯咯打架。她将嘴凑到车窗玻璃上使劲呵着气，吹化了一小块冰霜，往外看了看，眉头越皱越紧。

"一号，去吗？"胖姑娘咬着唱歌姑娘的耳朵问，同时伸出一根食指在她的脸前晃了晃。

"我也正想……"

唱歌的姑娘站起来，往紧裹了裹衣服，戴上羽绒衣的帽子。也不知道怎么的，唱歌的姑娘戴上羽绒衣的帽子之后突然把一只手捂在嘴上莫名其妙地笑起来。俩人笑着走下了车。灵鸟没听清她们和弟弟说了些什么，弟弟就打开了车门。

寒冷的空气分成两部分,一部分将两个姑娘的嘿嘿窃笑抓住丢到了车厢里,另一部分像押囚犯似的把两个姑娘赶向荒原。

冷空气让车上的人都打起了激灵。乘客们七嘴八舌地喊道:"快关上车门!想把人都冻死怎么的?"

"关门!"

"叫她们别走远!"司机对弟弟说。

司机的声音压得很低,弟弟听出了其中的严峻。他看到哥哥正在手里摆弄着一个汽车零件,眉头皱成了大疙瘩。与两个姑娘莫名其妙的笑一样,哥哥的脸上呈现出一种莫名其妙的愤怒。弟弟没有细想,手脚麻利地摇下一块车窗玻璃,将半个身子探出车外,喊道:"喂!你们要到哪儿去?小心——不然就见不到妈妈了!"

风把弟弟的声音截断,中间的那句话车上的人没听见,两个姑娘也没听见。

"讨厌鬼!"胖姑娘回头骂了一句,"你管得也太多了点儿!"

弟弟看见两个姑娘已经离汽车很远,一摇一晃地跑了起来。

"你们会后悔的……"弟弟嘟哝着摇上了车窗玻璃。在将身体缩回车里的一瞬间,他看见一股面目狰狞的铅灰色旋风在追赶那两个姑娘。

小男孩在青年中校的怀里,伸着一只胖乎乎的小手在结满冰霜的车窗玻璃上画出一只鸟,圆圆的脑袋、圆圆的眼睛、翘翘的尾巴。小男孩的手冻得通红,他在玻璃上画出了许多小鸟,一只比一只像。小男孩的母亲说:"下来吧,别再让叔叔抱了,叔叔累了!"

青年中校说:"没事,我喜欢孩子。"

"真是没办法,这孩子太淘!"

小男孩的母亲朝青年中校点点头,脸上挂出表示歉意的微笑。她正在打一件毛衣,说话的时候手也没有停。她的目光从中校脸上移到孩子身上,久久地流连着。灵鸟知道她是位中学教员,就在前边的那座大城市里工作。放寒假以后，她带着孩子到草原上看望自己的爸爸妈妈。现在春节已过，她要回到丈夫身边去。她知道丈夫正在前边那座城市中他们的家里等待着她和儿子的归来。她知道丈夫非常想念她，想她想得心肝都疼了，那是因为她自己的心肝此时正像被马尾丝吊着那样在隐隐作痛。她手里的没有完成的毛衣就是给丈夫织的。她想丈夫一定会到长途汽车站来接他们的。她感到手指发僵发木，就放在嘴边呵呵气，两只手使劲地搓搓，然后接着打。她的脑子里此刻除了儿子就是丈夫，对于眼前的危险处境几乎连想都没有想。有一会儿她似乎是想起了什么美妙的事情，青年中校在偶然间注意到一缕甜蜜的笑意在她的嘴角鼓了鼓又停住了，于是中校忍不住对她多看了几眼。这一点小男孩的母亲很敏感地觉察到了，她翘起眼睑看了中校一眼，脸颊上泛起了红晕。

青年中校在心里说，这个女人真美。

青年中校很有礼貌地问小男孩的母亲："可以问一下您做什么工作吗？"

"教书。"小男孩的母亲很温柔地回答，她知道年轻的中校仍旧在看她。男孩的母亲经过一番激烈的思想斗争，长长地嘘了口气后迅速抬起头直视着青年中校的眼睛又说："我在第三十中学教书。我丈夫和我在一起工作，我教数学，他教语文。"过了一会儿，她又说："认识你很高兴。"

"谢谢！"青年中校很有礼貌地点点头，"我很喜欢你们的孩子。这孩子非常聪明。我们在一个城市里工作，会有机会见面的。"

小男孩的母亲点点头，突然发现自己打毛衣的手停住了。她有些慌乱，呼吸变得不那么均匀。她对自己挺不满意，慌慌张张地低下头接着打毛衣。

青年中校说："注意毛线！"

小男孩的母亲不知道中校在对谁说话，也不知道他说了些什么，那团毛线就在她眼皮底下慢慢滚落，最后终于掉在了地上。

中校弯下腰将毛线团捡起来，吹吹沾在上面的土。小男孩的母亲这才恍然醒悟，原来是放在自己膝盖上的毛线团掉了。她躲闪着中校含着笑意的漆亮漆亮的黑眼睛接过了毛线。

"谢谢！"她像个害羞的大姑娘似的说道。

小男孩跪在中校的膝上，在结霜的玻璃上继续画鸟。冰霜越结越厚，指甲在玻璃上画一道都费劲儿。新的鸟还没有完成，原来画好的鸟就几乎被冰霜淹没了。小男孩似乎对这种变化没有察觉，他对自己很不满意，咬着牙拿指甲使劲在玻璃上抠。

小男孩的母亲瞟瞟自己的孩子，与中校交换了一个目光，她不再批评孩子，神态也自然多了，开始落落大方地与中校聊起天来。他们说了许多话，话题渐渐在不知不觉中离开了小男孩。小男孩听不懂也不感兴趣，他依旧一门心思地在车窗玻璃上作画，一遍遍地重复地画那一种鸟。为什么是一遍又一遍呢？因为他画的画最多超不过三分钟就会被新的冰霜覆盖。小男孩完全不知道天气已经骤变了。

8

灵鸟在座椅下面蹦蹦跳跳地蹿着，寻找着可以吃的东西。小男孩暂时失去了对它的兴趣。小男孩的母亲在与青年中校聊天，津津有味。司机和弟弟在紧张地修车，把一个什么零件用锤子砸得嘭嘭咚咚直响。从机器下面钻进来的冷空气把他们身上冒出来的汗都变成了冰霜，挂在他们的头发梢上、眉毛上和毛毛楂楂的胡子上。

汽车上不明就里的乘客大都在打盹。

牛鞭贩子开始与昔日的副盟长对话，他掏出香烟，抽出一支递向昔日的副盟长。昔日的副盟长用手挡了一下说："不会抽，谢谢！"

"没事，抽吧，反正也是闲待着。"牛鞭贩子诚心诚意地又把香烟在昔日的副盟长面前晃了晃。

"我真的不会抽。"

"这好学，用不着老师教，抽上几包就成行家了。"

"不，我是说我现在真的不抽烟。戒了，过去抽得很凶。"昔日的副盟长脸上的表情是友好和善的,"小伙子,我劝你也少抽点吧。抽烟最容易致癌。"

"致癌?那国家为什么还开那么多烟草工厂?"

牛鞭贩子伶牙俐齿,一句话又把昔日的副盟长堵得泛不上话来了。大概是牛鞭贩子觉得应该珍惜他与昔日的副盟长之间刚刚建立起来的对话关系,他立刻又把语调放缓了许多,说:"抽烟对身体不好,不过肯定还是有些好处的,不然为什么全世界到处都有很多人在抽烟呢?"

"你不看报也不看电视吧?"昔日的副盟长说,"报纸上整天都在宣传吸烟的害处、戒烟的好处。连国外也在宣传戒烟。他们那里有许多公共场所是不准吸烟的,辟有专门的吸烟室,要抽烟你就到吸烟室去。"

"哦,这就是吧,外国人为什么要辟专门的吸烟室呢?很简单,就是为了让人抽烟。"

"总之抽烟有损身体健康无疑,我劝你还是戒了吧!不然到老会后悔的。"

"也许你说得对。不过依我看,对身体危害更大的是人的情绪,是恶劣的情绪。你要是整天生气,对身体的损害要比抽烟厉害得多!"

"嗯,这话有一定道理。"昔日的副盟长点点头。

牛鞭贩子咧开嘴很高兴地笑了。他高兴的是他与昔日的副盟长之间终于找到了一个共同的话题,或者是有了共同的语言。这是很不容易的,不说话光憋着在长途旅途中是非常难受的事情。

"瞧您的年纪大概已经退休了吧?"牛鞭贩子很亲热地问昔日的副盟长。他很认真地把"你"换成了"您"。

"是的,我刚刚办了离休手续。"昔日的副盟长特别强调了"离休"两个字。

"这么说您是高干咯?高级干部和我们老百姓来挤长途汽车,可真不容易。"

"大家都一样,大家都一样……"

昔日的副盟长从牛鞭贩子的脸上看出了自己的价值，于是很随和地笑了，话也多了起来。两个人越谈越热乎。

到"一号"去的两个姑娘回来了。她们被冻得唏唏嘘嘘，在车上不停地跺脚搓手——羞耻心把她们驱赶到离汽车很远的地方去小便，使她们损失了许多宝贵的热量。

刚上车，胖姑娘突然喊叫起来："怎么回事？"

"别这样……大喊大叫的，多不好！"唱歌的姑娘批评胖姑娘。

"事情不妙啊！"胖姑娘环顾了汽车的角角落落，说，"怎么汽车里也这样冷？司机！什么时候开车啊？"

"车修好就开。"

"要变天了。"

一个男人低沉的说话声打破了寂静，是坐在车尾的老牧人突然开口说话了。在说话之前，他一直闷着头抱着一柄羊腿骨烟袋猛吸。老牧人自上车到死只说过这么一句话，说了两遍。这句话他是讲给大家听的。许多人听到老牧人的话都扭头朝他看，唱歌的姑娘、胖姑娘、昔日的副盟长以及小男孩的母亲。所有的人都把脑袋扭过去看着老牧人，所有的人都神情紧张地注视着老牧人预言家似的脸。那张脸被烟雾遮着埋在茂密的棕色的大胡子中间。

大伙儿看了那么几分钟，猛然领悟了老牧人那句简短的话的含义，注意力纷纷转向车外，一个个争着在车窗玻璃上呵出一块透明处朝外看。皑皑雪野灰蒙蒙的，风越刮越紧。当一阵狂飙卷来时，就像有一只无形的巨手在摇撼着汽车。在狂风的间隙，人们清楚地听到雪片砸在车篷顶上发出的噼噼啪啪的沉重响声。汽车像一个小盒子被摇晃着。车底盘总发出说不出是什么东西弄出的奇怪响动，像是有一只可怕的野兽拿爪子在车底盘上掏洞。车厢里寂静得使人感到压抑，人们忽然间都明白了处境的危险，相互间迅速地交换着惊慌不安的目光，好半天谁也没有说一句话。

一阵清晰响亮的流水声哗哗啦啦地打碎了车厢内的寂静。牛鞭贩子第一个跳起来扑向司机问："为什么放水？"

司机缄默不语，结满冰霜的眉毛沉甸甸地下垂着。

哗哗啦啦的流水声骤然间膨胀，仿佛整个世界都在充斥着它那可怕的响动。

冰凉清亮的水蒸气从机器罩的缝隙间蹿上来，眨眼的工夫都扑到了车窗的下框上，晴的天忽然间黑暗下来。

昔日的副盟长也跳起来，动作灵活轻巧得难以想象。他跳到司机的面前，两眼直直地盯着对方，吼道："难道说是汽车坏了吗？"

"坏了……"司机的回答像回声似的在车厢四壁上嗡嗡撞击。

"修不好了吗？"昔日的副盟长又追问。

"修不好了……"回声撞击。

"真的吗？"

司机默默地点头。

"那我们怎么办？"昔日的副盟长与牛鞭贩子异口同声地吼。他俩像愤怒的二重唱，极为和谐。

乘客们都像木头似的呆住了。

牛鞭贩子与昔日的副盟长肩并肩地站着，一个矮小精瘦，一个高大肥胖；小男孩的母亲目光恐怖地盯着青年中校看，她膝上的毛线团骨碌碌地滑落滚到了青年中校的脚前，中校忘记了捡；胖姑娘和唱歌的姑娘都在心里哭起来，簌簌抖动的身体紧紧偎依在一起。

唱歌的姑娘在自己身上摸着，发出一番感慨："唉！我要是也有一个大哥大就好了。现在我立马就打电话请求救援！"

她在说"求救"这俩字的时候语调很是轻松、随意。

然而好像颁布了一个命令，车上所有的人都被紧张恐怖的情绪传染了。立刻就有人响应似的喊道："是啊，我们为什么不请求救援呢？"

"司机！"有人大声喊叫起来，"汽车还能修好吗？"

"要不要救援啊？"

"找谁来救我们？"

"我们咋这么倒霉……"

"找公安哪！"

"事情要趁早……不然会耽误的。"

代替司机回答大家的是一阵猛烈的旋风，整个车厢都被风暴撼动了。

沉默笼罩了整个车厢。

一直沉默的司机终于开口了，他对大家说："再等等……"然后低声与弟弟商量，"我看情况不妙，我们真的是遇到倒霉事了。"

"那就请求救援吧。"

"谁会想到，我干这行还没有半年呢，就遇上了这样的事情。"

"赶快打电话吧，司机！"

"我没有电话……"司机委屈地回答，"我是刚刚从部队转业，还没有挣到买大哥大的钱呢。"

"汽车还是贷款买的呢。"弟弟替哥哥解释着。

中校军官站起来了，他对大家说："大家不要着急，我们一起想办法。请问谁有大哥大？"

"这还用问吗？"胖姑娘替大家回答，"前面第三排坐的那位广东客人。"

随后，唱歌的姑娘补充说："全车里只有他一个人有大哥大！"

"我有！"牛鞭贩子自告奋勇地站起来，把大哥大高高举过头顶。

"请你到前面来……"中校很客气地朝牛鞭贩子招招手。

所有的目光都集中在了牛鞭贩子的身上，大家看着他拿着大哥大的那只手仍然在高高地举着。他侧着身子从堆满行李、包裹的走道穿过，与司机和中校在汽车车厢前面的地方聚合在一起，三个人开始商量联系救援的事情。他们自动组成一个领导小组，在中校的提醒下，他们说话的声音压得很低，但是他们压得很低的说话声把大家的神经都搞紧张了，顿时一种紧张的气氛就把车厢里的空气凝结了。

9

只有不谙世事的小男孩还在无忧无虑地玩儿。全车厢的人员也只有这个小男孩没有感受到危险处境带来的恐惧。他依旧在结霜的车窗玻璃上画鸟,指甲抠得玻璃吱吱响,浓重的冰霜几乎把他所有的作品都淹没了。他并不失望沮丧,不屈不挠地继续画下去。他眉头紧皱,嘴角绷着,一副单纯执着的认真模样。

灵鸟默默地蹦跳着飞到了小男孩的手臂上。它怜惜这个浑然不知的小生命。它听见小男孩对它说:"我要画一只飞起来的鸟儿!"

灵鸟吱喳叫了几声,哽咽着说:"你画吧,孩子……"它相信男孩听懂了它的话。

有细腻的抽泣声传来。

灵鸟回头看看,是胖姑娘在抱着唱歌的姑娘哭。唱歌的姑娘没哭出声,但身体也在一耸一耸地抽搐。

"真是想不到,我会死在这里……一定是天意……"

昔日的副盟长浑浊厚重的嗓音像一团墨黑墨黑的乌云升腾膨胀,很快就把整个车厢塞满了,角角落落被他那墨黑的乌云撑得车厢都撑不住了。

小男孩望着嘤嘤抽泣的两个姑娘,又看看失魂落魄的昔日的副盟长,将灵鸟捧起来,抚着它柔滑的羽毛说:"你可别害怕,小鸟,我会保护你的!"

灵鸟感动地点点头,眼睛眨了两下。

小男孩把灵鸟捧起来贴在自己热泪盈盈的脸上,灵鸟乖巧地闭上了眼睛。小男孩没有看到有两滴细密的水珠亮晶晶的从灵鸟的灰褐色的小眼睛里挤了出来。

响起了昔日的副盟长的埋怨:"怎么办,司机?总得想想法子啊!总不能眼巴巴地在这等死吧?!真不该坐你这辆倒霉的车……"

司机根本顾不上听昔日的副盟长的抱怨,他正情绪激动地冲着手里的大哥大在喊:"喂!……喂……我是长途汽车!我的车坏了,我……"

"你别说了……"牛鞭贩子跺着脚、拍着自己的大腿吼叫道,"连我都听明白了,对方是消防队!"

"不要着急,我们重拨……"中校安慰说。

"还是我来吧,"牛鞭贩子从司机手里拿过大哥大,"我自己的手机,我熟悉,你查号码吧!要查公安局。"

中校补充道:"或者是武警部队……"

"等等……我查一下。"

"我查我查……你们别着急。"

司机翻着手里的小本,手一个劲儿颤抖,结果小笔记本从他的手里滑落下来,掉到了地板上。

"别着急……"

中校安慰着赶在司机前面把笔记本捡了起来。

弟弟替哥哥解释道:"救援的电话我们过去从来没有用过的。"

牛鞭贩子焦急地等待着,他的两只眼睛像金鱼眼似的突了出来。后来他死的时候眼睛几乎从眼眶中跳出来,就那么瞪着眼睛结束了生命。牛鞭贩子也许还想说些什么,但是一股猛烈的风袭来,摇晃着汽车,使汽车像一只破烂的铁盒子哗哗啦啦、咣咣当当到处响。这种可怕的声音使牛鞭贩子和其他所有的乘客都被震慑住了。人们像是被带到了魔鬼的面前,敛声屏息、目瞪口呆,坐着、站着的都一动不动。

在司机打电话联系救援的间隙,青年中校转向大家,他的脸像刷了粉一样惨白,嘴唇哆嗦着说:"请大家安静!坐到座位上去,我们的处境确实是很危险,从现在起大家要少说话、少活动,千万注意保存体内的热量。我想我们能得救的。同座位的人要互相间尽量靠近一点儿!"

谁也没有再说话,乘客们都按照青年中校的话相互往紧靠靠。呆若木鸡的昔日的副盟长像个听话的孩子乖乖地回到座位上。

就在这当儿,所有的人都听到了一个男人绝望的声音,是牛鞭贩子在对司机说:"你别查什么鬼电话号码了!我的大哥大已经没电了!"

10

车厢里迅速昏暗下来,咆哮着的风暴搅着雪花从四面八方包围着车厢,冲击着车厢。整个汽车都在暴风雪中摇晃着、颤抖着。寒冷就像八爪鱼怪兽从四面八方把汽车牢牢地抓住,它把刺骨的冷空气从汽车的车窗缝隙、底盘缝隙、坚硬的铁板围墙和顶篷强行地灌进汽车的车厢里。没有什么能够阻挡它,人身上的衣服,什么棉大衣、羽绒衣、棉鞋、皮鞋……眨眼之间就全部被它突破。寒风透过皮肤钻进了人的肌肉里,钻进了人的骨髓里。寒冷占领了人的骨髓后开始从里向外施展它的威力。无论是大人还是孩子,无论是男人还是女人,全都在寒冷这个妖怪的手心里颤抖、哭泣。呼啸着的寒风还在车厢外面呼号、狞笑。汽车已经被大雪掩埋了一半,就像小孩手巴掌一样的雪片还在从黑洞洞的天空向下飘落。雪片降落在汽车的车顶,并在汽车和它的四周迅速堆积。车里的人们根本不知道他们乘坐的汽车已经有一半被大雪掩埋了。

汽车已经不再摇晃,是迅速堆积的雪片把汽车固定起来了。雪的围墙把风暴的嘶叫声阻挡在外边了,使车里的人听上去感觉似乎风停了。小男孩的母亲嘴唇哆嗦着对身边的青年中校说:"你……再靠紧我些。"她没有了羞涩,把尚未完成的衣服搭在青年中校的腿上。青年中校调整了一下姿势把小男孩交给他的母亲,说:"你把孩子抱紧些,这样对保存热量有好处。"

之后,他又将那件没完成的毛衣盖在孩子的身上。

大家都在浓重的昏暗中紧紧盯着青年中校看,中校的呢子军大衣上的肩章闪闪发亮。那些热切的目光使中校感到了一种信任和责任,他让自己安定了一会儿,想了想,就凑到司机跟前。弟弟正压低声音和哥哥商量什么事,中校打断了他们的谈话:"你们知道谁更熟悉这一带的地形吗?我们要不要派人去寻找救援?"

司机没有说话。

中校又问:"我是说这一带附近能找到人家吗?"

司机没有说话,他不知道应该怎么回答中校的问题。

"我们总不能在这儿等死啊!"

对于目前的处境之险恶,司机当然比谁都清楚。他自言自语道:"要是提前一个小时请求救援就好了。现在大哥大都没电了。"

"只差一步……"司机的弟弟说,"如果我们提前一个小时打电话请求救援就不会是现在……天都快完全黑了,独自一个人闯入风暴中无异于自杀。"

司机说:"只差一个小时。"

中校追问道:"你的意思是不是说即使派人也只能等到天亮?"

"是的。"

"问题是车上的乘客有老人、孩子和妇女,没有保暖措施是很危险的!"

"我知道。"

"有什么取暖的方法吗?车上有可以燃烧的东西吗?"青年中校问司机,"我们总得想办法,总不能坐着等死啊!"

司机摇摇头说:"车上有一只备用的轮胎,可以燃烧。"

青年中校皱着眉头朝车窗外看了看,什么也看不见。冰霜在车窗玻璃上积了有一指厚。风势弱了一些。猛然爆起的"咔咔"响动惊心动魄!车厢随着"咔咔"巨响出现一阵阵抖动。是高温的发动机和连接发动机的传动装置在响——严寒在很短时间内驱使高达八十度的机器降到了零下三十度。

"这会儿风好像小了,我们把那只备胎点着,试试吧,再没有什么别的办法了。也许轮胎升起的烟雾会把我们的消息传出去,会引来救援……"青年中校在昏暗中拍拍司机的身体鼓励道,"也许对于取暖不起多大作用,但是燃烧的烟雾能够引起注意……"

"我太大意了,没有听天气预报。要知道这些日子天气一直很暖和,雪都快化光了……"司机却沉浸在自己的失误中懊悔不已。

青年中校说:"现在说什么也没用,重要的是自救和争取救援。来,咱们三个人一块行动吧!"

弟弟先反应过来了,他劝哥哥:"咱们听中校的话吧,行动吧!咱们先把那只备胎卸下来……"

其实就连中校也明白，这几乎是一次毫无希望的努力，但是他相信只要有一丝的希望，就要做万分的努力！不去努力就什么希望都不会有。他带领司机和司机的弟弟义无反顾地冲入暴风雪，轮流钻进车底拿轮胎套筒，卸备用架上的大螺母。寒冷将钢铁的螺母与螺杆牢牢地冻结在一起，就像它们制造出来时就是长在一起的，冰雪将它们紧紧包裹着。撬棍都别弯了，才听到"咔"的一声响，总算松动了一个螺母。两个人一个用手扳着撬棍，另一个躺倒了拿脚蹬。他们被小小的成功鼓舞，喊着号子去卸第二个螺母。然而惨剧发生了：在一声很像螺母松动的响声中，沾满了冰雪的汽车轮胎忽然落下，沉重地砸在了青年中校的腿上——他正躺在雪地上伸出一只脚使劲蹬撬棍。事情是在一瞬间发生的，容不得人们做出任何应急的反应。他们把三点五厘米直径的钢铁螺杆生生拧断了。虽然他们拧断了钢铁螺杆但是没有战胜严寒。

司机兄弟把受伤的中校抬到车上。冰雪把军校的呢子军大衣与里面穿的上衣、裤子冻结在了一起。受伤的左腿直直地伸着，像一根棍子似的。不知道伤势的轻重，裤子脱不下来也不能脱，看不见血。中校躺在座椅间的狭窄过道上，身上盖着司机脱下来的羊皮袄。

"你怎么样？"

小男孩的母亲跪在中校的面前，把他的一只冰坨似的戴着手套的手抱在怀里。

中校没说话，轻轻摇摇头。在他的罩着一层薄霜的脸上浮出一阵苦涩的笑。

"谁有水？"小男孩的母亲大声问道。

没有一个乘客有水。小男孩的母亲环视着一张张遗憾悲戚的脸终于明白，在这样的天气出门是不会有谁带水带饮料的。

胖姑娘捧着一个苹果递给小男孩的母亲。小男孩的母亲把苹果捧在手上，看看中校又看看那苹果，苹果已经冻得硬邦邦的就像是一块石头了。她慢慢把嘴凑到苹果上，用牙齿在冻苹果上犁出一道道白印，眼睛直直地望着青年中校。她看到中校年轻的脸上隐隐地泛上了一层红潮。小男孩的母亲一点点地慢慢伏下身去，将自己的嘴凑到青年中校灰白颤动的双唇上。她清楚地看见一层黑色的胡楂子正茂盛地生长着。

青年中校的喉结蠕动着，慢慢将苹果末咽下去。

车厢里所有的人都在静默中注视着青年中校那张年轻的脸。他长得很漂亮，凸起的眉骨上两道浓黑的眉毛像展翅飞翔的苍鹰。谁也不知道他的名字，也没有人想到问他的名字。

小男孩爬在母亲的身边呜呜嘤嘤地哭起来，问青年中校："叔叔，你很疼是吧？"

"不，一点也不疼！"青年中校艰难地启动双唇说，"真的不疼……叔叔的腿已经冻木了，所以不疼。这是真话。"

中校的目光落在了小男孩手里的灵鸟身上。灵鸟很受感动，喳喳叫着说了些什么，中校一句也没有听懂。

"这鸟真漂亮！"中校说。

小男孩点点头。

"它叫的声音也好听！"

小男孩又点点头，他已经不哭了。

"刚才我又在车窗上画了三只鸟。"小男孩说，"但是都被雪霜覆盖了，什么线条也看不清了。"

"你将来会成为一个出色的画家。"中校夸奖小男孩。他此刻的表情十分轻松。

"我们应该想想办法，治他的腿。"昔日的副盟长对大家说。有人响应了，有人没作声。

"没用。"中校说，"现在谁也没办法，神仙也没办法。我们只有等待救援……把车里的灯闭了吧，节约一点电。"

但是灯一直亮着。暗黄的灯光昏昏地照着，在不知不觉间越来越昏暗。昔日的副盟长很客气地对牛鞭贩子说："咱俩靠紧点，注意保存热量。"

牛鞭贩子说："好！"他抓起那个装满了钱的破提兜扔在了脚下。

牛鞭贩子的话音刚落，哗的一下车厢里就变暗了，暗得几乎伸手不见五指，就像是在漆黑的夜里一样。大家知道，这是汽车蓄电池里的电已经完全耗尽了。

11

年轻的中校是这次灾难中第一个死去的。他临死的时候努力蠕动双唇，发出一连串哎哎哦哦的声音。是司机猜出了他的意思，青年中校在他生命的最后时刻告诉人们："把那只轮胎点着……争取救援……"

黑暗中，灵鸟看见年轻的中校嘴上的笑意渐渐地凝固，成为一个永恒。

青年中校的生命之火与车厢内的灯光一起熄灭了。他在静悄悄中默默死去。车上的人们都不知道中校的生命已经完结。大家都在黑暗中等待着中校所说的那个救援。

黑暗与暴风雪狼狈为奸，它们纠结在一起，把越来越沉重的绝望与恐惧压在人们的心上。雪片沉重地砸在车厢顶上，"嘭嘭啪啪"地像无数小鬼在敲门。人们的心像寒风中的树叶，可怜地簌簌直抖。有人受不了了，在黑暗中哆哆嗦嗦地说："司机……难道我们就这样等死吗？"

司机清楚地听见说话的人牙齿磕在一起的清脆响亮的声音。他知道这个人是又小又瘦的牛鞭贩子。

"把轮胎点着吧！"一个浑浊低沉的声音说，这是昔日的副盟长。

有人在应和："点吧。"

"哥哥！"

弟弟拿手里的手电筒——这是汽车上的最后一点光源了，照了照。

"好吧……点轮胎！"哥哥终于下了决心。

哥儿俩行动起来。哥哥揭开机器罩，弟弟打着手电，他们拧开了发动机旁边的汽油管，用加水桶接了些汽油。汽油哩哩啦啦地流着。寒风裹挟着雪末，大胆地从发动机的缝隙间涌进车厢。车厢里的温度在急剧下降，死神伸出它无形的手将人们的咽喉扼住，并且越勒越紧……

弟弟将汽油泼在裹满冰雪的轮胎上，哥哥找出一团棉纱在车厢里点着，丢在轮胎上。轮胎终于燃着了，噼噼啪啪冒着焦臭的浓烟。紫蓝色的火焰裹着一团团黑色的浓烟，与黑暗和寒冷抗争着。车厢里的人都眼睁睁地望着火焰撕开的黑暗的后面，盼望着有灯光或者马达的声音出现。暴风雪像一头凶恶的猛兽一次次扑向燃烧的轮胎，一次次将火焰打倒在地。火焰挣扎着，从一阵又一阵铺天盖地的风雪中抬起头，继续噼噼啪啪地燃烧，用它的手臂一次次地将黑暗撕裂。但是一只轮胎的火焰在无边无际的黑暗与无边无际的暴风雪面前毕竟是太渺小了，简直就像是一只可怜的小萤火虫，瞬间的工夫便熄灭了。风暴抓起巨大的雪团只一下就将它焦黑的尸体掩埋了。黑暗重新合拢，仿佛世界上本来就没有存在过一只燃烧的轮胎。借着燃烧的轮胎最后一束闪光，灵鸟惊恐地发现，汽车冲着西北方向的侧面的雪堆已经积到了车窗玻璃，几乎要把汽车淹没了。啊！这白色的魔鬼！它就要得逞了……

12

黑暗中谁也看不见谁，只听见粗重的僵硬的喘息声和牙齿打架的咯咯声，还有微弱的鼾声打哨似的响。司机立刻喊："不要睡觉！千万不要睡觉！要是睡着了就……再也醒不来了……"

胖姑娘伸出一只手臂抱住唱歌的姑娘的腰，说："咱们抱紧点儿……可别睡觉！"

唱歌的姑娘也紧抱胖姑娘，说："我真困，真累……真想好好睡一觉！咱们说说话吧，不然我会挺不住的。"

"是的，我们说话吧，我也直想睡觉……"

"我们……还能活下去吗？还能得救吗？"唱歌的姑娘又呜呜咽咽地抽搭

起来,"我还要考大学呢,我不想死啊!"

"别想死的事……我们会得救的……"胖姑娘用力搂了搂唱歌的姑娘。

"我真冤哪……去年高考只差了半分……我后悔死了!不然我现在该坐在大学的教室里……也就不会遇到这场暴风雪了……"

"你会得救的,你今年准会考上大学的,你准能考上一所最好的大学!"

"我的命不好,只差半分……"

"咱们说点儿高兴的事情好吗?"

"说什么呢?"

"说说恋爱,谈恋爱!你有男朋友了吧?他一定很帅!像你这样漂亮的姑娘又会唱歌,男朋友一定很了不起。"

"不,你说错了,我没有男朋友。"

"你骗人!"

"真的!"

"这怎么可能!你这样漂亮歌又唱得好,会没有小伙子追你?"

"有是有……可我没答应。"

"为什么?"

"我要考大学。"

"考大学与谈恋爱并不矛盾……"

"我下决心——不考上大学绝不谈恋爱!"

"你真是个有决心的人,这事放在我的身上我是肯定做不到的。我的心软……"

"这么说你一定有男朋友了?"

"嗯呢……"

胖姑娘在黑暗中点点头,唱歌的姑娘感觉到了胖姑娘幸福得羞答答的模样。俩人暂时把危险的处境丢到一边去了。说话越来越深入,声音变得甜蜜而神秘。

"你很爱他,是吗?"

"是的，开始不怎么爱，可他对我穷追不舍脸皮厚得很！又是邀请看电影又是邀请跳舞又是邀请喝咖啡，还不断请我吃美国肯德基，拒绝一次他就请第二次、第三次……"

"噢哟，他的进攻能力可真强，火力也猛，经常吃肯德基吗？"

"经常，一个星期吃一次，我都吃腻了。"

"这么说他很有钱了咯！"

"是的，他在一家公司当副经理。"

"副经理……现代型的管理人才，一定很浪漫哦！"

"还行。舞跳得不错，也还潇洒大方，只是个头稍嫌矮了一点儿——一米七二。"

"呃——一米七二，可以了！你不要太挑剔了。你们一定接吻了，他甜吗？"

"这怎么叫人说呢……他有点口臭，但不严重。"

"你们……上床了吗？"

"哎呀！这事……还是不说吧！太让人难为情！"

…………

13

"咱俩也聊聊吧，我直犯困。"昔日的副盟长用胳膊肘捅捅牛鞭贩子说道。

"好吧。咱俩再往紧了靠靠，防止热量散发。"

"你本来也没有多少热量。我看过一本书，上面写着，像你们这样的人属于食草动物，像我这样的人属于食肉动物，食肉动物要比食草动物耐冻得多！"

"狗屁理论，大概是小道来的油印本吧？"

"什么油印本！完全是大道来的——国家正式出版的，是一个欧洲的什么国家、名叫什么的一个人类家写的书。他讲得有一定道理……肉类含脂肪和蛋白质多，草类就是指粮食，含的蛋白质和脂肪少，所以人从中摄取的热量就不一样。所以我们要大力发展牧业……"

"你大概又想起做报告了吧？"

"所以我身上热量要比你身上的多。"

"不管怎么说，假若我们得不到救援就得冻死在这儿，那时候上帝会知道你身上的热量究竟有多少。我对这个不感兴趣。喂，你存款多吗？"

"不多……不过，有些当官的存款可不少，国内存不下就存到国外去了，就我傻！"

"你知道我有几个银行卡吗？八个！我的钱用八个名字分别存在八个银行里。跑完这趟我就会有九个银行卡了，有了九个银行卡我就不跑了，要坐下来尽情享用，天南海北去旅游……"

"可是我有一套房子！就在前面那座城里，我的房子在市中心，位置再好不过，旁边不远就是一座漂亮的公园。"

"那你怎么还讲没有钱？一套房子好贵哟!是三室的吗？"

"四室一厅。"

"那起码也要二十万元哟！尤其是在市中心的位置。"

"是三十万，不过是单位出钱给我买的。我自己哪有那么多钱！光装修费就花掉了八万多。原来浴室墙上贴了瓷砖，我让他们都换上了彩色的马赛克，卧室的墙壁都贴了壁纸，顶上安装了梅花形的保温隔音板，还有电话……"

"可是房子再好也不是你自己的，你死了公家就会把房子收回去。我的房子可是属于我自己的，是我掏四十六万六千元买下来的。我死了传给儿子，儿子死了传给孙子，可以子子孙孙传下去。"

"不不不！我的房子也已经转到我个人名下了。"

"哦！那么还是当官的好……"

"可是我们还是不一样，我们是唯物主义者，相信人死后就不存在了。你什么也不知道，至于你的儿子孙子住什么样的房子实际上与你无关。可是你知道吗？我死了以后骨灰可以进革命公墓。按照我的级别，我的骨灰盒可以放在第三厅。"

"什么第三厅？"

"革命公墓的第三厅。"

牛鞭贩子看着昔日的副盟长，摇摇头。

"第三厅你不懂吧？公墓也是讲究级别的。去年我的老战友去世，我送的骨灰盒，按照级别刚好不能进入第三厅，我给管理人员说了好多好多的好话也没管用，只能放入第四厅，像你这样的人就是第八厅、第九厅也不准进！"

"那无所谓！你刚才不是讲唯物主义人死了就不存在了吗？骨灰放在哪儿其实都一样。"

"可是我的骨灰盒上贴有照片，每年清明会有许多少先队员去送花圈。"

"送什么也没用！你都不会感知到。因为你根本不存在了。我呢，这趟回去就把屋子里所有的地毯都撤了，原来是混纺的，只有三厘米厚，这回我要全部换上真正的地毯，五厘米厚纯羊毛的，并且要用猩红色——国家元首才能享用的规格。我要活着享用，我不考虑死去以后的事情。我才是真正的唯物主义。你说的革命公墓像耶稣教的天堂……"

"不，是马克思的天堂……"

"不管上帝还是马克思我都不相信。我只相信我自己。"

"等你死了你就会明白，那时你会后悔的。像我这样的人就到马克思那儿报到，而你只是个孤魂野鬼。你就像叫花子似的无人收留，整日里在荒漠里游荡。夏日被烈日烤，冬日被严寒暴冻。而我们获得了永生。"

牛鞭贩子根本不相信昔日的副盟长的话，他含含混混地说了句什么昔日的副盟长一点儿也没听清，他只感到牛鞭贩子轻飘飘的身体像牛蒡草似的紧紧地缠着他，与他胖胖的身躯几乎合为一体。牛鞭贩子的可怕颤抖传染给了昔日的副盟长，两个人一起抖起来。"食草动物"和"食肉动物"体内热量就在那一阵阵波浪似的颤抖中一点一点地流逝。

14

寒冷和暴风雪在将时间一点点吃掉！

车厢里和车厢外都被寒冷的暴风雪占领。

没有谁再说话。死一样的寂静陪伴着已经死去的青年中校和活着的人们。

"妈妈……我要……尿……"

灵鸟在小男孩的怀里清楚地听到可怜的孩子那断断续续、模模糊糊的声音。

小男孩的母亲麻木地感觉到了儿子的呼唤，她伸出僵直的手臂想为孩子做点什么，手指却像木棍一样不听指挥。灵鸟听到小男孩的母亲发出不连贯的哦哦声。事实上母亲根本帮不了儿子的忙，温乎乎的小便早在小男孩向母亲发出呼唤的同时就顺着他的大腿淌了下来。尿液在流到孩子的靴子里时就已经变得冰凉！可怜的小男孩在泄尿的同时小小的身体剧烈地抖起来。母亲在心里使着劲儿抱紧儿子。小男孩最后看了一眼黑暗中的车窗玻璃，那上面用他的小指头抠画出来的鸟儿一个个都被冰霜吞噬了。孩子不知道，他还想着天亮以后能看出自己的画。

小男孩睡着了。他再没能够醒来。

睡魔加入了黑暗与暴风雪的行列，将它无形的罪恶之手伸向遇难的人们。车厢里响起鼾声，此起彼伏。

"不准睡……觉！"司机愤怒地喊道。

他自己是被人们可怕的鼾声惊醒的。

弟弟的声音听起来要比哥哥的柔缓一些。

此起彼伏的鼾声被哥儿俩的声音喝断了，但过不了多久就又悄悄地升起来。

"哥哥，把收录机打开吧！"弟弟打出一个悠长拙笨的呵欠。

收录机里只有一盘磁带，磁带上录着哥哥的未婚妻唱给哥哥的歌。这歌司机不让想别人听。

"哥哥,把收录机打开吧!不然都会睡过去的!"弟弟又说。

哥哥没说话,他把自己的手伸向棉大衣的怀里,怀里很是温暖。他的收录机藏在棉大衣的怀里。他的冻僵的手在怀里摸索着找到了收录机温暖的按钮,好半天才听到"咔嚓"一声响。充满了无限柔情的歌声在黑暗冰冷的车厢里飘荡开来,音量放得很大,人们都被那美妙的歌声震动了。

墨黑哟缎子的坎肩呀,
是我在黑夜里给你缝的。
早知道你丢下我走的话,
可惜我那辛苦的十根手指。
哎呀我的你呀,后悔也来不及!
紫檀哟缎子的坎肩呀,
是我在雨夜里给你缝的。
早知道你要回去的话,
我还不如把它一锹埋进土里。
哎呀我的你呀,后悔也来不及!

杏黄哟缎子的坎肩呀,
是我在月光下给你缝的。
早知道你要离开我的话,
还不如我把它一把烧成灰。
哎呀我的你呀,后悔也来不及!

这是草原上极流行的一首民歌,名字叫《黑缎子坎肩》。这首歌是司机的未婚妻专为他一个人唱的。那天她就坐在他的身边,他的一只手抱着她的圆圆的肩膀,另一只手放在收录机上面,收录机放在他的双腿上。歌词没有变,但是从他未婚妻的嘴里唱出来却少了一些感伤,多了一些温情。姑娘的头靠在他的肩上。歌声温柔而深情，纤细宛若马尾丝一般。

歌声与睡魔搏斗着。这是一场残酷的角力赛。在这里，在这个特殊的时刻睡去即意味着死亡！死神在梦境中同人们招手。

还是有人睡着了，人们经不住睡魔的诱惑。睡魔说："跟我来吧！我带你们去寻找温暖的梦，那里阳光明媚、风和日丽……"

15

坐在车尾的老牧人手里捏着一柄羊腿骨制作的烟袋，在梦境中回到了自己的童年时代。

那是一个热得吓人的夏天。太阳在头顶上像个火球般炙烤着草原。少年的他与父亲和父亲的朋友们骑着马疯狂地奔跑！破烂的蒙古袍子被汗水渗透了，鞭子里灌满了自己的汗水。一团团冒着气泡的污汗沿着马的肚带摔下，跌落在滚烫的草丛中。草叶都蔫蔫地耷拉着脑袋。他们拼命地鞭笞着坐骑飞奔，飞奔。热风呼呼叫着从身边向后吹。

前一天夜里就是因为他睡着了，他放牧的马群中有八匹上等的马被盗马贼劫走。八匹好马在那年月抵得上他和他们全家人的性命！父亲挥起马鞭在他的脸上留下了一道弯曲的永远去不掉的血迹。父亲疯了一般找来了几个他的好朋友——都是彪悍狂野的草原汉子。大伙散开四下里打踪，寻觅盗马贼留下的踪迹，最后所有的人都集中在一条路上。于是，被愤怒烧红了眼的汉子们就放马狂奔起来。

在一片开满黄花的平坦草地上，他们终于追上了那两个可憎的盗马贼。两个盗马贼浑身浸泡在汗水中，八匹马被串成一串，个个如同水洗过一般。他们从四面八方将两个盗马贼团团围住，乌黑的猎枪枪口逼着他们背靠背地贴在一起。那两个家伙都是彪形大汉，他们嘿嘿怪笑着，摇晃着手里的闪闪发光的弯形马刀。包围圈像桶箍一样越箍越小。两个盗马贼挥着马刀反抗起来。父亲和父亲的朋友轰的一阵枪响,一个击中胳膊一个打中大腿,盗马贼扔掉手里的马刀跪在草地上。他们把盗马贼缚在马背上押回去。

接下来就是按照草原上传统的习惯惩罚盗马贼。在一个烈日当空的中午,人们将盗马贼押到一片沙地,之后牵来两头牛。父亲把牛耳尖刀叼在牙齿中间,"嗨!"的一声喊将一头牛摔倒,随着牛倒地时"咚"的一声响,父亲手里的尖刀早已深深地插入了那牛的心脏。牛血鲜红透亮,顺着刀刃喷出来,眨眼间的工夫就渗入沙地。太阳把流在沙地上的牛血烤成了一块黑色的薄饼,抽皱着,父亲连宰两头牛,当场剥了皮。湿漉漉的牛皮非常柔韧,父亲看看牛皮,望望两个盗马贼,大吼一声:"裹!"父亲的朋友们便一拥而上,将两个盗马贼按倒在湿牛皮上裹起来!之后父亲扔出两团驼毛绳说:"捆!"

天上在下火,沙地烫得马都不停地倒着蹄子,狗都将爪子缩了起来。两个湿漉漉的牛皮卷在烈日的蒸烤下咔咔叫着开始收缩。牧人们围观着,喝酒抽烟喝彩着。盗马贼恶狠狠的叫骂声渐渐变得虚弱,最后终于消失。牛皮卷不再咔咔叫,沙地上是一片死一样的寂静!少年的他赤脚站在地上,像狗似的张大嘴巴呼吸。他觉着自己身体里的水分在刹那间被太阳吸干,再流不出一滴汗来。

"热啊……热啊……"老牧人的梦呓含糊不清,他那被烟熏黄的牙齿在黑暗里闪着金色的光。

灵鸟听到老牧人像莺鸟似的嘿哈怪笑。它知道老人不行了,在心里默默为他祈祷着。老人怪笑着走向死亡。他是第三个。

16

昔日的副盟长和牛鞭贩子紧紧搂着走入梦境。

昔日的副盟长睡得很沉,他的一只胖手插在皮大衣的口袋里,手里紧攥着属于他的那套四室一厅,镶着瓷砖、马赛克、壁纸、隔音板的漂亮的房间的钥匙。

昔日的副盟长很亲切地牵着牛鞭贩子又干又瘦的小手，带领着他新结识的朋友参观自己富丽堂皇的住宅。他们踏着猩红色的高级地毯一个房间一个房间地串。昔日的副盟长滔滔不绝地、得意地讲解着房间的布局和室内的摆设。他不时瞟瞟牛鞭贩子艳羡的神情，内心里感到十分的满足。

所有的房间包括厨房、厕所都参观完了，他们在客厅里的沙发上坐下来。沙发比人体大出好几倍，牛鞭贩子缩在沙发里像一只萎缩的狗，卑微低贱。昔日的副盟长亲自递烟给客人并且为他打火，说道："小伙子，以后少抽点烟吧！抽烟容易致癌，报纸上讲的！"

牛鞭贩子吐出一团香喷喷的烟雾谦卑地笑着说："是的，抽烟容易致癌。"

昔日的副盟长很是得意，他头仰在沙发里，一条腿搭在另一条腿上，哈哈大笑起来……

昔日的副盟长被自己的笑声吓醒了。他动了动脚，知道自己还活着。他用尽全身的力气想要站起来，却怎么也移动不得身体——僵死的牛鞭贩子仍在紧紧地搂着他！他们的身体像铸在了一起。悠长纤细的粗鲁的鼾声汇成了一个声音，像天边滚来的远雷，鼓荡着他的耳膜。早没了那马尾丝般美妙的歌声，他看到司机的一个模模糊糊的影子在抱着收录机打鼾，睡得正香。司机没等一盘磁带放完就睡着了。没一个人能经得住睡魔的诱惑。

"别睡了！会睡死的！"昔日的副盟长摇晃着脑袋使自己清醒。他惊骇地跺着脚喊。他听那声音不太像自己的。他疑疑惑惑地一会儿又喊，不停地喊。再一会儿他开始怀疑自己的耳朵，怀疑自己已经死了，又怀疑车厢里的人除他之外都死了。梦境还或隐或现地在他的眼前闪烁。

终于又有人醒来了——是司机。

"怎么回事？"司机迷迷糊糊地问。

"都睡着了！"昔日的副盟长说，"快把大家都喊起来！不然会睡死的！"

昔日的副盟长拼命挣扎着想站起来。他摇晃着紧抱着他的牛鞭贩子，想把他的僵硬冰冷的手臂掰开——那会儿他还不知道牛鞭贩子已经死了。他附在牛鞭贩子的脑袋上唤道:"醒一醒,小伙子!这时候睡觉太危险!"但是牛鞭贩子一点反应也没有。昔日的副盟长害怕了,他想牛鞭贩子一定是死神派来的使者,正在拖着他走向死亡的深渊!昔日的副盟长愤怒地斥责牛鞭贩子:"你要干什么?你要干什么……你究竟想要干什么?我不跟你走!我不想死!我没干坏事!哦——我干了,我干了许许多多的坏事……我整死过人……我知罪……饶恕我吧……"

昔日的副盟长在看到牛鞭贩子龇着两排白牙朝他阴森森地冷笑的瞬间精神崩溃了。他语无伦次、胡言乱语地向死去的牛鞭贩子作揖求饶。

昔日的副盟长在自己的谵妄呓语中猛地听见脑袋里一声崩裂的巨响,随后他就安静下来。在生与死的临界点上,他清醒地判断出是自己的一根致命的脑血管绷断了。他听到汩汩流动的血液很快洇红了自己灰白色的脑髓……他不由自主地伸出手臂将牛鞭贩子抱住,越抱越紧,越抱越紧。

昔日的副盟长是第五个。

17

雪住了,风停了。透过结着厚霜的车玻璃,灵鸟看到了铅灰色的阴云正悄悄地从惨白的雪原上升起。天地的轮廓隐隐显现出来。它知道天就要亮了。

车厢内一双双绝望的眼睛在昏暗中相互张望,传递着各自心中的痛苦和悲怜。

司机掀亮手电筒把车厢照了一遍,那些死去的雕塑似的眼睛和活着的木呆眼睛引出他心头的万千滋味。死去的和活着的都缄默不语。

弟弟用一块木片的玻璃刮出一片亮,向外张望。弟弟的目光在朦胧的雪原上疲惫地飞翔,寻找着极为渺茫的生的希望。

"哥哥,这个地方我好像来过……"弟弟龇着牙似笑非笑地说。

"是吗……"司机爬到弟弟这边来了,汽车的一侧整个被雪掩埋了,只有弟弟这一侧还能透出些许的光亮。

"那年走敖特尔,我和阿爸赶着马群曾经来过这里……好像就是。那边有一道马鞍形的雪岗子。过了那道雪岗就有一户人家……我大概没记错。"

"你在这里守着,"司机摸出一条绳子往腰间系着,"我去找找他们看,也许我们还有救。"

弟弟伸出一只手把哥哥的模糊身影拦住了:"还是我去吧,哥哥,也许我没记准方向,我得找找看。那年我和阿爸在那座蒙古包里吃过一顿毛面。"

"这条路我比你跑得熟,昨天是因为风雪太大……"

"可是你没翻过那道雪岗子……你没有我的身体壮。再说你是司机,也许会遇到过路的汽车。嫂子正等着你回去结婚……"

司机不说话了,一股热流正在他的心里涌动。片刻,他默默地解开系在腰间的绳子递给弟弟:"你把这绳子系上,路上多加小心!"

"我知道。"

车门被冻住了,兄弟俩弄了好半天才把车门打开。

弟弟的背影很快就消融在灰暗中,司机看到有一小股白色的旋风悄悄跟着弟弟。他朝着弟弟的背影喊:"小心,走梁上的路!"

弟弟回应了一声,哥哥没有听清他说的什么。峭厉的寒风像刀子似的把弟弟的话割布条似的割断了。哥哥的心里升起不祥的预感。他痴呆呆地朝着弟弟消失的方向望了好久。

严寒把车门冻变了形,弟弟走后那扇车门就怎么也关不住了。哥哥尽了最大的努力,用一根粗铁丝勉强把车门和车上的座椅底座连在一起。门缝有一个拳头那样宽。寒冷的风肆无忌惮地从门缝间闯进车厢,在过道和座位间奔跑嘶叫,揪扯着人们身上的衣服。灵鸟看到风把唱歌的姑娘的羽绒衣上的帽子掀了下来。那可怜的姑娘极力控制着手上的颤抖去揪扯垂在脑后的帽子,但是没有成功。手臂好像不再是她的,怎么也不听使唤,最后是胖姑娘帮她把帽子重新戴上。

"你要挺住！"胖姑娘说，"你不是还要考大学吗？"

"嗯……我大概要死了……我觉得风在我的骨头缝里钻……"

"你能挺住！你能……你还没有恋爱过呢……现在就死……太亏了！"

"这么说……恋爱很……美吗？"

唱歌的姑娘总觉得控制不住自己，直想笑。

"当然……真是美极……了！"

"哦……我羡慕你……"

"我……应该告诉你……那天我的男朋友把我抱得那么紧，就像……咱俩现在……这样……我觉得飘飘欲仙……融化了……他把我抱……抱上了床……我们就……干……了那件事……"

"你真……幸……福……"唱歌的姑娘吃力地吐出这几个字。之后，怪笑突然像冲开闸门的水似的嘿嘿哈哈地流出来！

"你……怎么了？"胖姑娘眼睛里爆发出骇然的蓝光。

唱歌的姑娘只用嘿嘿哈哈的笑来回答她。

胖姑娘望着望着，自己也跟着笑起来。

两个姑娘互相望着对方笑。

终于在一个音节上停住，笑声像流干了的水消失了。

她们年轻的生命与笑声一起消失在茫茫雪原上。

18

晨光在不知不觉间穿透霜雪遮挡的车窗玻璃，渗入车厢，为活着的和死去的人们勾勒出一幅清晰的图影。灵鸟落在小男孩的肩上，悲凄的目光久久地盯着眉头紧皱的小男孩的脸。在所有的人里它最喜爱这个小男孩。他在结霜的玻璃上为它描绘了那么多美丽的形象。他的画使灵鸟知道了自己的美。它从心里感激他。

小男孩的母亲紧紧搂着自己的孩子。她的一双暴突的眼睛已经再也不会转动了。两道水柱停留在她双眼下面的脸颊上——那是她身为母亲为儿子流下的永恒的眼泪。灵鸟知道这位母亲在自己生命的最后时刻，想到的只有一件事，那就是能够找一个暖和的地方，把儿子尿湿的裤子脱下来，为他换上一条柔软暖和的新裤子。但是她没有能够做到。她为此抱憾至死。她认为自己没有尽到一个母亲的责任。

"噢——过来，过来！"司机向灵鸟摆摆手招呼它。

灵鸟知道他本来是想向它勾勾手指的，但是他的手指被寒冷侵入肌骨，无法自如活动。司机似乎在后悔没有及早听从灵鸟的警告。他的眼睛里流溢着无限的温情。灵鸟跳到司机的手掌上。

"红帆就要沉没了。"灵鸟哀鸣着对司机说。

司机仍旧没有听懂灵鸟的话。他用冻僵的手指轻轻抚摸着它的羽毛。过了好一会儿，他像是自言自语又像是对灵鸟说："也许老天爷怜惜我们……能遇上一辆过路的汽车，也许弟弟能够找到那户人家……"

灵鸟没再说话。它知道不会有汽车经过这里的，弟弟也找不到那户人家——弟弟将翻不过那道雪岗子，死神在雪岗上设了一个死亡的陷阱，正在等待弟弟。弟弟注定逃不脱死神的巨掌。

灵鸟闭上了眼睛。后来也不知道过了多久，灵鸟又听见了司机未婚妻那像马尾丝般纤细的美丽的歌声。

> 黑黑的缎子坎肩呀，
> 是我在黑夜里给你缝的。
> 早知道你丢下我走的话，
> 可惜了我那辛苦的十根手指。
> 哎呀我的你呀，后悔也来不及！
>
> 紫檀哟缎子的坎肩呀，

是我在雨夜里给你缝的。
早知道你要回去的话,
还不如我把它一锹埋在土里。
哎呀我的你呀,后悔也来不及!
…………

歌声伴着收录机细碎的沙沙声悲凉透了!

司机怀抱收录机,沉浸在未婚妻的歌声中,渐渐地睡着了。灵鸟看到他的嘴角凝固着一抹酥油似的笑。

歌声还在招魂似的游荡着。灵鸟知道司机这次睡去便再也不会醒来了。它默默地望了一会儿司机的脸,留下那歌声与他做伴儿,从车门的缝隙间钻了出去。

汽车微微倾斜着,冲西北方向的一侧全都被大雪掩埋了。风从车顶平坦走过,几乎看不出什么痕迹,只有另一侧还露出一些鲜红的颜色。整个汽车像一艘红色的船,正在倾斜着向白色的雪海中沉没下去。

19

灰色的旋风在一片银白的雪原上追逐着弟弟,残酷地戏弄着他。它们在他的前后左右扑腾嬉闹,在他的身后尖声怪叫,将他深深的脚印逐个掩埋掉。灵鸟在弟弟走过的地方没有发现一个脚印。

灵鸟追上弟弟的时候,弟弟正在一片没膝深的雪地里跌跌撞撞地前进。沉重的雪窝拖拽着他的双腿,迫使他迈出每一步都要付出极大的努力。雪层在他的脚下吱吱狞笑。

灵鸟啁啾着落在了弟弟的肩头。

看到灵鸟,弟弟停了下来,他把灵鸟小心翼翼地捧在戴着手套的手掌上。

"可怜的小鸟，你冻坏了吧？"弟弟呼哧呼哧地喘着气对灵鸟说。灵鸟看到冰霜从弟弟的眉毛和毛茸茸的胡须间铺展开，几乎都要把他宽宽的脸膛整个儿淹没了。笑意在冰霜的下面透明地轻轻地荡漾开来。

灵鸟战栗着告诉弟弟："哥哥死了……"

弟弟没有听懂灵鸟的话，他说："来吧，到我的怀里来暖和暖和！"弟弟说着，掀起衣襟将灵鸟塞进怀里。

灵鸟凄然啁啾说："车上的人都死了……"

弟弟仍没听懂。灵鸟的到来鼓舞了他的勇气，他用手轻轻按按胸脯又走起来。他的步子迈得要比刚才有力。弟弟说："我要到海南岛——那个美丽的热带海岛去。鸟儿你愿意随我一同去吗？我要开着汽车，拉一汽车香甜的香蕉回来！"

雪层越来越薄，弟弟终于艰难地走出了那片洼地。前边不远就是他在车上看到的那座马鞍形的雪岗子了。只要过了雪岗，再走不了多远就能看见那户人家，就能得救了！弟弟高兴地想着，脚步也变得轻松起来。于是他又想到了海南岛那湿润温暖的海风，想到了海边那油绿色的椰子树和橙黄色的香蕉坨子。

"小鸟，你愿意跟我一块儿去吗？"弟弟拍拍胸脯招呼灵鸟。

灵鸟再也忍不住了，它呜呜地大哭起来。它知道弟弟是永远也不会看到那个美丽的热带海岛了！

"哦，明白，你一定是说——愿意——当然愿意！只要你愿意我就一定带你去！"

弟弟大声地冲着雪岗子喊。

弟弟几乎是跑着冲上雪岗的，啊——海南岛，那美丽的热带海岛！眼看着他就要冲上雪岗的顶了。只要他站在雪岗的顶上，就能看见在不远处的灰白色的雪原上正有一缕蓝色的炊烟在摇摆着向他招手！然而就在这时他一脚踩空，落进一个绵软黑暗的雪坑。雪层轰隆坍塌将他埋没了。他到底没有看到那向他亲切招手的蓝色炊烟。海南岛于他只是一个美丽的梦。

20

　　风停了,雪住了,太阳出来了。太阳把美丽的七彩光芒铺洒在晶莹似玉的雪原上。太阳吃惊地发现,在一座马鞍形的雪岗旁边耸立着一只人的手臂,那手臂五指叉开,手掌向上直指苍天。手掌上落着一只灰褐色的小鸟,正冲着太阳发出一阵阵啁啾的悲鸣……

跋

管卫中

中国的文坛上，总是可以看到一拨又一拨的活跃分子。他们在制造着一批批新异的产品，掀起一波波的新潮流。就像时装模特们在T台上展示款式新异的时装一样，这些活跃分子的一举一动，总是如约地吸引着批评界的目光。但如果持续观察还会发现，这种领一时风骚的作家们，常常红那么两三年，就慢慢地黯淡了，消失了，被人忘记了。新的一拨明星又冒出来，吸去了关注的目光。这种活跃分子有点像流行歌手。他们似乎缺乏后劲儿，憋足了劲儿努出一些新东西，然后就底气用尽，瘪下去了。他们的青春期很短暂。新，固然有新的价值，但对作家来说，新而不厚，挺而不久，总是有点不妙吧？

弄潮儿与追星族构成的文坛景观，往往掩盖了文坛的另一种景观——还有一种作家是潜在水下作业的。他们像钉在河床上的岩石，任水流百般冲击而纹丝不动。他们在做自己的功夫。他们不轻易露头。偶尔露出水面，便显出无与伦比的冷峻峭硬。这样的人，才着实可畏呢。

文学作品的根本价值，不在于新，而在于它自身的重量与质地。关于这一点，时间自会做出恰当的评判与过滤。这就叫大浪淘沙，披沙沥金。

我所认识的邓九刚就是这么一块沉在水下的峭石。还是二十世纪的八九十年代之交，他偶尔露了一下峥嵘，露出几部中篇小说：《驼道》《驼路歌》《驼村》。这几部用大板斧砍削出来的线条粗硬、色泽质朴、质地瓷实厚重的作品，令有识者眼睛一亮。不久，这个容易与那个"海碰子"邓刚混淆起来的邓九刚,便以自己的以北方商旅为题材的系列小说如《驼道》《驼村》《驼路歌》《驼殇》等构成了一道独特的文学景观。其中《驼道》被改编成电视连续剧在全国各地播放,产生了广泛的影响。据我所知,自二十世纪八十年代以来,《小说选刊》《中篇小说选刊》《长篇小说选刊》《小说月报》《新华文摘》《中国文学》等刊物选载邓九刚的小说作品就已经超过一百万字。这在当代作家中是不多见的。由此也可以看出邓九刚小说作品的质量上乘,数量不少:可以证明他是一位认真的作家、勤勉的作家。

邓九刚也是一位作品题材丰富的作家,他的许多中短篇小说题材涉猎非常广泛,有写外国名人的,也有写动物的。其中《人的魅力》曾获十月文学奖,《驼王》《醍醐》《世界公民》《白马翁恭查干》《黄羊鸣》《鸟誓》《美狐尤莉》《山村大爷》等曾经被《小说选刊》《小说月报》《新华文摘》《中国文学》等期刊连续转载,《美狐尤莉》《山村大爷》被改编成电影和电视剧。

他的长篇小说《大盛魁商号》出版后在全国各地报刊引出数十篇评论文章。有评论家称其为"当代文坛独一无二的小说""当代奇书"。

邓九刚是一位学者型作家,一九八九年他师从著名文学理论家秦兆阳先生攻读文学理论。他的硕士论文《论肖洛霍夫》备受苏俄文学专家的推崇,认为他的论文是国内肖洛霍夫研究领域具有独创性的成果。

二〇〇〇年他又推出一部重要作品——《茶叶之路——欧亚商道三百年》。这部作品给予我国清代中俄、中蒙国际贸易的重要通道"茶叶之路"以全方位的展示,有着重要的学术价值,被学界定位为经济史学著作。二〇一二年《茶叶之路》被改编成九十三集电视专题片在中央电视台播出。前后还有若干地方电视台根据邓九刚的《茶叶之路》改编了不同版本的想纪录片、专题片上演。影响所及超越了国界,《茶叶之路》的纸质图书也一版再版,被译成英文、俄文广泛传播。邓九刚被国际业界广泛认可为茶叶之路学说的权威专家,也成为不普遍认可的"茶叶之路"的命名者,二〇一三年邓九刚因此获得"中华文化人物"称号。

由三部长篇小说构成的交响乐式的鸿篇巨制《大盛魁商号》，是一座深思熟虑的大型历史铜雕，其中凝进了作家对地处农耕文明与游牧文明两大文化板块夹缝或曰接壤地带的呼和浩特一线数百年历史变迁的深深思索。这又是一支深切苍凉的烈士时代的挽歌。它抒发的是现代思想家缅怀人类的英灵、追寻未来的人的灵魂的历史情怀。人道是动若脱兔，静若处子。邓九刚这种掩起山门摒绝市声敛心屏气肃然长思的宁静，不是更透出某种强大的力量吗？在我的印象中，写小说的人，或可分为这么两种。一种人是小感觉极灵敏。他能够迅疾地从身边生活中抓住诸如酒徒的手指通常粗而短，舞台上痛苦万状的歌星其实内心里轻松苍白一类的典型细节。但这种人通常缺少大思路，他们的作品总以先他人而发现生活中的某种新鲜细节、微妙现象而引人会心一笑。这种小感觉对小说创作无疑很重要，但仅有小感觉而缺少大思路的人，写不出大作品。还有一种人是大感觉极好。他们通常不是泡在河流中抓住一朵小花做就事论事、题旨不大的文章，而是站在河岸上整体地感觉河流的来路与流向，发现耐人寻味的大问题。他们的小说常常表现出一种历史哲学家的眼光与气派。

邓九刚属于大感觉非常好的那类作家。读他的小说，你会惊讶地发觉，他的情节、细节是那么准确而精彩地扣住了整条河流的脉搏，但你与他交谈，却发现他的思绪处在一种朦胧的、似明非明、若隐若现的感觉状态。他有时候甚至不完全明白自己扣住了一种大思路。你点破这一点，他仿佛有恍然大悟、忽然明白自己非同凡响之感。他的理性与感觉均匀地拌和在一起，这差不多是小说家最理想的思维状态。理性过于明晰了，就成了理论家，就容易被逻辑和理性的线条切断许多毛细触角，失去感觉的高度敏锐和无序状态；缺少理性观照的深广度，则永远是个小盆景、小陶罐的制作者。

但邓九刚有一点是十分明晰的，那就是他对做人的特殊追求。这个当过泥瓦小工、矿山工人和汽车司机，身材不高却精悍、肤色黝黑、胡须达鬓的塞外人，从外表到气质，的确不像书生。初次见面，你可以判定他是一个司机或者其他什么"筋肉劳动者",唯独看不出他在剧团拉过小提琴,上过大学,读过研究生,还是一个文采飞扬的作家。在底层社会里摸爬滚打的经历,给他镀上了一种浓浓的底层平民色彩。感觉不到他有什么细腻的感情、渊博的学识和悠长的玄想,印象浓烈的是他的豪侠仗义和泥土般的质朴。他是一个底层平民与书生的混合体。他更看重的似乎是人与人之间"真堪托死生"的义气,是人遇到危难时相互舍生忘死的救助的男人式的友情,是人在任何艰险关头死不低头的铮铮铁骨。如果说他在自己的小说中灌注了什么生命的血液,那就是这种东西。

邓九刚的小说中不论是写商业写历史还是写动物,往往弥漫着一种顶天立地、义气如山的大丈夫的气息。在杀人犹如摁死一只蚂蚁的斯大林的赫赫威严面前,这个人居然敢直言抗辩,毫无惧色(《人的魅力》);在赌场上输光了全部家产之后,这个人居然抢起砍刀"咔嚓"一声剁下一根手指当作赌注,而绝不服输退缩(《驼道》);在面临惨败乃至灭顶之灾时,这个人犹能为最初的一种念想拍案而起,再度出征(《驼路歌》);在自己的生死之交面临杀身之祸时,这群老人们居然以自戕或自缢的激烈方式来做誓死的抗争(《驼村》);就连一条狗,一峰骆驼,在邓九刚笔下也显示了"真堪托死生"的豪烈义气;甚至写男女情爱,也闪烁出一种义气友情高于情爱的奇特光彩(《驼路歌》)。一种可以烤化人的义气,一副硬骨头精神,使邓九刚小说的情节、细节新鲜奇特,匪夷所思。无疑,他笔下这群血性如火、义气浩然、九死不悔、气吞山河的人物,是邓九刚个人胸襟的外显。它显示了邓九刚既不同于苟且存活的寻常百姓又不同于清高冥思的书生们的极富个人色彩的精神境界,以及邓九刚对真正的人应是怎样一种风貌的理解和梦想。

他的长篇小说《驼村寡妇》和《驼觔》则是把人与骆驼胶合在一起加以描述的两部小说。耐人寻味的是,这样一种小说,这样一群人物,是出现在历史向新的机械化时代迈进的转折关口,出现在现代文明背景上的。现代物质文明的高度发达,已经刺激起人的十倍的享乐欲望,诱发出人心中无数的魔鬼。诚如我们在商海中所体会到的,为了钱、权、色、利,现代人已变得十倍的贪婪，十倍的自私，十倍的凶残、无耻、卑鄙、虚伪。他们再也没有什么真情、义气、尊严、品格了。

那么，在这样一种时代，邓九刚讲述这么一些旧时代的浩烈人物故事，这不是痴人说梦吗？对，是在说梦。对昏睡在物欲中或者半醒半睡疑惑彷徨不知何去何从的现代人，说说这些老辈人曾经有过的品格风貌，或者说是人应当有的品格风貌，或许有警醒睡魂、感染人心的功用。至少，它是出土的人性珍贵文物，应当陈列在人性博物馆，供今人后人观瞻含咏。这样一来，邓九刚的小说就不仅有了自我表现的色彩，而且具备了向过去寻梦或曰"回忆未来"的现代主义文学的典型特色。

事实上，美国作家福克纳的南方小说，英国作家劳伦斯的守林人，中国作家张承志的《心灵史》等，都是深长的历史挽歌，都是对现代人心深刻失望后从心底喷发出的现代招魂曲。这正是现代主义文学的核心所在。他们对未来的人类能恢复本色充满了深深的期待。期待无望，也可立此存照，映照出现代人心的腐烂程度。邓九刚的小说汇入了这股世界性的文学思潮，这就是我所说的他的大感觉、大思路之所在。

我不敢说邓九刚就是那种博学的作家，但他对一个特殊领域——出现在明朝末期和整个清代，呼和浩特、中亚到俄罗斯的堪与丝绸之路相媲美的伟大的茶叶之路——的了解与学识，却是中国许多学者与作家难以企及的。早在二十多年前，他就开始了对分布在呼和浩特周遭的一种特殊历史遗迹——自晚清茶叶之路勃兴以来一直留存至二十世纪七十年代的骆驼村的大规模的调查。他被这段特殊的历史，被这些骆驼村的变迁中所蕴含的意味深长的历史意蕴所吸引，被流传在骆驼村里的数代驼商、驼夫们奇特的人生经历和豪烈的人格所击中。在现代社会中感觉到蝼蚁遍地、空茫无人的他，似乎从其中发现了自己的远古知交——那是一种灵魂的血脉相通。他向往，他倾心，他梦魂萦绕。他像一个渴极了的沙漠迷途者遇上了坎儿井一样疯狂地捧饮。"我在贴蔑儿拜兴寻找到许许多多的可供写作的、有着浓郁传奇色彩的故事，但这对我其实并不是很重要的"，在一篇文章中，他说，"最重要的是我作为一个人，在骆驼村找到了支撑我灵魂的一个依托"。多年以后，他不仅从材料上，而且从灵魂上独自拥有了这座文学富矿。"在中国，甚至世界上，"邓九刚曾经异常自信地对我说，"没有人比我更了解茶叶之路啦。"而我从他的这种十年磨一剑的写作准备中，察觉的是他惊人的耐心，惊人的不急于求成的从容与安静，以及马拉松运动员式的长跑耐力。这对于急功近利的写作者，也该是一种提醒吧？

几近三十年辛苦得来的特殊学识、大感觉，或曰洞察历史运行复杂意味的智慧，独树一帜的精神境界，加上超常的长跑耐力，这就是作家邓九刚吧。

目前在中国文学界邓九刚是一个被埋没的人。这也正是我在他的新书《白马翁恭查干》出版之际想站出来说几句话的缘由。他总是那么的低调，埋头苦干，不大为世人瞩目。

今天当《白马翁恭查干》作为一部动物小说集出版的时候，我相信重读《驼王》你会很难过，你会深深地爱上那只老驼王，你会不愿意它死，盼着它活下去，你甚至恨不能冲下那座沙山背着它横越大漠！可你又知道这是不可能的，在不可撼动的死亡面前，你会刻骨铭心地体察到生命永远不可能挣脱的缺憾……你终于又明白了，这是一篇小说，这是一些写在纸上的文字，你的眼前并没有那只老态龙钟的骆驼，那条焦躁不安的忠诚的猎狗和那个扣响了猎枪的巴特。可是作者却如此真实地在你心海里搅起如此汹涌的狂澜，在这狂澜中你深切地体察了自己，焕发了自己，那些全部对由一只动物而发出的感慨，却原来都是人的真情。于是在一次感情的洗礼之中，你体验到自己，体验到因你而生的美感。

写到这里，我又想起邓九刚那部长篇小说《走西口》（与王西萍合作），当年在读者中影响非常大，是著名的畅销书。想起那首著名的民歌："哥哥你走西口，小妹妹实难留，手拉着哥哥的手，送你送到村子口……"这歌声穿透历史夜空的迷雾，响遍了我国大江南北，震撼着一代又一代国人的心！民歌《走西口》成为人们最熟悉和最喜爱的民歌之一。走西口作为一种历史上发生的社会现象,在我国北方影响极为广泛和深远。它历经数百年,纵横上万里,它的舞台从我国内地的山西、河北、陕西等地到整个蒙古高原,甚至延伸到俄罗斯的西伯利亚;有山川有草原有沙漠也有森林,包括百万平方公里广阔的地域内。走西口涉及的人口数以百万计,从逃荒闯荡盲目流浪开始,以定居与融合结束。它改变了我国人口布局和行政地理的划分。走西口首先是我国多民族大融合的壮歌,同时它又包含着大移民的内容,还彰显着西部大开发性质。邓九刚的长篇小说《走西口》中的故事在三个异姓异族的结拜兄弟间展开,围绕着"三义泰"商号的起家兴盛,分分合合,将清朝末年归化城商贾之间的生存状态揭示了出来。《走西口》与邓九刚其他作品一脉相承,自始至终都贯穿一种义薄云天、肝胆相照的民族气质和精神气概。故事新颖、曲折感人、荡气回肠,写情也写义,是一部让人揪心落泪的作品。

作为一个生活在现代的读者,我在重读邓九刚这些动物小说的时候,每每被搅动得彻夜难眠,内心深处腾起一股股冲天大火。这不是读了《国画》《沧浪之水》之类严酷的现实主义小说作品之后产生的那种痛楚、绝望和困惑、苦思,而是激动,对,是激动。我觉得内心深处潜藏已久的什么东西被搅动起来了。它们的精神世界与人并无二致,我知道邓九刚小说中无论是人物还是动物,像古海、二斗子、七寡妇们,像圣洁的白马翁恭查干、深情的北极白狐狸尤莉在我们的生活中早已绝迹,现在我们能够看到的只是遍地绵羊与鼠犬。高贵圣洁的精神早已被我们埋在灵魂深处、记忆深处,有的只是妥协、萎缩、夹起尾巴活着、冷漠与算计——我们已经蜕变成一群群精明的老鼠、驯顺的绵羊、奸狡的狐狸、滑溜的泥鳅、贪婪的狼、冷血的鳄鱼、没心没肺的空壳,而不再是真正的人了。我们是谁?我们就是现代文明人。现代社会就是由我们这群类人生物构成的。邓九刚就是站在我们这样的现代人群中,讲述他的旧时代的人物和动物故事的。有人会说,这不是痴人说梦吗?对,是在说梦,在说一个早已逝去的久远的梦,在哼唱一支挽歌,一支气韵深长的缅想曲。说这些有什么意思?对,越来越功利、自私、无情、善算计、不讲人格、不求尊严的现代人,说说这些老辈人的故事,说说人类曾经有过的品格风貌,或许能点燃人类的记忆火花,产生一点警醒睡魂、感染人心的功用。至少,它是出土的珍贵人性文物,可以陈列在人类精神史的博物馆里,供今人后人永远观瞻和含咏。

(作者管卫中,著名文学评论家、甘肃文化出版社总编辑)